文春文庫

その日の後刻に

グレイス・ペイリー
村上春樹訳

文藝春秋

私の娘であり息子である、ノラとダニーに
二人がいなければ私の人生と作品は
もっと薄っぺらいものになっていただろう。

そして私たちにとってのいちばん新しき人である、ローラに

目次

その日の後刻《ごこく》に

単行本　二〇一七年八月　文藝春秋刊

Love

愛

最初に私はこの詩を書いた。

満月に近い夜　茶色の樫《かし》の木の葉が
楓《かえで》のように赤くなった
カレッジ・パークのスレート敷きの小径を歩くとき
若いカップルを私は目にした
彼らは語り合い、抱き合っていた
彼らの姿を見たことで、私の心は愛の記憶へと
下っていったのだろう　そして　私は降りていく
するすると

私の足がヴィージー・ストリートの庭の地面に
触れるまでずっと

今さっき愛についての詩をひとつ書いたのよと、私は夫に告げた。

そいつはグッド・アイデアだね、と彼は言った。

それから彼はレイク・ウィニペソーキーで会ったサリー・ジョンソンの話をしてくれた。彼は十四歳で、彼女は十二歳半だった。それからレイク・スナピーで会ったローズマリー・ジョハンソンについて語ってくれた。それからコンコード高校のジェーン・マーストンについて話し、それから彼がハーヴァードで詩人だったときに出会ったラドクリフ大学のメアリ・スマイズについて話した。それから彼は二人の有名な詩人のことを話してくれた。一人は金髪で、一人は黒髪だった。どちらも今はもう亡くなっている。その当時の彼は窓のないオフィスでそこそこの仕事をしている、隠れた詩人だった。そしてようやく私の時代に足を踏み入れたとき——つまりこの十五年ばかりということだが——彼はドティー・ワッサーマンについて私に語った。

ちょっと待って、と私は言った、それはいったいどういうことよ、ドティー・ワッサーマンって？　彼女は本の中の人物でしょう。実際には存在してもいない。

オーケー、と彼は言った。じゃあ、どうしてヴィージー・ストリートなんだ？　なんでそんなものが出てくるわけ？

それはね、とくに意味のないことよ。私はその昔、灌木《かんぼく》の買い付けを仕事にしている男に恋していたことがあったの。ヴィージー・ストリートは市のダウンタウンの、園芸の中心地《センター》だったのよ。市がまだ素晴らしいいくつかの商業中心地を持っていた時代の話だけど。私は子供たちをよくそこに散歩に連れて行ったものだわ。子供たちがまだ乳母車でうとうとまどろんでいるくらいの赤ん坊だった頃にね。フェリーに乗ってホーボーケンまで行くこともあった。ずっとあとのことだけど、日曜日になると自転車でそこまで出かけたりもした。自転車であちこち走り回ったものよ。三回くらい彼を見かけたこともあった。

ほんとかい、と私の夫は言った。そんな男の話、聞いたこともないぞ。

ああ、愛されるものの愚かしさ。それはあなたのことよ、と私は言った。それでその、あなたとドティー・ワッサーマンとの馬鹿げた話って、いったい何よ?

たいしたことじゃない。彼女はバーでうろちょろしているちょっとクレイジーな女の子さ。でも酒は口にしなかった。実際の話、目当ては男なんだ。わかるだろ。僕も同じだ——つまりそれほど酒は飲まないということさ。ときどき女の子とセックスしたいとか、誰かと出会って激しく恋に落ちるとか、そういうのを求めていただけさ。

彼はそのようにロマンティックな人なのだ。だからときどき私は心配になる。中年期に、このように家庭的な環境で私を愛することは——二組の寝室用のスリッパ、ひとつは夏用の薄いサンダルで、もうひとつは洒落たシープスキンを敷いたもの——彼にとって心沈む体験ではないのだろうかと。

　彼はそのような私の推測をまたいで、礼儀正しく橋を架けてくれる。彼は言った、何年もあとに、彼女もまた公園の中の愉快な母親になっていた。その頃には僕らはみんなで市政に関わっていて、僕はジョゼフィーンと結婚していた。ドティーと僕はどちらも、あの有名な「カンザス・シティーでのタウン・ミーティング全国集会」に代表として送られた。N・M・T・M・(National Meeting of Town Meeting) だよ。覚えているかい？　大した女性だったな。

　違う、それは真実じゃない、と私は言った。彼女は実在の人じゃないもの。五〇年代の後半に創作された人物に過ぎない†。

　ああ、と彼は言った、じゃあ、それはそのあとのことだったんだ。僕はそのあとで彼女に会ったに違いない。

　彼は頑固だ。だから私はその話は打ち切り、食料品の買い物に行った。我々の縮小しつつある家庭は、より多くのコーヒーと卵とチーズを要求している。バターと肉とオレンジ・ジュースへの要求はより少なくなり、グレープフルーツが増えている。

　通りを歩きながら、知り合いにも出会うこともなく、私はメロディーが上下するささやかな歌をハミングした。そして偵察に長けた頭脳の助けを借りて、時間に揺さぶりをかけ続けた。私はここにいながら、ヴィージー・ストリートの懐かしい地面を踏みしめ、いつも以上にそのプロセスに注意を払いつつ、朝遅くの空気を吸い込み、吐き出した。

すべては愛ゆえのことなのだ、おそらく。しかしそれが過去の実在の亡霊から、ソリッドな架空の存在へと移り込んでいくって、なんとまあ興味深いことだろう。ああ、神様、と私は思った、恋人は本物だ。恋するものの心は継続する。そのことは生まれたときからずっとプロパガンダされてきたのだ。

私は近所の書店の前を通り過ぎた。書店は盛況のようだ。『すべてのセックスの喜び』がその繁盛を支えている。店主は私に愛想の良い微笑みを送ってくれる。宣伝の行き届かない本をきちんと購入してくれる、大事なお得意様に向けて。彼は商売でしっかり成功を収めたのだ（そのときの彼はもちろん知るよしもなかったが、その三年後に家賃が三倍に上げられ、彼は一転して敗残者となる。そして自分のことを頭が良くて、目端《めはし》のきく事業家であり、地域経済界の天上に煌《きら》めく星だと考えるその建物の大家は、やがて誰もが認める成功者となる）。

半ブロックも先から、八百屋のかごに入ったケールを目にすることができた。その暗い色合いの葉を、細かい氷のかけらがきらきら輝かせているのが見える。それに反応するように、私は夫の北国の農地を想像した。縮れた緑の中の晩秋の霜。私は新しい詩を呟き始めた。

†訳注――ドティー・ワッサーマンはペイリーのいくつかの短編小説に登場するユダヤ系アメリカ人の女性。

八百屋のかごの中、緑のケールが輝いている
北の国でそれは、霜に降られ
甘さを身につける
日焼けした干し草を敷いた庭で、それは暗く縮れ
軽やかな白い雪がそこに……

軽やかな白い……私はそれを二度ばかり口に出して試してみる。突然私の外部に向けられた目は顔立ちの良い女性を目にした。それはマーガレットで、彼女とはもう二年も口をきいたことがない。私たちは長いあいだ政治的意見を共にしてきたのだが、あるときソビエト連邦に関する何かの事柄が、私たちの仲を裂いてしまった。私たちの言い分はどちらも多くの点で筋の通ったものだったのだが、何ヶ月か真剣に仲違いしているあいだに、彼女は私のいちばんの親友だったルイーズを——公園の友で、PTAの友で、反戦運動の同志であった、長い歳月にわたって苦楽を共にしたルイーズを——自分の政治的陣営へと、そして日々の友人づきあいへと、奪い去っていったのだ。

そのへんにぼんやり散らかった愛と、緑色の葉野菜の中で、私はマーガレットの整った顔を目にした。そして深刻な仲違いのことが思い出される前に、私はにっこり微笑んでいた。それと同時に彼女は私を認め、やはりにっこりと微笑んだ。相手から反応が返

ってきたときの真に愛する者はなにより愚かなものだから、私はすれ違うときに彼女の手をとり、身を屈《かが》め、その手を頬につけ、それから唇で触れた。

夕食の席で、私はそのときのことを夫に逐一描写した。ああ、それはもちろんだ、と彼は言った。でもわかるだろう？　その微笑みはマーガレットのためのものだったが、君はルイーズがいなくなったことをとても悲しんでいるし、そのキスはルイーズのためのものだったんだよ。私たちは二人で、「そうなんだ！」と言った。そしてＳＡＬＴ（戦略兵器制限交渉）条約のあり方は、そこでおしまいの天井というよりは、そこから積み上げていく床のように見えることについて語り合い、彼の娘の一人が書いた詩を読み、ヨーロッパの繊維産業が壊滅状態にあることを告げるニュース番組を見た。それから愛を交わした。

朝になって彼は言った。君は恋人として大したものだよ。それは知ってた？　彼は言った、君はまったく大したものだ。君はドティー・ワッサーマンをしっかり思い出させてくれるね。

Dreamer in a Dead Language

死せる言語で夢を見るもの

老人たちは謙虚だよ、とフィリップは言った。彼らはお互い、相手よりことさら長生きするわけじゃないからね。

気の利いた台詞ね、とフェイスは言った。でも考えれば考えるほど、その意味ははっきりしなくなるわ。

フィリップは別のテーブルに行って、そこでまたすぐに同じ台詞を口にする。ほとんどすべての恋愛関係にとって、適量の非妥協的態度は良いものだとフェイスは思う。彼女は言う、そうね、オーケー……

しかし今、人生のかくのごとく溌剌とした時期にあって、立ち上がったり横になったりあれこれ忙しいというのに、どうして人はわざわざ老人たちについて何かを考えたり、しゃべったりしなくてはならないのだろう？

なぜかといえば、フェイスの父親は、「ユダヤの子供たち・黄金世代のホーム」コニー・アイランド支部の「在住詩人《レジデント・ポエト》」の一人であり、いまもまたひとつ歌を書いたからだ。それは「緑の雄鶏亭《グリーン・コック》」の客のほとんど全員を驚嘆させた。そのいかにも自虐的な酒場は、芸術家や起業家や働く女性たちで満員だった。その時代には——まあ今日でも同じようなものだが——驚くべき詩や、身の毛のよだつようなお話は、小学校三年生から（それどころか一年生からだって）出てくるものだった。なにしろ、酔っ払いやおしゃべり屋のうちの子供たちは、創造力を親からどんどん学んでいくから。でも老人たち！　そいつは実に興味深いな、と何人かは言った。勘弁してくれよ、と言うものもいた。いや、そうは言えないぞ、と起業家たちは言った。気をつけろよ。そいつがトレンドなんだ、と。

フェイスのもっとも古い友人であるジャック（彼は決して遠ざかりはしないが、なかなか近くにも寄らない）は言った。おれにはフィリップの言っていることはわかるよ、と。彼が言いたいのは、老人たちは謙虚だということだ。彼らはお互い、相手よりことさら長生きするわけじゃないからね。そうだろ、フィル？

まあな、とフィリップは言った。そのとおりだよ。神秘性は微妙に失われているけどな。

その夜遅く、フェイスの家のキッチンでは、フィリップが彼女の父の詩を朗読した。彼の声には彼女に宵の時刻を、おそらくは夜の時刻を連想させる音色が具わっている。

彼女はしばしば男の胸の中で広々とした空気が息づき、動いている様を思ったものだった。やがてそれは短い弦を持つ喉頭によってかき鳴らされ、形を整えられ、素晴らしい第二次性徴となっていくのだ。

君の声も、宵の時刻を僕に思い出させる、とフィリップは言った。

これが彼の読んだ父の詩だ。

愛が去ってから、私に休息はない
海の底に達してから、私に眠りはない
この女性、私の妻が終わりを迎えた。
私の肺は水で満たされた。呼吸もできない。
それでも私は春に、現実を縫って航海を続けることを求めている。
特別な時間と場所の中で、じっと待っている一人の若い娘がいる
私を愛し、私の友となり、朝まで私の横に添いたいと思っている一人の娘が。

娘って誰だろう？　とフィリップは尋ねた。

もちろんうちの母よ。

君は優しいね、フェイス。

もちろんうちの母に決まっているじゃない、フィル。私の母よ。若いときの。

ぜんぜん違う娘のことだと思ったんだけどな。

そうじゃない、とフェイスは言った。これはうちの母じゃなくちゃならない。

しかしね、フェイス、これは誰であってもいいんだ。老人が何について詩を書こうが、そんなのどうでもいいことなんだから。

じゃあ、さよなら、とフェイスは言った。もうとくにこれ以上、あなたの顔を見たくはないから。

わかったよ、話題を変えよう。そうむずかしい顔をするなって、と彼は言った。僕は老人たちが大好きだよ、ほんとに。これまでもずっとそうだった。アニタと僕とが決裂したとき、日曜日に彼女の親父さんと愉しくチェスできなくなったことを、何より残念に思ったものだ。ほら、彼らはもう僕とは口も利いてくれなくなったからね。人って、そういうことにこだわるものなんだな。僕はべつにこだわらないんだけどさ。なあ、僕は君のお父さん《ダディー》や、それにお母さん《マム》に会うのが好きだよ。明日一緒に会いに行ってもいいよ。

うちはね、ダディーとかマムとかいう呼び方はしないの。ママとパパって呼ぶの。急いでいるときはマとパって呼ぶ。

僕もそうだよ、とフィリップは言う。ちょっと言い方を間違えただけさ。明日、君と一緒に行ってかまわないかな？　参ったな、眠らないことになる。一晩中起きていることになる。考えを中断することができないんだよ。僕の頭。まるでパーコレーターみたいだ。ぽこん、ぽこん、ぽこんってさ。きっとトシのせいなんだろう。男盛りって言えばいいのかな。こういっちゃなんだが、君の子供たちの父親が、君のパパのまわりで調子の良い風見鶏みたいな振舞いに及んでいるという話を耳にしたけれど。

そろそろ、おやすみ前のお茶でも飲んだらいかが？

なあ、頼むよ、フェイス。僕は君に質問しているんだぜ。

そうね。

僕ならもっとずっとうまくやってのけられるぜ。あいつなんてもう足元にも及ばないくらいいな。僕はいろんな人間とうまくやっているんだぜ。あいつがいったい誰を知っているっていうんだ？　広告業界のばあさんを四人、七番街のモデルを三人、テレビに出ているおかまを二人、レズの男役みたいな女流作家を一人……

フィリップ……

いいことを教えてやるよ。エズラ・カルムバックは僕のいちばんの親友だ。彼は一財産こしらえた。「アメリカ趣味の陶芸」ビジネスを立ち上げてね。彼は四歳の子供に古代ギリシャの陶器の作り方を教えることができる。彼にはシステムがあり、必要な道具がある。彼はその財力を用いて、商売は抜きにして、同民族のためのサポートをしているわけさ。つまり言うなればだな、死んだ言語みたいなもの†で夢を見る気の毒な年寄り

†訳注――イディッシュ語を示唆している。

連中のために、出版をしてやっているんだよ。ああ、そうだ。それって君のパパの本のタイトルにぴったりなんじゃないか？「死せる言語で夢を見るもの」なんてね。ペンを君に無料でゆずってやるよ。ちょっと書き留めておくからさ。オーケー、フェイス、このタイトルを貸してくれよ。たとえ君が僕をのけ者にするとかしてもさ。

のけ者にするって、いったい何からのけ者にするっていうのよ？　ねえ、行ったり来たり歩き回るのをよしてくれない？　ここは狭い部屋なんだから。子供たちが起きちゃうじゃない。ねえ、フィル、ビジネスの話を始めると、どうしてあなたの声はそんなにきいきいきいしちゃうのかしら？　どんどん甲高くなっていくのよ。今ではもう高音のＣの上にまで達している。

彼は印刷代と利益についてずっと考えていたのだ。彼はそれに答えるとき、半オクターブ以上声を下げることができなかった。それはなぜなら、僕はかつて純粋な考え方をする英文学専攻の学生だったというのに、今じゃ、ああ――まずいやり方のために、そしてまた無考えに子供をつくったことと、離婚慰謝料という報復によって、低俗な現実性に引きずりおろされてしまったからだよ。

フェイスは頭を垂れた。待ち望んでいた一夜をあきらめると思うと心が痛んだ。睡眠とセックスと愛情が、幸福な展開をもたらしてくれる一夜を。私はいったいどうすればいいんだろう、と彼女は思った。私に向かってどうしてそんな言い方ができるのよ、フィリップ？　報復ですって？　それはないでしょう、フィル。この私に向かって。アニタの古くからの友人に向かってそんなことを言うなんて、あなたは馬鹿じゃないの？　フェイスは彼を叩きのめしたいわけではなかった。むしろ彼女の目には涙が溢れていたのだ。

僕がいったい何をしたんだい、と彼は尋ねた。ああ、そうかわかったぞ。もちろんよくわかっているさ。

あなたが純粋だった頃、あなたが偉大だと考える詩人は誰だった？

ミルトンだね、と彼は言った。彼は驚いていた。彼は尋ねられるまで、ラテン文学臭い説教みたいなことを自分が懐かしがっているとは知らなかったのだ。いいかい、フェイス、ミルトンは悪魔の一味だった、と彼は言った。でも僕はそうじゃないと思う。それはたぶん僕が生活のために働かなくてはいけないからだよ。

私には好きな詩がふたつある、とフェイスは言った。そしてうちの父さんの書いたものをべつにすれば、それが私の好きな詩のすべてよ。それは必ずしも真実ではなかったが、しかし彼女はまだ傷つけられたときの厳しい顔つきでものを考えていたのだ。私が好きなのは、ようこそ陽気な霊よ、汝は鳥にあらず。[†1] それからあと好きなのは、おお、何故に悩めるか、鎧の騎士よ。一人青ざめてさまよえるとは。[†2] それくらいいね。

†1訳注――パーシー・B・シェリー『ひばりに』の書き出し。
†2訳注――ジョン・キーツ『つれなき美女』の書き出し。

ねえ、聞いてちょうだい、フィリップ。もしあなたがうちの家族に会うようなことがあったら、もし私があなたをうちに連れて行くとしたら、アニタ・フランクリンのことは決して口にしちゃだめよ。なにしろうちの両親は彼女にぞっこんだったんだから。彼女は医学博士になるものと、二人は思い込んでいたの。あなたが彼女を捨てた相手だなんて、わかったら大変なことになるわ。というか、と彼女は悲しげに言った、私にだって二度とそんな話はしないでもらいたい。

フェイスの父親は半時間ほど前から門のところで待っていた。彼は退屈してはいなかった。門番のチャック・ジョンソンを相手に、「ブラック・イズ・ビューティフル」というスローガンについて論議していたからだ。いったい誰がそんなものをこしらえたんだい、チャック？

そんなこと知りませんよ、ミスタ・ダーウィン。ある日突然、街角に現れたんです。そしてそのまま居着いてしまった。

素晴らしいね、とミスタ・ダーウィンは言った。そういう気の利いた文句をもし我々がこしらえることができていたら、まったくの話、我々はずいぶんたくさんの鼻を救うことができたんだがな。私の言っている意味はわかるかね？†

それから彼は笑みを浮かべた。フェイシー！　リチャード！　アンソニー！　来ると言っていたが、ほんとに来てくれたんだな。いやいや、何も皮肉を言っているんじゃないぞ。事実をそのまま述べているだけだ。私は嬉しいよ。なあ、チャック、私の末の娘を覚えているかい？　これがチャックだよ、フェイシー。門の出入りを見張っている人物だ。リチャード！　アンソニー！　さあ、チャックに挨拶してくれ。フェイシー、私を見てくれ、と彼は言った。

なんてところだ！　まるでお城じゃないか！　とリチャードは言った。

おじいちゃんに会いに来てくれて何よりだ、とチャックは言った。その昔はきっと優しいおじいちゃんだったんだろうね。

おいおい、その昔はよしてくれよ。まだそこまで年取ってはおらんぜ。そうだよな、フェイス？　こっちはまだ人生始まったばかりさ。

いったいどこで始まるのかしら？　とフェイスは尋ねた。真実にして友好的な訪問が開始する前に、あまりに多くのことが起こらなくてはならないであろうことに、フェイスはがっかりした。

実を言うとな、このあいだリカルドと話をしたんだよ。

そんなことだと思った。で、あいつはいったいどんな戯言《たわごと》を父さんの耳に吹き込んだ

†訳注――ユダヤ人には鼻が大きい人が多い。年頃の女性はそれを嫌って、鼻を小さくする整形手術を受けることが多く、ミスタ・ダーウィンはそのことを言っている。

のかしら？

なあ、フェイス、まずだいいちに、子供たちの前で彼らの父親の話をするのはやめようじゃないか。お願いだよ。そいつは不健全なやり方だ。第二に、おそらくおまえとリカルドとの間には化学作用《ケミストリー》のすれ違いがある。

ケミストリー？　まあ、たいした科学者だこと。それって彼の考えなの？　それで彼とお父さんとのケミストリーはいかがなの？

まあ、彼は話をするよ。

父さんはここに来ているの？　とリチャードが尋ねた。

そんなことどうでもいいさ、とトントが母親の顔を見ながら言った。僕らにはそんなことどうでもいいんだ。そうだよね、フェイス？

いいえ、違うの、とフェイスは言った。お父さんはここにはいない。彼はおじいちゃんとお話をしただけ。おじいちゃんは詩を書いているんだって言ったわよね。で、お父さんはそれが気に入ったの。

だんだんましになってきた、とミスタ・ダーウィンは言った。

話がうまく運ぶことを祈っているわ、パパ。でもね、誰かほかの人にも話をした方がいいわよ。何人かの人たちに。私もほかの誰かに話してみるわ。リカルドはなんといっても口の達者な人だから。彼はあなたのために、いったいどんなことを計画しているのかしら？

そうだな、フェイシー、二つの可能性だよ。ひとつめはあまり厚くない本をきれいな子牛革装で出すという案だ。というか、まあ、ほら、子牛革装みたいなもので出すんだ。『黄金時代の詩歌』……そういうのはどうだい？

おえっ！　とフェイスは言った。

ここって、病院なの？　とリチャードが尋ねた。

もうひとつはこういうのだよ。なあ、フェイシー、私は何ダースかの歌を作っているんだ。まあ歌といっていいんだろうが。歌でも詩でも、呼び方はべつにどっちでもかまわないんだ。で、彼は良いアイデアを持っていて、ここにいるほかの何人かも加えて一冊の本を出そうと言うんだ。一冊の本じゃなくても、シリーズとしてさ。たとえばケラーなんかも、詩はけっこう悪くない。しかし彼はどちらかといえば叙事詩を書く人間だ……イスラエルがまだ若かりし頃、我は愛せり……これが一行めだ。少なくとも百ページはあったな。雑誌『ア・ベッセーレ・ツァイト†』の我らが編集者マダム・ナズダローヴァには会ったことがあるかい？　彼女はまるで病《やまい》のように耳がいいんだ。生まれながらの編集者だよ。何かがある日、彼女の耳に入る。一週間もたたないうちに、それは合併症を引き起こすこともなく、ひとつの間違いもなく紙に印刷されてくる。

あなたはたいした人よね、パパ、とフェイスは言う。心配の故に、優しさの故に、彼

†訳注――イディッシュ語で『より良き時代』。

女は眉をぎゅっと寄せた。

そんな風にしわを寄せるものじゃないぞ、と彼は言う。

まったく、もう！　とフェイスは言った。

ここって、病院なわけ？　とリチャードが尋ねた。

彼らは秋の日を浴びて、壁のように並んでいる車椅子に向かって歩いた。ずっと右手の、大きな葉をつけたシナノキの下では、頭に血を上らせて議論をしている人々が――そのひとり残らず全員が――アルミニウムの歩行器に身体をもたせかけていた。

まるで何もかもデザインされたみたいじゃないか、とミスタ・ダーウィンが言った。実に美しい光景だ。

ねえ、ここって、病院なの？　とリチャードが尋ねた。

そうだな、たしかにここは病院のように見えるな、坊や。そういうことかい？

ほんの少しだけどね、おじいちゃん。

正直に言えば、たくさんだろう。なあ、正直ってのはなにしろ最良の策のうちのひとつだぞ。

リチャードは笑った。最良はいくつもない、たったひとつだよ、おじいちゃん。

なあ、聞いたか、フェイシー？　この子はちゃんとジョークを解しておるじゃないか。かわいいことを言うねえ。なんというユーモアのセンスだ！　孫にユーモアのセンスがあることを知って、嬉しさのあまりミスタ・ダーウィンは口笛を吹いた。この子が笑うのを聞いてごらん、と彼はボランティアの女性に向かって言った。彼女は耳の悪い老人に大声で本を朗読するためにここに来ていた。

僕にだってユーモアのセンスはあるよ、おじいちゃん、とトントが言った。

もちろんさ、坊や。君のお母さんは我が家では、いつだって大したコメディアンだったからね。この子はおばあさんや、私や、叔父さんや叔母さんをおかしがらせることができた。そうやって家族を大笑いさせることができたのさ。君のお母さんはそういう人だった。

母さんは今では人にあわせて笑うだけだよ、とトントは言った。フィリップが来たときなんかにさ。

まったくもう、この子はすぐに話を作っちゃうんだから、とフェイスはトントの耳をぐいと引っ張りながら言った。まったくなんてでたらめなことを……

そいつはなんとか修復しなくちゃな、アンソニー。ママは美人なんだから、もっと幸福にならなくちゃいけない。ひとつ面白いジョークをつくって、ママに聞かせてあげなくちゃな。彼は十二秒くらい考えていた。よし、ひとつできたぞ。さあ、聞いてくれ。一人の年取ったユダヤ人がいる。彼はドイツに住んでいる。一九三九年か四〇年か、それくらいの話だ。彼は旅行代理店に行く。そして地球儀を見る。そこには地球儀が置いてあったんだ。彼は言う、あのですね、私はここから出て行かなくちゃならないんです。いったいどこに私は行けばいいのでしょうか？　すみませんが、教えていただけませんか？　代理店の男も地球儀を見る。ユダヤ人の老人は言う、えーと、ここなんかどうでしょうね？　そしてアメリカを指さす。ああ、と代理店の男は言う、お気の毒ですが、そちらの割り当て分はもうふさがっちゃったんです。ちぇっ、とユダヤ人は言う。じゃあ、こっちはどうですか？　彼はフランスを指さす。すみませんねえ、そちら行きの最終列車はもう出てしまいました。えーと、じゃあロシアは？　お気の毒ですが、彼らはもうただの一人も外国人を受け入れなくなりました。それ以外にもいくつかの国の名があがったが、返事はいつも同じだった。港は閉鎖されているんです。既にあまりに多くの人が押しかけました。もう船がありません……そしてこの気の毒なユダヤ人は、この地球上に自分の行ける場所はひとつもないんだとわかって、そして今いる場所にも留まることはできないのだとわかって、悲鳴を上げる。ああ、とか、おお、とか。彼は気落ちして、地球儀を押しやる。しかしそれでも彼は希望を捨てない。やれやれ、この地球儀はもう使い切ってしまった、とユダヤ人は旅行代理店の男に言う。もうひとつ、別のやつはないんですか？

ああもう、とフェイスは言った。ひどい話をするわねえ。いったいそれのどこがおかしいの？　そういうジョークは大嫌いよ。

おかしいよ、おかしいよ、とリチャードは言った。ほかの地球。ほかの地球なんてどこにもないんだ。地球はひとつしかないんだよね、母さん？　彼にはもう行くべきところはないんだ。あのヒトラーのやつのおかげでね。ねえ、おじいちゃん、その話をもう一度聞かせてよ。そうすれば、クラスのみんなにこの話ができるから。

僕もその話、そんなに面白いとは思わないな、とトントは言った。

パパ、ヘーゲルシュタインさんはまだママと一緒にいるの？　今日の私は、あの人に耐えられる自信がないのよ。なにしろあのとおりの人だから。

なあフェイス、そいつばかりはわからんよ。おまえだけじゃないんだ。いったい誰があの女に耐えられるだろう？　耐えられるのはただ一人、おまえのママだけさ。ママはなにしろ聖女だからね。それがママさ。なあ、こうしよう。私に子供たちを案内させてくれ。この場所をざっと見せてまわりたいんだ。そのあいだおまえは上階に行ってなさい。子供たちにいろんな面白いものを見せてやるよ。

まあ、それでいいけど……おまえたち、おじいちゃんと一緒に行きたい？

いいよ、とトントは言った。母さんはどこに行くの？

おばあちゃんのところに行ってくる。

何かで母さんに会う必要ができたら会えるのかな、とリチャードが言った。

大丈夫さ、坊や、とミスタ・ダーウィンは言った。もしママに会う必要ができたら、そう言えばいいのさ、ワン・ツー・スリー、ママはすぐに君の前にいる。いいね？　なあフェイス、エレベーターは玄関の脇にあるよ。

まったくもう、エレベーターがどこにあるかくらい、ちゃんと知ってるわよ。

一度、悩みで頭がいっぱいになったまま、ぼんやりエレベーターに乗っているときに、ドアが急に開き、彼女はそれを目にすることになった。六階の病棟を。

ああ、もう治癒不可能な人たちだ、と彼女の父親は言った。それから彼女を慰めるために言った。信じられるかい、フェイス？　世界と同じさ。公平じゃないんだ。ここでも、我々の中には最上階からスタートするものもいる。残りのみんなはいちばん下から自力でよじ登って行くというのにさ。

は、は、は、とフェイスは言う。

紛れもない真実さ、と彼は言う。

治癒不能だからといって、必ずしも死に近いとは限らない、と彼は説明してくれる。それは大方の場合ただ、「生きている」ということからはほど遠いというだけなんだよ。

たとえばその病棟には三十歳くらいの人が何人かいて、彼らは丈夫な心臓と、満足のいく肺を持っていた。しかし彼らは寝たきりか、あるいは苦痛に身を折り曲げていた。それともショールで車椅子にぐるぐる巻きにされていた。年取った、あるいは中年の両親が、毎日そこにやってきて、治る見込みのない子供たちのためにシーツを取り替えたり、童謡を歌ってやったりしていた。

でも三階には、いくぶんホテルを思わせる雰囲気があった。つまりそこには廊下があり、敷物があり、ドアがあり、フェイスの母親の部屋のドアは、いつものように大きく開いていた。窓の近くで、明かりとつり下げられた植物のねじれた影を目いっぱい利用して、ミセス・ヘーゲルシュタインはしっかりと目覚め、敏捷《びんしょう》そうな顔に満面の笑みを浮かべていた。編み針と両肘が空中にひょいひょいと突き出されていた。フェイスは彼女の頬にキスをした。あまり気は進まなかったが、みんなに親切な母親が喜ぶだろうと思って。それから彼女は母親のそばに腰を下ろし、友好的に会話を始めた。

当然のことながら、母親が最初に口にした言葉は「子供たちは？」というものだった。彼女は今にも泣き出しそうに見えた。

違う、違うのよ、ママ。子供たちは連れてきたわ。今はちょっとパパと一緒にいるの。

一瞬、はっとしただけ……これは私たちには良い機会だわ……で、フェイシー、ほんとのことを言ってちょうだい。どんな具合？　いろんなこと、少しはましになった？　仕事は足しになっている？

仕事ね……うーん。新しいタイプライターを買おうとしているところなの。家で仕事をしたいから。それって、ほら、けっこう大きな投資なのよ。まるでビジネスに乗り出すみたいな。

フェイス！　母親は彼女をまじまじと見た。なんであなたがビジネスに乗り出さなくちゃならないわけ？　あなたなら市のソーシャル・ワーカーになれるじゃない。あなたは心の優しい子だし、いつもまわりの人たちのことを案じている。あなたは教師になるべきよ。そうすれば夏にお休みがとれるでしょう。キャンプの指導員だってできるわ。そのあいだ子供たちはキャンプにいられるし。

ああ、ママ……もうよしてよ！……とフェイスは言った。そしてミセス・ヘーゲルシュタインの方を見た。彼女は間違いなく一分間くらいは、聞き耳を立てていなかった。編み目の数を勘定していたからだ。

私に何ができるっていうのよ、フェイス？　あなたは十一時だって言っていた。なのに今は一時よ。私は間違ってる？

間違ってない、とフェイスは言った。これでは話にならない。彼女は頭を前に傾けて、母親の肩につけるようにした。彼女の方がずっと背が高かったので、それは簡単なことではなかった。きまりは悪かったけれど、それは必要なことだった。母親はフェイスの手を取り、自分の頬に押し当てた。それから言った。ああ、私はこの手が何をしたかを覚えているよ……かつてはアップルソースを食べるのにも使われたんだ。それはスプーンなんてものを必要とはしなかった。未開人のような手だった。

あらまあ、可愛いこと、とミセス・ヘーゲルシュタインは言った。

ミセス・ダーウィンは手をひっくり返し、ぽんぽんと叩き、それから落とした。なんてことよ、フェイシー！　フェイシーったら、手首にできものができているじゃないの。あなた、手を洗わないの？

もちろん洗ってるわよ、ママ。どうしてかしらね。気苦労が多いからかもしれない。それにこれはできものじゃない。

気苦労だなんて言わないでおくれよ。おまえは大学にも行ったんじゃないか。手くらいきれいにしておかなくちゃ。生物学だって、たしかとっているはずだよ。だから手を洗いなさい。

もう、よしてよ、ママ。いつ手を洗うかくらいちゃんと知ってるから。

ミセス・ヘーゲルシュタインはそこで編み物をやめた。ねえ、ミセス・ダーウィン、余計な口を挟むみたいですけど、あなたのお嬢ちゃんの言っていることは正しいわ。手首のできものなんて、気苦労から生まれるものの中ではほんの些細なものよ。これは科学的事実よ。気苦労ってものはね、いったん生まれるとなかなか終わらないものなの。あなたはそれに気づかなかっただけ。それはまるでガスみたいに心臓を出たり入ったりするわけ。何百回もね。どうせ私の言うことなんて信じてないんでしょう。そういう顔をしている。まったく頑固なシリア・ダーウィン。病は気苦労から生まれるのよ。嚢胞《シスト》、大恐慌時代からこのかた、私は身体の中にそれを数え切れないほど抱え込んできた。手の届くようなところにそれがあると、医者は叫ぶの。おお、嚢胞だ！　アーチーがどこかの間抜けと結婚して以来、私は胆嚢をやられてしまった。遅血症、これは主人のミスタ・シュタインが死んだときに背負い込んだ。静脈瘤、それに痔疾と首のねじれ、これはミスタ・シュタインが年金をもらって引退したときからのもの。彼にとっては、そのときに未来への不安が終ったようだけど、私にとってはそこからまさに不安が始まったわけ。責任ってのがどういうものなのか、あなたにわかるかしら？　それは病気の老人を生かし続けておくことよ。すべては一人の男を電気椅子に送り込む前夜のご馳走みたいなものなの。ターキー。ポットロースト。キシュカ（ユダヤ風ソーセージ）。あらゆる種類のクーゲル（ユダヤ風のカセロール）。果てしのないスープ。ああ、フェイシー、そんなもののおかげで、私は身体のいたるところに神経痛とリューマチを抱え込んでしまった。手首のできものなんて、そんなのはただの始まりに過ぎないのよ。

つまりあなたが言いたいのは、とフェイスは言った、すべての病は人生そのものからもたらされたんだってことなのですね。

まあ、要するにそういうことなのよ。

そこだよ、とミスタ・ダーウィンが言った。彼は屋上庭園まで子供たちを連れて行く途中、部屋の前を通りかかり、耳を澄ませていたのだが、そこで一言口を挟みたくなったのだ。彼は繰り返した。そこだよ！　そして続けた。そいつがまさに現代というものに対して、私が一言あるところだ。あんたはたまたままさに時流に乗っているんだよ、ミセスH。今日では何でもかんでも心気症だ。もしあんたが風邪をひいても、「この風邪はミスタ・ハーシュから、職場でうつされた」とは言わない。いやいや、昨今は誰あろう、自分の女房から風邪をうつされるんだよ。健康そのものの女房からね。それというのもただ、彼女は夫のことをあまりハンサムじゃないと考えているからさ。あるいは彼女にとっては夫なんて昔から、ただのろくでなしに過ぎなかったみたいなことになるかもしれない。するとたいてい、人は一生を通じて花粉症に苦しむことになるのさ。そして毎年の八月は、思い出したくもない記念日になる。

もうよしてちょうだい、とミセス・ダーウィンは言った、もうそんな会話は聞きたくもない。あなたがへんてこな考えを頭に思い浮かべるたびに、私の健康が傾いていくってわけじゃないんだから、シド。それから、フェイス、とにかくちゃんと手を洗うんだよ。お願いだからさ。

わかったよ、ママ、わかったわ、とフェイスは言った。

私はどうなるんだ？　とミスタ・ダーウィンは言った、私は可愛い娘とゆっくり話もできないのか？　少し一緒に歩こうじゃないか、フェイシー。

だって、ついさっきママのところに来たばかりなのよ。

お父さんと一緒に行きなさい、と母親は言った。とにかくこの人はおとなしく座っていることができないんだから。じっとしているとすぐに手足がむずむずしてくる人なのよ。ねえ、この子に言ってきかせてよ、シド。もっと分別をつけるようにって。母親になってしまったんだし、母親としてやっていくしかないんだから。

この子に何を言えばいいか、いちいち指図なんかしないでくれ、シリア。フェイシー、おいで。子供たちはここに残ればいい。おばあちゃんとお話をするんだ。おばあちゃんのお友だちともね。

さあ、坊やたち、いらっしゃいよ、とミセス・ヘーゲルシュタインが笑顔で誘った。さあ、私の顔を見てごらん。これが老いというものだよ！　これはね、好むと好まざるとにかかわらず、誰にもやってくるものなの。子供たちはそれを目にして、身を寄せ合った。二人の肘《ひじ》が触れあった。

フェイスは子供たちのところに戻ろうとしたが、父親はその手をしっかりと握って離さなかった。フェイシー、放っておきなさい。ママがちゃんとうまくやるから。彼女はすべてをジョークにしてくれる。それに子供たちのためにプレゼントも用意してある。さあ、おいで。近くに素敵な木の生えたベンチがあるんだ。この場所のひとつ優れた点は、ベンチと木がいたるところにあることだ。それにベンチはすべて、ただのベンチじゃないんだ。ひとつひとつが誰かに捧げられたベンチでね、どれにも名前がつけられている。

横手についた庭に出るドアから、父親は彼女にその例を見せた。あそこにあるのが私のお気に入りのベンチなんだが、ジェローム（ジェリー）・カッツォフという名前を付けられている。ジェロームは六歳の男の子なんだよ。そんなに幼くして死ぬというのは、まったく切ないことだよな。しかしまあ、時間の節約にはなる。言ってることわかるかい？　あの楡《にれ》の木（こいつはずいぶん長生きをするはずだ）のまわりを囲んでいる素敵な円形のベンチは、有名なベンチで、名前はシドニー・ヒルマン。私たちがベンチをじゅうぶんに持っていることは、これでわかっただろう。私たちがここでじゅうぶんに持っていないものは——そしてそのことに日々心を痛めているのだが——第一級の優れた書物だ。ベストセラーの本ならいやっていうほどある。しかし優れた文学作品はどこにある？……それを知ったらおまえはきっと驚くと思うよ。だから私はマネージャーに手紙を書いた。「親愛なるゴールドスタイン様」と私は書いた。「親愛なるゴールドスタイン様。我々は『書の民』ではありませんか？　それは間違いですか？　法律的に規定するなら、我々はささやかなる無宗派ということになっております。私もそれは承知しております。しかし我々はここではなんといっても、おおむね『書の民』として暮らしております。書と言えば、あなたにとってはおそらく聖書やタルムード†みたいなもののことを意味するのかもしれません。しかし私にとっては、すべて理想主義者たる私の世代にとっては、書とはつまり普通の本のことなのです。おわかりになりますか？　ゴールドスタインさん、『ユダヤ慈善協会』から少しばかりお金を融通してもらって、あと五十年この名声を保ってはいかがでしょう？　ほんの僅か予算を増やせば、あなた一人で簡単にできるはずだ。目覚めよ、兄弟、私の頭がまだまともに働いているうちに」

ああ、それでもうひとつのことを思い出したよ、フェイシー。ある事実をおまえに話さなくちゃならない。まわりにいる人々の頭脳が、だんだん消えつつあることに私は気づいたんだ。それは日々消えていくんだ。

ちょっとそこに座りなさい。それが私の胸を苦しめているんだ。いちばん最近そっちに行っちまったのがエリーザー・ヘリグマンだ。ある日私は彼に指摘していたんだ。いかにして種子が――いつもながらのスターリニスト的、反ユダヤ主義の発芽種子が――

†訳注――ユダヤ教の教典。

存在し、育っているかについてな。それもあの定期的にやってくるロシアのポグロム的[†1]精神性の中のみならず、メンシェヴィキ[†2]のシオニズム[†3]に対する日常的姿勢においてさえもだ。やつは私に激しい論争を挑んでくる。とても真剣で底の深い、そして本質的な反論だ。もし自分は正しいという曇りなき確信がなかったなら、私は自分が間違っていると思い込まされちまったに違いない。その二日ばかりあとに、私は彼の前を通りかかった。この木の下の、まさにこのベンチにやつは座っている。私もそこに腰を下ろす。彼はミセス・グルンドと一緒だ。彼女は今少なくとも二度目の、あるいは三度目の少女時代を迎えていることでよく知られている女性だ。

彼女は泣いている。泣いているんだよ。私は関わらないようにする。ヘリグマンは言う。マダム・グルンド、どうしてあんたは泣いていなさるんだね？

母が死んでしまったのです、と彼女は言う。

そりゃ、とやつは言う。

死んだのです。死んでしまった。私が四歳のときに、母は亡くなってしまった。

そりゃ、とやつは言う。

それから父は再婚して、継母がやってきました。

ああ、とヘリグマンは言う。継母と一緒に暮らすのはつらいものだ。それは大変なことだ。四歳で母親を亡くすなんてな。

私には我慢できません、と彼女は言う。日がな一日。話しかける相手がいません。その継母は私のことなんてどうだっていいんです。彼女には自分の娘がいます。私のような娘は母親を必要としているんです。

ううむ、とヘリグマンは言う、母親、母親。女の子にはどうしたって母親というものが必要ですな。

でも私にはおりません。私には母親がいないのです。いるのは継母だけ。私には母親がいません。

ううむ、とヘリグマンは言う。

いったいどこで私は母親を手に入れることができるでしょう？　そんなことはどだい無理です。

ああ、とヘリグマンは言う。心配はありませんよ、マダム・グルンド、案じることはありません。時間は過ぎていきます。ほら、あんたは健康だし、これから大きく育っていく。そして結婚し、子供を作り、幸福になっていくんだ。

ヘリグマン、おい、ヘリグマン、と私は言う、あんたはいったい何を言っているんだね？

†1訳注――ユダヤ人に対する集団的迫害。
†2訳注――穏健派共産主義者。
†3訳注――パレスチナにユダヤ人国家を打ち立てようとした運動。

ああ、ご機嫌いかがですか、とやつは私に言う。まるで通りがかりの赤の他人に言うみたいに。ここにおられるマダム・グルンドは、この世に一人で残されておられるのです、とやつは言う、四歳にして母親を亡くしてしまったのですよ（やつの既に消えかけている顔には涙が浮かんでいる）。でもいつまでも悲しみは続きませんよと、私は言い聞かせておったのです。彼女はこれから結婚もするし、子供も産むことでしょう。そうやって自分の人生を生きるようになるのです、自分の人生を。

あんたこそご機嫌いかがですかだね、ヘリグマン、と私は言う。というか、あんたにさよならを言いたいよ、我が親友にして最良の宿敵たるヘリグマン、あんたとは永遠にさよならだ。

ああ、パパ、パパ！　フェイスは勢いよく立ち上がる。お父さんがここにいることに私は耐えられないわ。

そうかい？　私が耐えられるって、誰かが言ったかね？

しばし沈黙がある。

彼は一枚の落ち葉を拾い上げた。ほら、これだよ。天国への門。ニワウルシだ。二人は大きな環を描いて、小さな庭を歩いた。そして別のベンチに行った。「光は目にしたが、救いの地を目にすることはなかったテオドール・ヘルツルに捧ぐ／ジョハネス・メイヤー夫妻を偲《しの》んで・一九五八年」とある。彼らは身を寄せ合うようにして座った。フェイスは父親の膝に手を置いた。大好きなパパ、と彼女は言った。

ミスタ・ダーウィンはその深い愛情に励まされるように切り出した。ひとつ本当のことをおまえに言わなくちゃならない。なあ、フェイス、こういうことなんだ。電話では話せなかったことだ。リカルドがここを訪ねてきたんだ。子供たちの前でその話をしたくなかった。私も、おまえのお母さんもな。母さんは彼の姿を目にして、ショックを受けたみたいだった。彼女は私たちに、外に行ってコーヒーを買ってきてくれと頼んだ。

彼があんなに興味深い若者だとは、これまでまったく気づかなかったね。

彼はもう若者じゃないわ、とフェイスは言った。彼女は父親から少し身を引いた。といってもせいぜい半インチくらいのものだが。

私にとっちゃ、彼はまだ若者さ、とミスタ・ダーウィンは言った。若者ってのはただ、老人じゃないってことだ。そんなことを言い合っても仕方ない。おまえはおまえなりにものを知っているし、私は私なりにものを知っている。

何よ、それ！　とフェイスは言った。ねえ、聞いてちょうだい。彼は子供たちに会いに来たことだってないって、あなたは知っているの？　それに彼は私にずいぶん借金があるのよ。

そうか、金か！　たぶん彼は自分が恥ずかしいんだろう。彼は金を持っていない。彼は男だ。たぶん自分を恥じているんだよ。なあフェイス、余計なことを言って悪かったよ。リカルドのことになると、おまえは気が触れたようになるんだから。

気が触れたようになる？　まったくもう、私の気が触れてるですって。よく言うわよ。

お父さんはリカルドから温かい言葉をかけられ、私は気が触れているってわけね。

落ち着きなさい、フェイシー、お願いだから。おまえはもう少し穏やかに人生を送ることができないのか？　この問題についちゃおまえにもいくらか責任があるかもしれないよ。あんなひどい場所に住んでいるんだものな。おまえがあんなところから引越してくれればいいと思っているんだが。

引越す？　どこに？　どうやって？　いったい何の話をしているのよ？

その話をここで蒸し返すのはよそうや。おまえにもっと言わなくちゃならんことがあるんだ。深刻な話だよ。それに比べたら、リカルドのことなんて取るに足らない問題だ。私はある決断をくだしたんだ。おまえのお母さんはそれには同意していないんだがね。正直言って、私はもうこの場所にとどまっていたくないんだ。私はそう心を決めた。お母さんはここが気に入っている。彼女は自分が静かなこぢんまりしたキブツ†に住んでいると思っているんだ。幸いなことにヨルダンとエジプトに挟みこまれたりもしていないしな。彼女はここに腰を据えて、せっせと編み物をしている。目が見えなくなるまで本を読んでいる。針編みレースだかなんだかの講座まで持っている。女性たちを組織している。歴史クラブみたいなものもある。「過去を忘れるなかれ」ってクラブだよ。それがクラブの名前なんだぜ。まったく信じられないじゃないか。

ねえ、パパ、それで何が言いたいのよ？

だから言ってるじゃないか。私が言いたいのは、ものごとの明白な事実だ。おまえが言ったことは真実だ。こういうことだ。私はもうここにいたくないんだ。そのことは言ったよな。もし私がここにいたくないのなら、私はどこかよそに行かなくてはならない。もし私がどこかに行くのなら、ママをここに残していかなくちゃならない。もし私がママをここに残していけば、そうだな、それはひどい真似だ。しかしだな、フェイス、私はこのままここに住み続けるわけにはいかないんだ。そいつは不可能だ。これは私の人生じゃない。自分が年をとったとは思えないんだ。一度もそんな風に思ったことはない。おまえのお母さんを気の毒に思っただけさ。私たちは互いに良き伴侶だったからな。母さんは具合が悪くなって、家事が前ほどはできなくなってしまったんだ。手術のせいですっかり変わってしまった……まあ、おまえはそのへんには関わりがなかったが。おまえはその頃にはもう自分の生活を持っていたからな……彼女にとってはここはまるでグランド・ホテルにいるようなものなんだよ。もっともここに暮らしているのは同胞ばかりだがな。母さんはヘーゲルシュタインのことを、恨みがましい根性の悪いばあさんだとは思っていないんだ。母さんの目には彼女は、カラフルで、母親的に頼れて、生命力に溢れた女性に見えるのさ。母さんは双子のビッセル姉妹のことを、八十四歳のくせして救いがたく子供っぽくて、小便臭い連中だとは思っていない。素晴らしい人たちだと考えている！　姉妹としてずっと一生を共にしてきたんだなんて！　母さんにはなんに

†訳注――イスラエルの集団農場。

も見えてないんだ！　ああ、フェイシー、母さんにはなんにもわかってないんだ！

それで？

それでリカルドもこのあいだこう言っていたよ。お父さんはちっとも年とって見えませんね、出たり入ったり、上ったり下ったり、頭の中はアイデアがいっぱい。

それは本当のことだよ……トロツキーはこう言った。人に訪れる最大の驚きは老齢だってな。オーケー、それが私の言わんとすることだ。私はそれを感じないんだ。驚きだよ。トロツキーがどのような話題についても何か一家言を持っていたというのは、興味深いことだと思わないか？　その昔、私は彼のことを正当に評価していなかった。歴史の表玄関から放り出され、窓から居間に忍び込んできて、そこに落ち着いているやつみたいに見えた。ああ、話がまた逸《そ》れたな。つまり私は、自分が年をとった気がしないと言いたいんだ。ぜんぜん、まったく。どのような点においても。私の言うことは理解してくれたか、フェイス？

父の言ってることはフェイスにも理解できる。でも本気で言ってるんじゃないといいんだけど、と彼女は思った。

ええ、もちろん、とフェイスは言った。理解できたと思う。父さんは行動的で健康そのものの気分。それが言いたいんでしょ？

いやいや、そんなものじゃない。彼はため息をついた。私はおまえにいったいどのように説明すればいいのか、お嬢さん。だから、こういうことなんだよ。私はとにかくここを出なくちゃならない。ここはどん詰まりだ。ここは終着駅だ。そうだろう？

まあ、そうかも……

終点なんだよ。もしそれが可能であるなら、私が急に人生に対して感ずるところに従えば、私はおまえの母さんと離婚をすることになるだろう。

パパ！……とフェイスは言った。ねえ、パパ、それってからかってるのよね？

何を言うんだ。私がおまえをからかったりするものか。おまえくらい変化に苦しんできた人間はいないんだから。まさか。私はほんとに母さんと離婚するだろうよ。これは正真正銘のことだ。

だって、パパ、そんなことができるわけないでしょう。そんなことできっこないじゃないの。

もちろん彼女を路頭に迷わせたりはしないさ。だいたい離婚したくてもできないんだよ、と彼は言った。なあ、フェイス、どうして離婚できないかわかるよな。おまえはきっと忘れてしまっているだろうが、我々はそもそも結婚もしていないからだ。

結婚していない？

結婚してはいないんだよ。まあ、これだけ長い歳月ずっと一緒にいれば、正式に結婚したのと事実上変わりもないと思うんだがね。ラビが六月の薔薇《ばら》でつなぎ合わせたのと同じようなもんさ。それでもやはり、問題は薔薇の棘《とげ》となってちくちくと肌を刺す。結婚もしていない二人が、どうやって離婚できるって言うんだ？

パパ、話をはっきりさせておきたいんだけど、あなたはお母さんと別れるつもりでいるの？

ノー、ノー、ノー。私はここを去ろうとしているだけだ。彼女が一緒に来るというのなら、それでかまわない。まあ、生活は変わってしまうけれどな。もし来ないというのなら、それでおしまいだ。

結婚していない、とフェイスは自分に言い聞かせるように繰り返した。ああ……もう、どうしてなの？

忘れちゃいけないよ、フェイス、我々はおまえとは違う人間だったんだよ。我々は理想主義者だった。

へえ、あなた方は理想主義者だったのね……とフェイスは言った。彼女は立ち上がり、テオドール・ヘルツルに捧げられたベンチのまわりを歩き回った。ミスタ・ダーウィンは彼女を見ていた。それから彼女は再びベンチに腰を下ろし、彼の無垢なる耳をリアルでありふれた世界で満たした。

ねえ、パパ、私には今現在、三人の恋人がいるの。最終的に誰と結婚すればいいのか、決めかねているのよ。

なんだって？　おい、フェイス……

ねえ、パパ、私はあなたと同じで、理想主義者なのよ。世界全体がどんどん理想主義的になっていってるのよ。なにしろとことん理想主義的になっていて、人々は最良のものだけを、完璧なものだけを求めているの。

おまえは私をからかっているんだな。

からかっている？　これのいったいどこが面白いの？　どうしてリカルドが出ていってしまったか？　簡単なことよ。彼が理想主義者だから。彼にとっては、どこかに、何か完璧なものがちゃんと存在しているわけ。だから私は言う、いいわよ。私も同じだから。私も同じだから。どこかで私にとって完璧なものが花開いている。私のようなハイクラスの理想主義者は、三人の恋人のうちの誰と落ち着くべきだと思う？　私にはわからないの。

フェイス、三人の男って、おまえは三人の男と寝ているってことか？　そういうのは信じられないな。

ほんとよ。それも一週間のうちにね。そういうのってどう？

フェイシー、フェイス、どうしてそんなことができるんだ？　やれやれ、まったくもう、とんでもない。そんなことは母さんに言うんじゃないぞ。私も黙っているからな。ぜったいに。

どうして？　それのどこがとんでもないわけ？　パパ、いったい何がいけないわけよ？

教えてくれないか？　彼は静かな声で言った。何のためなんだ？　どうして彼らのためにそんなことをしなくちゃならない？　おまえにはお金がない。そういうことだな。

そうなんだ、と彼は自らに言う、この娘には金がないんだ。

いったい何の話をしているわけ?

……金だ。

ええ、そうよね、彼らは私にちゃんと支払いをしてくれるわ。どうしてわかったの? 彼らは自分たちの貴重な時間を、二時間ばかり支払ってくれるのよ。彼らは自分たちの抱えている悩みを語り、どうして離婚したり、別居したりしたかについて語るのよ。そしてときどきは私のつくった夕食を食べていったりしてくれる。日曜日にはセントラル・パークで子供たちと野球をしてくれる。ええ、そうよ、私はきちんと支払いを受けているわ。

私は金を持っていないというわけじゃない、と彼はなおも言い張る。困ったときには私に頼めばいいんだ。なあ、フェイス、おまえは年々ややこしいことになっていく。おまえの母さんや私がいったい何をしたって言うんだ? 我々はただ最良を尽くそうとしただけなのに。

父さんの言う最良っていうのはね、間違いなくかなり問題があるみたいね、とフェイスは言った。子供たちを連れて、さっさと引き上げるわね。もうこんなところにいられないもの。

気をとられながら、そして身体のあちこちに痛みを感じながら(顎や、右の脇腹や、手首の小さな炎症)、彼女は受付の部屋を駆け抜け、暗い図書室を、忙しそうな美術工芸スタジオを通過した。そして髪を紫色に染め、黒いレースのショールを羽織った、威厳あるマダム・エレーナ・ナズダローヴァの前を、彼女には一瞥《いちべつ》もくれることなくさっさと通り過ぎた。彼女は雑誌編集室の戸口に座って、賞を受けたこともある同人誌『ア・ベッセーレ・ツァイト』の編集作業を行っているところだった。マダム・ナズダローヴァはフェイスのあとを息を切らせて追いかけているミスタ・ダーウィンの姿を目に留め、声をかけた。あら、ダーウィン……今月は愛の詩をくださらないの？　どうやって入稿すればいいのかしら？

私をからかわないでくれ、それどころじゃないんだから、とミスタ・ダーウィンはフェイスを捕まえようと必死で急ぎながら言った。フェイス、フェイス、と彼は叫んだ、おまえは脚が速すぎるぞ。

ふん。何よいったい！　とフェイスは、一階の踊り場でいったん足を止め、言った。あなたはまだまだお若いんでしょう。あなたとリカルドは素敵なイーストサイドの部屋を手に入れて、別々の入り口から入って、別々の女の子の相手をすればいいのよ。

自分勝手に世の中を判断するんじゃない。リカルドだって、おまえとの間に問題を抱えていたんだ。だんだん話が見えてきたぞ。以前に一度、私はおまえに精神科医に診《み》てもらったらどうかと言った。チャーリーなら、医学方面の重要な人々と知り合いだからな。

チャーリーのことは持ち出さないで。お願いだから。子供たちを連れて出て行くわ。

すぐに出て行かなくちゃ。もうこんなところにはいられないから。

私がどうしておまえのあとを追って、あほみたいに階段を走り上っているかっていうと、今の話を母さんにしてほしくないからだ。おまえの母さんには、身を落とした妹がいるんだ。だからおまえを一目見たら、そのへんの事情はすぐにわかってしまう。一目でな。

お願いだから、あとをついてこないで、とフェイスは怒鳴った。

声を落としなさい、とミスタ・ダーウィンは歯の間から絞り出すような声で言った。プライドを持ちなさい。わかったか？

消えてしまって、とフェイスは取り乱しながらも、言いつけられたとおり小さな声で囁《ささや》くように言った。

母さんには言うんじゃないぞ。

うるさい！　とフェイスは囁いた。

子供たちはミセス・リースと卓球に興じていた。彼女が親切にも二人を招いてくれたのだ。フェイスいったいどうしたのよ、目が血走っているみたいだけど、と彼女の母親は言った。

息を切らせたのさ、とミスタ・ダーウィンがはあはあ息をしながら言った。頭がおかしい、実におかしい。シルビアみたいに。おまえの気の狂った妹みたいに。

ああ、シルビアね。ミセス・ダーウィンは笑った。しかしそれでもフェイスの手をとって、それを自分の頬にあてた。いったいどうしたのよ、フェイス？　ああ、そういえばあなたにはシルビアにちょっと似たところがある。すぐにかっとするところとか。あの子はめいっぱい好きに生きたわ。かわいそうなシル。生きる情熱みたいなのがあった。彼女はテレビジョンの前で死んだのよ。何ひとつ見逃さない人だった。

ああ、ママ、シルビーがどうなったかなんて、知ったことじゃないわ。

おまえ、いったいどうしたって言うのよ？

戸口の上の方に陽気そうな男の顔が現れた。こちらはダーウィンさんのお住まいでしょうか？

ああ、フィル、とフェイスは言った。なんていうタイミングなんでしょう！

何なんだ？　三人のうちのどれなんだ？　ミスタ・ダーウィンは叫んだ。

フィリップは背を丸めてその小さな部屋をのぞき込んだ。彼の顔は内気そうに決意を秘めていた。おかげで彼は、まるで今すぐにでもここを立ち去ろうとしている人のように見えた。私はフェイスの友人です。名前はマッツァーノです。実を言いますと、ミスタ・ダーウィンの作品のことで話があって、ここに参りました。たくさんの可能性があるんです。

あんたは私の名前を耳にしたのかね？　とミスタ・ダーウィンは尋ねた。誰から聞いたのだろう？

フェイシー、上等なお茶碗を出してちょうだい、と彼女の母親が言った。

何ですって？　とフェイスは聞き返した。

何ですって、もないでしょう。あきれたわね。何ですってですって。

私はここを出ていくところなの、とフェイスは言った。子供たちを連れて、ここからすぐに引き上げるの。

行かせてやりなさい、とミスタ・ダーウィンは言った。

フィリップはそこで初めてフェイスの存在に気がついた。僕はどうすればいいんだ？　と彼は尋ねた。僕にどうしてほしいんだい？

彼に話せばいいじゃない。私は知らないから。そのためにここに来たんでしょう。直接話せばいいじゃない。でしょ？　彼女はこう考えた。これはきっとコメディーなのね。

このろくでもない午後は。どうして？

フィリップは言った。ミスタ・ダーウィン、あなたの歌はとても美しい。

さよなら、とフェイスは言った。

おい、ちょっと待ってくれよ、フェイス、ねえ。頼むよ。

ノー、と彼女は言った。

ビーチで、子供時代の懐かしいブライトン・ビーチで、彼女は息子たちにボードウォーク（海岸遊歩用の板張りの道）の下の秘密の隠れ場所を見せた。子供の頃、彼女はそこに拾い集めてきた炭酸飲料の空き瓶を溜めていた。一本三セントだったか、五セントだったか？　もう思い出せないわ、と彼女は言った。ここは私の領分だったのよ。私はそれを守るために戦わなくてはならなかった。でもエディーという名前の男の子が私を助けてくれたの。

マミー、どうしてあの人たちはあそこに住まなくちゃならないの？　そうしなくちゃならないわけ？　ちゃんとした普通のアパートメントを持つことはできないわけ？　どうしてなの？

あそこはなかなか良いところだと僕は思うけどな、とトントは言った。

おい、黙ってろよ、間抜け、とリチャードが言った。

ねえ、子供たち、海をごらんなさいよ。知ってるでしょ、おまえたちのひいおじいさんはずっと北方のバルチック海に住んでいたのよ。そしてなんと、凍ったニシンをポケットに突っ込んで、何マイルも何マイルも、海岸沿いをスケートしていたのよ。

トントはそんな話を信じなかった。彼は後ろ向けにばたんと砂の上に倒れた。凍ったニシンだって！　頭がきっとおかしかったんだよ。

それって本当なの、ママ？　とリチャードが言った。そのひいおじいさんのことを知っていたの、と彼は尋ねた。

いいえ、知らないわ、リッチー。ひいおじいさんもこっちに来ようとしていたという話だった。でも船がなかったの。遅すぎたのね。だから私はおじいちゃんの口にする冗談を笑うことができないのよ。

どうしておじいちゃんは笑えるんだろう？

ああ、リッチー、お願いだからもうやめて。

トントは砂で身体を強く打って、立ち上がることができなかった。彼は砂の城をつくりはじめた。フェイスは彼の隣の冷ややかな砂の上に腰を下ろした。リチャードは白い泡の立つ波打ち際まで歩いて行って、ずっと向こうの小さな波止場の波の先を見ていた。遥か遥か向こう、空まで見ていた。それから彼は戻ってきた。その小さな口はぎゅっと閉じられ、目は不安げだった。ねえ、ママ、あの人たちをあそこから出してあげなくちゃ。母さんの母親と父親なんだからさ。それは母さんの責任だよ。

よしなさい、リチャード、あの人たちはあそこが気に入ってるのよ。どうして何もかもが私の責任になるわけ。まったくもう、何から何までが？

だってそうだからだよ、とリチャードが言った。フェイスはビーチを端から端まで眺めた。彼女は金切り声を上げたかった。助けて！

もし彼女が十年か十五年あとで生まれていたら、彼女はそうしていたかもしれない。金切り声で叫びまくっていたかもしれない。

でもその代わりに、涙が例によって防護レンズのようなものをつくりあげ、惨めなものを見るための安全な視野を与えてくれた。

さあ、私を埋めてちょうだい、と彼女は十月の太陽の下で、死体のようにぺったりと砂の上に横たわった。

トントはすぐに彼女の足首のあたりに砂をかけ始めた。よせったら！　とリチャードが怒鳴った。そんなことをやめるんだ、この間抜け。ママ、僕はただ冗談で言っただけだよ。

フェイスは身を起こして座った。まったくもう、リチャード、あなたはいったいどうしたっていうのよ？　まったく、なんだって大騒ぎするんだから。私だってただ冗談でやっているだけよ。ここらあたりまで埋めてくれって言っているだけじゃない。ほら、この腕の下あたりまで。おまえがときどき何か生意気な口をきいたときに、しっかりぶてるようにね。

ああ、ママ……とリチャードは言った。そしてほっとしたように、一度だけ長いため息をついた。それからトントの隣に膝をついた。身をくねらせたり、ぶったりできる余地をたっぷりと与えた上で、二人の子供たちは彼女の身体の大部分を砂で覆い始めた。

In the Garden

庭の中で

一人の老婦人が、くたびれこわばった身体で、庭に座っていた。その隣には美しい若い女性がいた。彼女の二人の子供は八歳と九歳で、その八ヶ月前に誘拐されていた。二人の女性は隣人同士だった。毎日午後になると二人は会って、子供たちの話をした。二人のセンテンスはいつもこのように始まった。ロサとロイサがうちに帰ってきたら……彼女たちのセンテンスはしばしばこのように続いた。クラウディナが買ってくれたアイスクリーム・フリーザーを子供たちに見せるのが待ち遠しいわ……子供たちはきっと二人だけで学校に行くのを怖がることでしょうね。最初のうちにはペピが車で送ってあげなくちゃならないでしょうね……二人とも痩せていることでしょう。いいえ、二人とも太りすぎているかもしれない。米と豆ばかり無理に食べさせられて、おとなしくさせておくために、キャンディーとおもちゃを山のように与えられて。

老婦人は思った。二人が帰ってきたら、二人が帰ってきたら……

二人の子供たちの母親である、美しい若い女性は言った。この枕カバーはロイサのためにつくっているのだけど、帰ってくるまでに仕上がるかしら？　こんなにいっぱい間違って、もう破くしかない。私は完璧なものをつくりたいのだから。

枕カバーには、緑の葉のあいだに黄色いカナリオの花があしらってある。四隅にはハミングバードが一羽ずつ配されている。

二人の夫が、見知らぬ一人の男と共に庭に入ってきて、ブーゲンビリヤの下で立ち止まった。そして子供たちの父親が、コーヒーだ！　ブラックで！　ブラックで！　ブラックで！　と怒鳴った。最近の彼はいつも怒鳴っていた。彼の妻は強いコーヒーをつくるために、台所に向かった。これでもう四杯目のポットだ。父親は見知らぬ男の方に向かって、話しかけた。まるで相手が耳の悪い人間であるみたいに、大声で。これこそ庭です、マイ・フレンド。とても美しいところでしょう。ここでは人生は善きものです。見ればおわかりになるでしょう。犯罪的要素はついに押さえ込まれたのです。警察はこの地域を頻繁にパトロールしています。あなたはお見かけしたところ、まっとうな方であるようだし、この通りに喜んでお迎えします。私たちは、コミュニストやら、いわゆるヒッピーみたいな連中には家を貸さんことにしております。今現在、シカゴ・メディカル・センターの病院長が、私の家のひとつで眠っておられます。そこの通りの向かい側の、大きなヴェランダのついた家です。彼は遅くまでお休みになっています。家庭内のごたごたや、仕事の煩《わずら》いから離れて休暇を楽しまれているのです。おわかりでしょう。私たちは――私と同僚はということですが――ここでごらんになっているほとんどすべての家屋を責任をもって建てました。あなたがお借りになっている家も含めてです。家はみんなしっかり建てられております。人々が子供さんやお孫さんを連れてここに住まれることを、私たちは望んでおります。誰にでも家をお貸しするというわけではないのです。

老婦人は彼の怒鳴り声に、もうそれ以上我慢できない。家に連れて帰ってくれないかと、彼女は夫に頼む。二人はゆっくりと芝生の庭を横切っていく。

見知らぬ男は数分のあいだ、驚嘆すべき花と鳥たちに囲まれて腰を下ろしている。彼は中年の、身だしなみの良い男だが、実はコミュニストだ。彼はまた二人の子供の父親でもある。子供たちは、この家の誘拐された二人の娘たちより、ほんの少し年上なだけだ。彼は心の温かい人物ではあるが、同時に容赦を知らぬ人物でもある。

その後数日かけて、彼は買い物をしたり散歩をしているときに、隣人たちに向かって話しかける。隣人たちは友好的に彼に接する。角の家に住んでいる一人の女性は、ヴェランダの錬鉄の門(彼女はそれを「レハ」と呼んでいた)のところによく立っている。彼が「あの子たちをご存じでしたか?」と尋ねると、彼女はどっと涙を流す。あの子たちがもう歓声をあげることは二度とないでしょう、と彼女は言う。私にはわかっているんです。小さい方の子、ロイサはいつもうちの孫娘と一緒に遊んでいました。まだ二人が小さな頃、裏手にあるハンモックに人形たちと一緒に座って、きりなくハンモックを揺らせていたものです。かわいかったわ、おちびのママみたいで。二人は一緒に大きくなって、終生の友だちになるんだろうなと思っていたものです。

　彼は店で会った別の隣人に話しかける。シュロのはえた通りを家まで一緒に歩いて戻りながら、隣人は彼に尋ねる。あの男はあなたに何か失礼なことを言ったりしませんでしたか？　いいえ、と見知らぬ人は言った。あの男はときどきそういうことをするんです、おわかりですよね。ちょっと頭がおかしくなっているんだという人もいます。私なら頭がきっとおかしくなっていることでしょうね。私なら、家を売り払ってさっさとよそに行くところです。でも彼はこの場所に多額の投資をしているのです。彼は私たち全員を憎んでいます。

　どうしてですか、と見知らぬ人は尋ねる。

　当然ではないですか、と隣人は答える。あなただってそうなるでしょう。我々は出来事のすべてを目撃していますからね。我々の子供たちはスケートをはいて、この通りをしょっちゅう行き来しています。

　ええ、なるほど、と見知らぬ人は言う。

　三人目の隣人は車を洗っている（これはまた別の日の出来事だ）。彼は気を遣ってカーラジオの音量を下げる。そこから流れているのは福音教会の救済の歌だ。彼は言った、ああ、あれはひどい出来事だ。でもね、みんな知っているのです。みんな知っています。

それをやったのは彼の友人たちだってことをね。おそらく彼自身、そのことを知っているでしょう。少なくとも一人は深く関わっていたんです。我々はみんな警察に不愉快な目にあわされましたよ。しかしそういう面倒をかけられて、逆によかったと私なんかは思っています。少なくとも、警察もそれだけちゃんと仕事をしているということですからね。しかし一人は——カルロという男で、こいつが主犯だと思うんですが（私はその名前を口にすることを恐れませんよ）、彼は取り調べを受けているあいだに自殺してしまいました。つい先月のことです。キューバ人でね、いつも声を上げて笑っていました。

それは政治的な事件だったのですか、と見知らぬ人は尋ねた。

いえいえ、そうじゃありません、マイ・フレンド、政治的なことではない。あくまで金です。物欲から出たことです。もちろん誘拐犯たちはこのように考えたはずです。金が入ってくる。あいつにとって十万ドルくらいたいした金じゃない。子供たちは一日かそこら目隠しされて、それから家に帰される。誰にもばれるもんか。問題は何もない。誰にもばれるもんか。彼らは夢見たのです。新しい車——それも二台。高い金で買える街の女。高級レストラン。派手な暮らし。しかし、ああ、何かがうまくいかなかった。ひるむことなく、それについて話しましょう。誰だって知っていることです。明らかなことです。金はなかなか支払われなかった。なぜか？　説明してあげましょう。どうしてかというと、我らが友人は見栄っ張りで愚かで、自分には力があるし、幸運も味方しているのだから、悪いようになるわけはないと信じ込んでいたからです。素早すぎるくらい素早く（というのは彼はなにしろ有力者ですから）、警官が、地元警察から連邦警察まで駆けつけてきました。それで、おわかりになると思いますが、誘拐犯たちは恐怖にすくんでしまった。子供たちはどこにいるのだと、あなたはお尋ねになるかもしれない。どこかよその国にいることでしょう。おそらくは怯えた妻の手で、親切に取り扱われていることでしょう。たぶん子供たちはいろんなことを忘れて、学校に通うことでしょう。そしてこんな風に考えることでしょう——ああ、あの子供時代はみんな夢だったんだって。あるいはあの子たちは海に放り込まれたのかもしれません。まるでゴミみたいに。ひどい話だ。たまらないことだ。

彼はラジオのボリュームを上げた。ごきげんよう、それでは。

その隣の家がちょうど老婦人の住んでいる家だった。彼女はショールを膝に掛けて、玄関のヴェランダに座っていた。夫がその隣に座っていた。彼女は両手で小さな金属の球を転がしていた。指の筋肉が老化するのを遅らせるためのエクササイズだ。

見知らぬ人はその「レハ」にあがって、別れを言った。彼の休暇は終了した。明日の朝には島を離れる。

これをごらんなさい、まあこれをごらんなさい、と彼女の夫は彼に向かって新聞を振りながら言った。見知らぬ人は、丸く印をつけられたその記事を読んだ。記者はこのように書いていた。「本日の午後、山中にある彼の夏別荘で行われたインタビューの中で、一年近く前に誘拐された少女たちの父親であるL＊＊＊氏はこのように語った。もちろん娘たちは帰されます。これほど大きく報道されることがなかったら、娘たちはずっと前に戻されていたことでしょう。二人が帰ってくるのを私は待っています。部屋もそのままにしてあります。私たちは信じています。妻と私は信じています。二人はきっと帰されます」

老婦人の夫は言った。いったいこの男は何を考えておるんだ。彼はかつては貧しい国に住む貧しい少年だった。それが大金持ちになり、きれいな奥さんをもらった。だから自分は歯で鋼鉄を曲げることだってできると思い込んでいるのだ。

婦人はゆっくりと言った。世界がどのようなものか、あなたにもおわかりでしょう。彼女の顔はどこまでも沈着だった。彼女の四肢から動きを奪った厳しい病は、顔の表情をつくる微妙な筋肉の恩恵をも剝奪《はくだつ》していったのだ。

この麻痺はやがて更に進行するだろうと、彼女は告げられていた。そのような未来を理解し、そこに残るであろうささやかな生活を練習するべく、彼女は離れていく見知らぬ人を、顔を動かすことなく、目だけで追った。彼女は左から右へと見ていった。彼の歩き方、彼の服装、彼の髪、彼の振られる両腕。しかし悲しいことだが、彼女も認めないわけにはいかなかった。目の動きだけに頼って世界を眺めるのは、たとえどれだけ繊細な神経を用いたところで、冒険旅行からはほど遠いものなのだということを。

しかし彼女は既に、ただ自らの勇気に心を向けるようになっていた。

Somewhere Else

どこか別のところ

二十二人のアメリカ人たちが中国を旅行していた。私もそのうちの一人だった。私たちはたくさんの写真を撮った。こんにちは、さようなら、写真を撮っていいですか、というような言葉を覚えた。人々はしばしば写真を撮られたくないと言った。どうして？　と私たちは尋ねた。私たちが写真を撮るのは、中国の人たちのことをよりよく覚えていたいからだ。夕食のあとで友人たちに中国の人たちについて語り、教会や学校でスライド・ショーをやりたいからだ。実をいえば、私たちはそこに政治色を盛り込むことも考えていた。政治一色というようなものではないにせよ。

旅行サービスの政治指導委員であるミスタ・ウォンはこう説明した。それはアントニオーニが中国を題材にして撮った映画のせいなんです、と。彼が中国の古代の魅力にばかり目を向ける姿勢は実に侮蔑的でした。彼の中堅国家的優越主義は、中国をヨーロッパのスフレのように見なしたのです。アメリカの資本投下と前衛芸術の与えるさじ加減で、膨らんだりへこんだりするものとして。

この映画監督はテクノロジーに対して見下した態度を示したわけだが、そのような真似を二度とは許すまじという人々の強い警戒心が、我々にも向けられているというわけだ。そのようなテクノロジーが、都会の鋼鉄の中にも、水田や、大豆や小麦の畑に沿っても、力強く姿を見せているのだ。

ある日、ホテルのミーティング・ルームで、彼は言った。あなたがたは中国の人民を愛してはいない、と。

さて、彼はそんなことを口にするべきではなかったのだ。それを境にして、私たちは彼の言うことに耳を傾けるのをやめた。少なくともルース・ラーセンとアン・レイヤーと、この私は。私たちは一人残らず中国革命に、毛沢東に、中国人民に恋をしている観光客だった。愛情深いものたちは、ときおりガイドや通訳をハグしたりした。ほかの人々は、そのツアーが終わる前に、中国の人たちがみんなそうしているように、中国人と(同性の相手と)手を繋いで、上海や広東の街を歩けるようになりたいものだと思っていた。政治について語り合い、イデオロギー的なニュースを交換しながら。私たちはときおり普通の家の中庭をこっそり覗き込んだ。人々がそこでどんな生活を送っているかを知りたくて。こちらは恋しているのに、そういうところからは閉め出されていたのだ。

私たちがもう一度、ミスタ・ウォンの言葉に耳を傾けるようになったとき、彼は私たちの一人を糾弾していた。許可もなく写真を撮ったということで。どこで？　いつ？　どこで？　誰が？　と私たちは尋ねた。私たちは社会主義の不正義に甘んじて耐えるみたいなことはしたくなかった。なぜなら私たちは社会主義を愛していたからだ。

この天津でです。ホテルの真ん前で、とミスタ・ウォンは言った。

あら、それならあり得るかもね、と私たちは思った。ホテルから通りを隔てた向かいにある、小さな美しい公園は、思わず写真を撮りたくなるようなもので満ちていたからだ。若者たちが卓球をしていたし、老人たちは二十五分の一のスロー・モーションで太極拳をやっていた。そしてまた服飾業に携わる中年の職人たちは、数日間ミシンの前を離れ、彼らがこしらえる服地のデザインを考案していた。彼らは薔薇園の周りを囲んで立ち、葉っぱや薔薇の花をせっせとスケッチしていた。私たちの誰かが、うっかり間違いを犯したということはじゅうぶんあり得た。すごく興奮して、「あなたの写真を撮ってかまいませんか？」と訊くのを忘れて、思わずシャッターを押してしまった、みたいな。

ミスタ・ウォンは続けた。その人物は、と彼は言った、農作物をいっぱい積んでいる二輪の荷車を引いて都市にやってきた、あまり裕福ではない農夫の写真を撮りました。その荷車は街に向かっているところで、農作物の上で子供が一人寝ていました。

ああ、素敵な写真じゃない！　まさに中国だわ！　重い荷車、汗を流して引いている男、狭い通り――かつては英国の通りだった（大英帝国の廃棄物のために作られた第一級の下水施設に沿って、巨大な建物が並んでいる）。西側自由諸国のどこのダウンタウンと比べても見劣りしないところだ。その前景では、写真に撮られた人物が懸命に労働している。おそらくは早春の野菜を遠くの地域に運んでいる。そしてその帰りにおそらくそこに、バケツに入れた都市の黄金色の糞尿を積んで、自分たちのコミューンに持ち帰るのだ。

この行為は、この写真撮影は、アントニオーニの裏切りに対して立腹している一人の警戒怠《おこた》りない中国人労働者によって通報された。ミスタ・ウォンはその政治的な糾弾の指を我らが素晴らしき同志フレデリック・J・ローレンズに突きつけた。あんた！と彼は言った。あんたはとりわけ友人ではない。

みんなが息を呑み、三つばかり神経質な忍び笑いがあった。ルース・ラーセンが支援の意思を示すべくフレッドの肩に手を触れた。フレディーが！まさかフレディーが！ジョー・ラーセンは飛び上がった。彼はドアの方に歩いて行った。そしてドアノブに手をかけた。

私たちはみんな、ミスタ・ウォンが糾弾する相手はマーティンだろうと思い込んでいたのだ。彼はすべての革命の陽気な友人であり、年季の入った組合指導者であり、歴史愛好家であり、情熱的な写真家でもあった（その旅行が終わる前に、彼はなんとまあ四三八七枚の写真を撮影していた。カメラが二日間故障していたというのにだ。それは正確に言えば故障していたのではない。あまりに疲労困憊《こんぱい》して、ただ単にしばらく目を閉じていたのだ）。

ルースとアンと私は、フレディーの問題について語り合った。もっとずっと前に彼は注意を受けてしかるべきだったとルースは考えていた。しかしそれは写真撮影に関してではなかった。中国では大人の全員が、あまり目立たない灰色か青か緑色の服を着ていたのだが、フレディーはとても短い白のショートパンツをはいて、いかにもカリフォルニア風の芥子《からし》色のBVDシャツを着ていた。ブルーの目、そしてブロンズ色の顔の上には黄褐色のカリフォルニア風の縮れ毛があった。そういうのはあまり好印象を与えないだろうと彼女は考えていた。

あんたはいったい何なのよ、ルース？　ひょっとして下着の統制委員とか、そういうもの？　とアンが言った。

朝食の席でルースは彼に向かって話しかけていたのだ。フレディー！　でもそれから彼女は自分に言い聞かせた。ああ、いけない！　私ったら、またあれをやり始めようとしている。典型的な年寄りの小言みたいな、つまり、「粗雑な政治性だってかまわないのよ。それがブルジョワ的搾取に圧力をかけるものである限りはね」みたいなことを。だから彼女はトーンダウンした。「あなたはずいぶん日焼けが長持ちするのね」

フレッドは孤独な中で思考するために目を閉じた。旅行団全体に二分間の恐怖が広がった。私たちはフレッドの決断を待った。彼は目を開いた。そして法廷で論駁《ろんばく》する人のようにすくっと立ち上がった。

ミスタ・ウォンは小さく微笑んだ。彼は私たち全員を見渡した。そしてもう一度指さした。ミスタ・ローレンズ、あなたは別のもう一人の労働者によってもう一度糾弾されています。製麵工場に侵入したかどで。

人々は叫ぶ。まさか、まさか！　そんなことが！　冗談でしょ！　三人の若者たちはただ明るく笑っていた。彼らは、私たち年配の人間が政治的矛盾に陥ったり、後ろめたい困惑を感じたりするのを目にして、楽しんでいるのだ。

私たちのうちの一人、ドゥエイン・スミスはこの旅行に参加するために、老後の蓄えを注ぎ込んだ。彼はいつかこの地を訪れることがあるかもしれないと思って、六年間夜学に通って中国語を勉強した。いつの日かこの国に来て、天安門広場で中国人に理解してもらうために。彼は笑わなかった。彼はそっと囁《ささや》いた、こいつは深刻な問題だぞ。私たちは国外追放されるかもしれない。

ルースは言った。まさか、そんな！

何に侵入したって？　とフレッドが言った。ジョー！　と彼は叫んだ。彼は、なんてこった、まったく、と言った。そして腰を下ろした。この中国人はいったい何の話をしているんだ？

ジョー・ラーセンはシュガーレス・ガムをとても勢いよく嚙んでいた。彼はドアの近くで、苛々《いらいら》しながら小さな輪を描いて、ひたすら歩き回っていた。それからまっすぐ部屋を横切ってミスタ・ウォンのところに行った。そうするのが正しいことだと彼は信じていた。彼の政治学は、権力の残虐非道な瞳をまっすぐ偽りなくのぞき込むことを基礎としていた。

ミスタ・ウォン、と彼は言った、あなたはご存じでしょう、北京では私もまた通りにある製麵工場を訪れました。ホテルからさほど遠くないところにあったやつです。

事実をどこまでもはっきりさせておきたいのだ、と彼は言った。自分とフレッドが天津市内で製麵工場に入ったのは、あくまで自分の責任である。自分は、中国にいないときにはということだが、小説を書いている。それはユートピアものというか、空想的な話で、そこでは必要を満たすための、ささやかな自営的製麵テクノロジーが一つの短い章をなしている。だからその通りにある工場の前を通りかかり、またそこにかかっているすべての柔らかな麵を、そしてまた容れ物に入っている堅い乾麵を、見ていかないかと誘われたときには、それが吉兆《きっちょう》であると思ったのだ。麵を形作り、カットし、押し出す簡便な機械を彼は賞賛した。

どうしてやつはそんなことを進んで認めるのだろう、とドゥエイン・スミスは疑問を呈した。そんなことしたら、我々はみんな放り出されちゃうぞ。

まさか、とルースは言った。

ほかの人たちは彼が更に興味深い話を持ち出すことを期待した。私たちがいわゆる文化的名所を訪れているあいだに、ジョーはよく長い散歩をしていたからだ。夕食の席で彼はいろんな話をしてくれた。老人たちと一緒に和気藹々《あいあい》とお茶を飲んだとか。自分も彼らの一員であるような気持ちになるのが好きだった。川の向こう側まで、騒がしい中国人の家族たちと一緒にフェリーに乗った。その市の外側の地域では、二人の老人が——道路の監視人だ——バナナの皮を始末する方法を彼に示してくれた。

我々の旅行団の、性格形成がそれほど強固にはなされていない人々の中には、彼の冒険談に嫉妬を覚えるものもいた。彼がそういう話を披露するとき、自分たちの臆病さを少しばかり恥じることになったからだ。しかし今では彼がやり込められている。彼らは自分たちがグループの規範をまもったことを誇らしく思った。

ミスタ・ウォン、とジョーは言った。フレッドはただ私についてきただけです。私たちはそのとき二人だった。そして言い出したのは私です。私は通りにあった製麺工場にすっかり夢中になってしまったのです。「町工場」とあなたがたは呼んでいたと思いますが。

ミスタ・ウォンはジョーを見ていた。それから彼はジョーはそこにいないし、これまでもずっといなかったというふりをした。ミスタ・ウォンは自分が政治的な間違いを正している最中に、誰かに口をはさんでもらいたくなかったのだ。そしてまた、彼は同時に二人の人間を糾弾するということをしたくなさそうだった。どうしてだろう？　おそらく一人の人間を糾弾した方が、糾弾の切っ先が鋭くなるからだろう。突きつける指も一本で済むし、厳しい声をぶっつけるのも一度で済む。いずれにせよ彼はジョーを無視し、彼の持ち出した、地域社会における地方分権的産業という興味深い社会主義的問題をも無視した。そのかわりに彼は言った、ミスタ・ローレンズ、どうしてあなたはその農夫を選んで写真を撮ったのですか？

何だって？　僕が？　僕が？　僕が？

フレッドは「僕が？」と何度も何度も繰り返したが、それは彼が私たちの運動の中心的な弁護士の一人だったからだ（今でもそうだ）。だから彼は仲間からの賞賛や、請願者のおずおずした態度になれてしまっていた。私たちは彼を頼りにすることができた。彼はどのような絶望的な事案であってもそれを引き受け、彼の法律知識と政治的経験を通して「希望！」を作り出すことができた——怒りに身をたぎらせて抗議する支持者たちに調子を合わせて。

そのようにして彼はもう一度叫んだ。僕が？　ああ、フィルムを持って行ってかまわないよ。さあ、どうぞ。カメラも持って行ってかまわない。見ればわかる。何もないんだよ……持って行ってかまわない。僕はだいたい写真を撮るのだって好きじゃないんだ。こんな面倒なものはごめんだよ。

彼は首に吊したカメラをもぎ取ろうとしたが、うまくいかなかった。

本当ですよ、ミスタ・ウォン、とマーティンが言った。いかにも筋の通った声を出そうと努めながら（一人の同志がもう一人の同志に話しかけるときにはかくあるべしという声で）。先週私のカメラが壊れたときには、彼は自分のカメラを貸してくれたくらいです。彼は写真になんて興味がないのですよ。

そんなことどうでもよいのです、とミスタ・ウォンは言った。あなた方はここにあと十二日間います。私たちとしては、中国の人民たちは警戒を怠らないのだということを、あなた方に警告しておきたかったのです。彼はとてもかすかにお辞儀をして、あちらを向き、歩き去った。

私たちの何人かはフレッドを取り囲んだ。ほかの人たちはできるだけ遠く、フレッドから離れて集まった。

その夜、私たちは天津女性連盟にアメリカの伝統芸能を披露《ひろう》するように招待されていた。私たちは「線路は続くよどこまでも（I've Been Working on the Railroad）」を歌った。

翌日の午後にルースが、ガイドの一人であるホーに言った。私たちはみんな彼に好意を持っていた。というのは暑い日には彼はズボンの裾を膝のところまでまくり上げていたからだ。彼女は言った。ねえ、フレッドはね、貧しい人たちを助けてくれる、私たちの弁護士なのよ。

でもあなた方が法律とかかわることって、それほどないんじゃないかしら、とアンが言った。彼女はいつだって少しばかり皮肉っぽいのだ。

それもまああなたたち自身のせいよ、と私はホーに言った。いったい誰に言われてアントニオーニなんて招待したのよ？　没落する西欧のスター監督なんかを？　もっと有名ではない人で、死ぬほどそういう映画を撮りたがっている人はいっぱいいるはずなのに。

　彼を悩ませるのはやめなさい、とマーティンが言った。グループ写真を撮るために、私たちをカメラのレンズの枠内に手際よく誘導しながら。ドゥエイン・スミスも言った。頼むから、彼にかまうんじゃない！

　ホーは私たちから受けるからかいに馴れてしまっていた。彼はズボンの裾を膝のもっと上まで折り上げた。でも、それって筋の通ったことじゃないですか、と彼は言った。あなたはまず人々に尋ねなくてはならない。写真撮っていいですかって。

　ええ、そうよ。でもそれが話のポイントじゃないし、そのことはあなたにもわかっているはずよ、ホー。

　そして明日、あなたがたが田舎に行ったり、漁村に行ったりしたとき、あなたがたは貧乏な、あるいは生活がそれほど楽ではない人々の写真を撮る前に、まず彼らに尋ねなくてはならない。写真撮っていいですかと。

　いいわよ、とアンは言った。

　もしたとえ相手が子供であっても、あなたがたは尋ねなくてはならない。写真撮っていいですかと。

　オーケー、オーケー、と私たちは言った。リラックスしなさい！　その台詞はもう五百回くらい聞いてるんだから。

そのおよそ三ヶ月後、中国旅行団のリユニオンをやろうということで、マーティンが私たちを自宅に招待してくれた。食べ物とスライドと洞察とコメントがふんだんにあった。十二人が集まった。アンはちょうどその日の朝にポルトガル行きの飛行機に乗っていた。ドゥエイン・スミスは当然ながらそこまでは行けないと、カリフォルニアから手紙を書いてきた。でも漁村で撮った写真を二週間ばかり貸してもらえないかな、とマーティンに頼んでいた。すぐに速達のエアメイルで、書留で送ってもらいたい。フレッドは、そこに伺えると思うという返事を寄越した。彼は会議のために一週間ほどニューヨークに滞在することになっていたのだ。

三人の若者たちもやってきた。素敵な見かけの人たちだ。彼らはフレンドリーだった。二人は新しい政治思想でまだ硬直していたが、私たちのことを冷笑としかめ面をもって嘲《あざけ》っていた一人は、その夜の集まりを開始する前に、みんなで手を繋いで歌を歌おうと言い出した。「さあ、さあ、さあ、この心の歌を聞いて。あなたのことを忘れない、あなたのことを見捨てない」と。

私は言った。いいじゃない。どうなるか見てみましょう。

ルースは言った。まったくもう！　あなたいったいどうしたっていうのよ？　だいいちジョーはどこにいるの？

はやく食事を始めるか、スライドを見るかしようぜ、と誰かが言った。ジョーなんてあてにできないよ。あいつはどこの国にいようがいつもでたらめなんだから。若い人たちは若さの痛みを抱えつつ、チーズを残らずたいらげていた。

ジョーは四十分遅刻してやってきた。お腹をすかせて、汗をかいて。何が起こったかを説明させてくれ、と彼は言った。

サウス・ブロンクスにある素敵な公園のことを知っているだろう。おれの好きな公園だよ。この夏はそこでちょくちょく仕事をしていた。で、おれはそこで二時間ばかり前に一仕事終えたんだ。一緒に働いていた連中は既に引き上げていた。盛大なパーティーがあったものでね。で、おれはカメラと、ファンの撮ったお祭り《フィエスタ》のフィルムをナップザックに詰め込んだ。

これからあんたたちみんなに会いに行くことになっていたから、おれは地下鉄の入り口までのんびりと歩いて戻った。そこでどんな話が出るんだろうなと考えると、おれはもう、なんだかわくわくしてきた。うん、おれってわくわくしちゃうたちだから。

あそこにあるろくでもないストリート。おれはもう何週間も、あのへんで夏休みのアルバイトの子供たちと一緒に仕事をしていたんだ。公園だけじゃなくて、あちこちの空き地でね。遊園地を作ったり、でかいジャングル・ジムみたいなのを作ったりさ。なあ、マーティー、それは見せたよな。覚えているか？　それからそういうのをフィルムに収めるんだ。子供たちに見せるためにな。まあ、実際に誰が見るってわけじゃなく、たぶん記録するためだけさ。あるときおれたちが木材を二本ばかり立てていると、通りの向かい側のビルがくすぶり始める。煙が出てる。大きな白い煙だ。それから全部の窓からどっと炎が噴き出す。ブロンクスの子供たちはだいたいそのまま仕事を続けるけど、それ以外の地区の子供たちは——ロワー・イーストサイドからおれが連れてきた子供たちで、プエルトリコ人も含まれていて、一人の男の子はブルックリンから来てるんだが——みんなあっけにとられてしまう。彼らには信じられないんだよ。自分たちが住んでいるところよりタフな場所がよそにあったなんてね。消防車が来て、火事がおさまって、すべてが落ち着いたあとで、彼らはジャンキーたちが窓から真鍮《しんちゅう》のパイプを放り出すのを見るのが好きなんだ。本物の古い真鍮だよ。それらのアパートはかつてはまともな住宅だったんだけどね。

知ってるよ、とルースが言った、私もそういう建物に住んでいたから。僕もだよ、とマーティンが言った。

そういうことなんだ。おれは何本かフィルムを持っている、見たければ見せてあげるよ。道路のあっち側じゃブロックごと燃えている。そしてこっち側じゃ子供たちが何かを立ちあげようとしている。

とにかくそれはとても素敵な日だった。おれはまるで夢見るように歩いていた。工場の前を通りかかった。EMPLEADOS NECESITADOS（従業員募集）という張り紙が出ていた。何枚かその写真を撮った。女たちが工場から出てきた。たぶん五時半前後だったと思う。彼女たちが手を振り、おれは何枚か写真を撮った。彼女たちはもっと手を振った。

ひとつわかってほしいのは、どんなストリートにも、二ダースくらいの荒れ果てた建物に挟まれるようにして、ひとつか二つはまだほぼまともに機能しているらしい建物が残っているってことなんだ。そういう建物の玄関には普通、男たちやら子供たちやらが座っている。おれが工場のひとつか二つ先のブロックで見かけたのもそういう建物だった。それをフィルムに収めようというつもりはなかったんだが、おれたちが背景みたいなものの、長い素敵なショットを必要としていたのもまた確かだった。若い連中がやるのは急激な迫ったり引いたりのパン撮影か、それともまっすぐ目を合わせて撮影するか、どちらかだ。だからおれはスローなパンで最上階から撮り始めた。真っ黒な窓と、焼け焦げた屋根と。そしてカメラがそれらの光景をすべてゆっくり収めたところで、おれは目の端っこの方に、一群の男たちの姿を捉える。彼らは戸口の階段に腰を下ろしているんだ。こちらから距離を置いたところで、ギターを弾いたり、壁やらマットレスやらステップにもたれたりしている。トランジスタ・ラジオが二台ほど脇に置かれている。

おれは長いパンで彼らの姿を撮ることに、ものすごい居心地の悪さを感じた。実際の話、おれはよく覚えていないんだよ。ちゃんと撮ったのか、それとも途中でやめちまったのか。おれとしては彼らの姿をフィルムに収めたかったかもしれない。というのはおれは、よくある迫真のドキュメンタリーみたいなのが大嫌いだからさ。だからそういう人々が夕方の早い時刻にときどき放っているエネルギーを紹介したのは、正しいことだったかもしれない。適切なことだったかもしれない。サウス・ブロンクスでよくみかける、ただこっくりこっくり肯《うなず》いている抜け殻みたいな連中じゃなく。

ただね、カメラを持っているヒスパニックじゃない白人の男は、だいたいにおいて、麻薬課の刑事みたいに見えることをおれは承知している。だからおれはカメラをしまった。で、それから何をしたか？　おれはただ地下鉄の駅に向けて歩いて行ったと思う。たぶんちょっと歩を速めてね。早く立ち去った方がいいとわかってたからさ。

もう大丈夫かなと感じて十秒くらいたったところで、ばたばたという足音が聞こえた。そして人間のかたちをしたものが、おれの横を飛びすぎていった。おれの肩からナップザックをひったくってな。男は走り続けた。脇に逸《そ》れて、空き地を横切って、隣のストリートに入っていった。足も速かったし、力も強かった。しかしそいつはショルダー・ストラップに腕をさっと差し入れ、それをおれの肩から自分の肩に移し替え、おれにはまったく痛みを与えなかった。実に名人芸だよ。それでもおれは縮み上がった。その場に立ちすくんでしまった。心臓がどきどき音を立てていた。おれはじっと彼を見ていた。後ろを振り向くと、そのブロックじゅうの男たちが笑っていた。その焼け跡のある長いブロックには、おれたちの他には誰もいなかった。

そこで何ができるだろう？　おれはその地下鉄駅までの長い長い道のりを、なんとか歩き続けようとした。しかしね、おれはそんな風にものごとを終えてしまうことに耐えられなかった。なぜかしら、おれは人々に自分が誰であるかを知っておいてもらいたかった。そしてまたこの先、その近辺をびくびく怯えながら歩いたりしたくなかった。なにしろおれはそこで仕事をしているんだからな。でもそれが本当の理由だったのかどうか、おれにもわからん。いずれにせよ、おれは彼らに話しかけなくてはならなかった。だからおれは引き返して、彼らのところへ行った。彼らは笑っていた。おれは言った。いいかね、私があんたたちの頭の上のあたりを撮影していたことを、あんたたちが面白く思っていないだろうことはわかるよ。でもフィルムにはあんたたちは撮《うつ》されちゃいないはずだ。

おれは言った。きっとあんたたちは私のことを知っているだろう。二ブロックほど向こうで私は働いている。あんたらの何人かは、きっとそこに来たことがあるだろう。私が撮ったフィルムはそんなに大事なものじゃない。でもそれ以外のフィルムは「ユース・コーズ（若者部隊）」の子供たちが撮ったもので、彼らはきっと悲しく思うはずだ。階段のいちばん上の段に座った男が言った。うん、そいつは気の毒な話だな。おれはそちらを見上げた。頭上の非常階段に、おれのナップザックをひったくった男がいて、まさにカメラからフィルムを取り出しているところだった。ひょいひょいと跳ねて、踊りながら笑っていた。

そいつはかまわない、とおれは言った。まるでどこかのアホみたいに。それはどうとでも好きにしていい。しかし他のフィルムは返してくれないか。そいつは無理だな、と男は言う。おれはなおもすがりついた。それは私のものじゃない――一四一丁目の子供たちのものなんだ。おれはそう言って、そこにそのまま立って、彼らをじっと見ていた。

そのまま動かなかった。動けなかったんだ。おれはまるっきりアホみたいに見えたに違いない。あるいはおれが誰だか彼らにもわかったのかもしれない。とにかく彼らはしばらくスペイン語でなにごとかを話し合っていた。それからいちばん上の段に座ったリーダーが上に向けて怒鳴った。パコ、そいつを返してやれよ。いやだね、とパコは言った。彼は感光させたフィルムをだらんと下げて、非常階段から出したり引っ込めたりしていた。そいつを寄越すんだ、と階段のてっぺんの男が言った。パコはとことん惨めそうな顔をした。それでも彼はナップザックを渡した。ずいぶんがっかりしたみたいだった。

どうもありがとう、とおれは言った。いいってことよ、と彼らは言った。それからおれはちょっと妙なことをした。なんでそんなことをしたのか、おれにもわからん。おれはこう言った。フィルムだけがほしかったっていうのはほんとなんだよ、と。それはここに戻ってきた。だからカメラは持っていっていいよ。

いや、いや、とリーダーは言った。

とってくれ、とおれは言った。

いや、いらんよ。あんた頭がおかしいのか？

いいからとってくれ。それを使ってくれ。私らはやってきて、あんたらの手伝いをするよ。それを使って、あんたらで映画を撮れるじゃないか。

いらないって言ってるだろうが。あんた耳が聞こえないのか？　いらないんだよ。それを持っていてくれって言ってるんだよ。私は一四三丁目の空き地にいるからさ。

おれはカメラを彼らの手に押しつけた。そしてさっさとそこから立ち去った。そして今おれはここにいる。これがおれの話だよ。どう思うね？

すごい話ねえ！　とルースが言った。

べつにすごくなんかないさ、とジョーは言った。こんな話はするべきじゃなかったな。なんでそんなことをしたんだろう？　おれは頭がおかしくなっていたに違いない。

マーティンが言った。どうしてあんたがこの話をしたのか、僕には理由がわかるよ。人はカメラを所有しているからといって、それでこの全世界を所有しているってことにはならないし、あんたはそれを理解している。それをあんたは伝えたかったわけだ。

あんたはそう思うだろうよ、とジョーは言った。おれがあんたがたにこの話をしたのは、それがまさに起こったことだからだと思うよ。そんなたいそうなマルクス主義者的な話に持っていかないでくれ。

オーケー、わかったよ、そう興奮するなって、とマーティンは言った。彼は映写機をごそごそといじり始めた。さあさあご静粛に、と彼は言った。みんな自分の椅子を持ってきてくれ。ルーシー、明かりを消してくれないか。色を楽しみにしてくれ、みんな。まず一番にこの老人だ。彼はピンクとオレンジのセーターを着た孫を抱いている。ここはどこだっけな？

参ったな、あんたなんにも覚えていないんだな、とジョーは言った。それは南京の郊外の村の、中庭だよ。

Lavinia: An Old Story

ラヴィニア、ある古い話

ラヴィニアは笑いながら生まれた。だから彼女の性格は人好きがするんだよ、ロバート、そしてあんたは今では彼女にぞっこんになっている。エルジー・ローズやローズマリーではなく、あの子にね。ほかの子たちもかわいいけれど、どちらも不満を抱えて私の中から出てきたんだよ。そして男の子たちときたら、J・C・チャールズもエドワード・ウィリアムも、最初の瞬間から姉妹たちよりももっとうるさかった。手のつけようがないくらいにね。

そういうことって、自然に備わったものなんだよ。事実として。これは私の意見だけど、男のやることなんて、くしゃみをするくらいの時間しかかからない。でも女は男とはぜんぜん違っている。女は自分が九ヶ月、お腹に子供をしっかりため込まなくちゃならないことをただ承知している。女の魂《ソウル》にはそのことが永遠にしっかり刻み込まれているのさ。

男たちは争って機会を求めることが性《さが》になっていて、そのためにいつだって落ち着きがない。馬鹿げたことで時間をつぶして、ろくすっぽ話もできない。男ってのはね、会話ひとつできないんだよ。いつもたいてい、例のくしゃみあたりのことしか考えていない。ときたまは忙しく働き、あとは機械やら、自動車やら、銃やら、そんなことしか頭にない。それが事実なんだから、あんたも認めなくちゃいけないよ、ロバート。

よく聞くんだよ、坊や、ラヴィニアは陽気な気分で生まれた。生まれたての赤ん坊なんて、くしゃくしゃの靴下みたいなもんだが、それでもあの子は満面の笑みを浮かべていた。

さて、あんたはあの子を愛していると言う。あんたには三つの部屋がある。正面の日当たりの良い部屋に彼女を迎え入れたいとあんたは思っている。あんたにひとつ質問がある。仕事はどうなんだい？　仕事に満足しているかい？　それとも不満があって、ボスに苦情を言って、そのことで母親を慌てさせているんじゃないのかい？　違う質問をしてみよう。あんたは福祉手当を受けたことがあるかい？　嘘をついて失業手当をもらったことがあるかい？　私は嘘つきは好きじゃないし、背筋の通っていない人間には我慢できない。

私とミスタ・グリンブルは力を合わせた。彼は一銭も持っちゃいなかったが、私はなんとかそれでやっていった。私たちは生きてきた。彼が死ぬと、私があとを一人で背負ってきた。たちの悪い息子たちと、ふさぎ込んだ娘たち。

学校はもう行かなくていい、と私は子供たちに言った。今は不況の時代だ。ミスタ・ローズベルトもそう言っている。たっぷり中身の詰まった樽に囲まれている青物商自身ですら、がりがりに痩せこけている。世の中に出て行きなさい、と私は言った。もし学びたければ、夜に学べばいい。腹に何かを入れたければ、昼間は働くんだよ。

大きな子供たちはそれを受け入れた。小さな子供たちは母親が家にいないことで泣きごとを言った。でもラヴィニアだけは違った。いいかいロバート、あんたにひとつ言っておくけど、あの子はとても陽気で、馬鹿な話をして赤ん坊たちを愉しい気持ちにさせた。そして年上の子供たちを大笑いさせた。まだただの子供だったさ。でも私はその頃、よその家で働いていたんだが、そこの人たちは「あの子を一緒に連れておいでよ」と言ってくれた。あんたがアイロンをかけているあいだ、おばあちゃんが子供の相手をしてあげるから。あの子ならここに連れてきてもかまわないよ。

だからね、ロバート、おいぼれのジョン・スチュアートが先週ローズマリーと結婚したとき、私はこう言った。「あの子を連れていきなさい、ジョン・スチュアート。あんたと私はずいぶん昔に一緒に瓶回しゲームをして遊んだ仲だし、あんたが分別のある、気持ちの通じるどこかの未亡人ではなく、頭のふらふらした世間知らずの小娘を相手に選んだことについては、一言なくはないけれど、ローズマリーがいささかの保護を必要としていることは確かだし、あの子にはもともと注意力が不足している。だから幼なじみのあんたにあの子を手渡すことにするよ。たった七ヶ月前に亡くなったばかりの、気の毒なルーシー・スチュアートと一緒だったときよりも、ちっとはましな夫になってくれることを期待してね」

エルジーをもらってくれる人がいたら、実のところ、誰だって歓迎だよ。あの子がまだ十六歳になったばかりであるにせよね。あの子はまだまともにものを考えたこともないし、これから先もしばらくは考えることもないだろう。

本当の話だけど、ロバート、私の心の中ではそんなに遠い昔の出来事でもないんだ。このフロント・ポーチからグリンブルが初めて私を目にとめたことは、ついこのあいだのことのように思えるんだよ。私はその頃まだ小学校に通っていて、もっと上に行きたいと思っていた。いたるところで私が目にするのは、仰向けになって男たちに与えるか、膝をついて男たちの後始末をしてまわっている女たちばかりだった。

私は言った。ねえ、ママ、私は見てきた。ママがお父さんの意思やむらっ気に頼ることで、自分を駄目にしてきた様子を。私はもっとちゃんとした人になりたいの。先生になって自分の食べる分は自分で稼ぎたい。男に頼って生きたくはない。

ミスタ・グリンブルが私に目を向けたとき、私はそんな風に考えていた。彼は頭の切れる人だった。いろんなものごとを理解しようと努めていた。でも心に憂鬱で暗いものを抱えていた。ああ、それで、彼は私のことを好きになったんだよ。

だからね、彼は頭の切れる人だったんだよ、ロバート。でも教育はなかった。プライドのせいでずたずたにされてしまうまで、彼はそれをそっくり肉体の力に換えていた。彼は大きな豚をひとりで持ち上げることができた。本当の話だよ。公共事業促進局ではひっぱりだこだったよ。

私は言った。グリンブル、私はこんなふらふらしたケモノみたいな暮らしには入り込むまいって、心に決めたばかりなのよ。掃除のためのお湯を沸かすことですり減っていくような人生を送るくらいなら、一生独身で通す気むずかしい女になった方がいい。

グリンブルは言った。それなりの方法はあるものだよ。子供がほしくないっていうなら、あるいは一人か二人くらいなら気分転換のためにほしいっていうのなら、それはそれでかまわない。おまえが母さんみたいな惨めな人生を送りたくないっていう気持ちは、おれにもわかるよ。うまくいくさ、きっと。

でも男ってのがどういうものか、あんたにもわかるだろう。気持ちが温かくなっても、それは冷めていくものなのさ。そうなると決まっているんだ。ねえロバート、あんたの母さんのことを思い出してごらん。育った子供は半分もいないだろう。私も何人かは流産したし、何人かは死産した。そして、一人の赤ん坊は春に、小川のほとりに這い出して、穴に落ち溺れ死んだ。

グリンブルは言う。悲しみを心に溜めるんじゃないって。そんなものを抱えて生きていくことはできない。おれたちにはエルジー・ローズとローズマリーがいる。明るいラヴィニアもいる。J・C・チャールズとエドワード・ウィリアムはとても元気そうだ。

元気を出せよ。主も言っておられるように、耐えるんだ。

私が先生になりたいという強い思いを実現できなかったことを見て、彼は気の毒に思ってくれた。しかしだからといって助けてくれるでもなく、気遣いを示してくれるわけでもなかった。生活も次第に苦しさを増していった。

時間が経過し、私には彼のことがはっきりわかるようになってきた。でもその頃には、私は恨みを心に抱くようになっていた。

私は本を読むことをほとんど忘れかけていた。しかしJ・C・チャールズは頭の発育が遅く、私は彼を手伝ってやらなくてはならなかった。それは私にとって喜びだった。夏の日が長い夕方、私とその子は一緒に勉強をした。私はその子にずいぶん好意を抱くようになった。でも心底から愛情を抱くには、その子の頭は回転が遅すぎた。

ある日のこと、あの酷い日、一人の男が石切場から駆けつけてきた。話を聞いてくれ、と彼は言った。グリンブルのやったことだ。現場監督が怒鳴った。おまえら二人、あの岩をはまっている場所から引っこ抜くんだ。あっちにどかせるんだよ。いいか、よく聞いてくれ、おれたちは仕事を進めた。そこでグリンブルは自慢げに言った。このへなちょこ野郎、もしおれが一人であの岩を持ち上げられないようなら、おれは箒《ほうき》を持ってそのへんの掃き掃除でもしているよ。いや、そいつは無理だ、と親方は言った。だめだ。よせよ、グリンブル、あの砂岩は底が土にがっしり食い込んでいる。でも頑固な男だから、誰が何を言おうと耳を貸さなかった。梃子《てこ》でもってぐいと持ち上げて、そこに肩を入れた。そして岩を押し上げ、しっかりと保持した。それから石頭をフルに使って膝をつき、そっと岩を下ろした。それからいったいどうしたと思う？　やつは立ち上がって、こちらをくるりと向いたんだ。でもやつの顔からは血の気が失せていた。そしてこの怪力サムソンは座り込んで、倒れはしなかったものの、そのままそこにアホみたいにじっとしていた。奥さん、ご主人の血管はどんと破裂しちまったんだよ。

私はあんたに、人生というものの本当のところを教えてあげているだけさ、ロバート。中には実際の姿よりも、ものごとを美しく飾りたてようとする人たちが世の中にはいるからね。

ラヴィニアについて私が何を言おうとしているか——よく私を見るんだよ。このエプロンと、二十年前に亭主のグリンブルがくれたよそ行きの帽子の他には、私は何も持っちゃいない。でもラヴィニアを見てごらん。あの子は頭の悪い子の勉強を助け、合唱団で歌い、身体の不自由な人を援助している。あの子は女説教師にもなれるし、看護師にもなれるし、何か立派なことをして名をなすことだってできるはずだ。あんたが何を目にしているか、それはわからない。しかし私はね、あっと驚くようなことを頭に思い浮かべているんだよ。

それが一年前のクリスマスに、私がロバートに向かって口にしたことだった。日々はますます乏しく、厳しいものになっていく。グリンブルは亡くなって、悲惨な暮らしからようやく解放された。それからロバートは私に言った。どうしてあんたは僕をそんなにおっかながらせるんだい？　僕はラヴィニアのことがほんとに好きなんだぜ。彼女を傷つけようなんてこれっぽっちも考えちゃいない。彼女はハイスクールだって出ただろう。僕はそんなひどい人間じゃない。嘘だってつかない。彼女の前向きな性格が、僕は気に入っている。あの子の生き方もスマートだ。あんたはいったい何を考えているんだい、おっかさん。

彼が口にしたのはそれだけだった。私のことをおっかさんと呼んで、ばたんとドアを閉めただけさ。

それから長い歳月が経って、人はみんな成長し、死んでいった。ただエドワード・ウィリアムの意地の悪さだけはそのままだった。そしてこの日がやってくる。私はラヴィニアに会いにやってくる。彼女は洗い桶にたっぷり浸かって、あやうくやけどをしそうになっている。ロバート・グリンブル・フェンナー・ジュニア（私の孫だ）はスツールの上に腰掛けて、学校での出来事をがなり立てている。ラヴィニアときたら、その子に夢中になっていて、私のことなんてほとんど気にもとめない。私の隣にはエドワード・ウィリアムがいて、そこから一刻も早く逃げ出したくて、もじもじしている。この子はなにしろ自分のことしか頭にないんだ。彼は十五歳で、私の辛抱も切れてしまった。だから彼の目を無理矢理その娘に向けさせる。彼女の小さなベビーであるヴィネッタにね。ヴィネッタは母親とロバート・ジュニアに彼女のあとをついて、揺りかごまで来て欲しがっている。絶え間なく泣きわめきながら。

私は娘を見る。老いた悲しみの眼で彼女をただじっと眺める。私の見るところ、彼女は忙しく、身体はどっしりとしている。

それから私は呪いの言葉を口にする。ああ、神様、この長い人生において、あなたは私が呪いの言葉を口にするなんて一度も聞いたことはなかったでしょう。私はあらん限りの大きな叫びを喉の奥から吐き出す。ラヴィニア、なんていうことなんだ――私の心は一瞬にして破裂してしまった――なんていうことなんだ、ラヴィニア。おまえもまた、何ものにもなれなかったんだね。

Friends

ともだち

私たちを安心させるために、私たちの心を和らげるために、死の床にある私たちの親友セリーナは言った。結局のところ、人生というのは、救済のない恐怖ってわけじゃなかった。そうでしょ。私はこの子と一緒に多くの、ほんとに素晴らしい多くの歳月を過ごしたのだもの。

彼女は壁に掛かったポートレイトから身を乗り出すようにしている一人の少女を指さした。長い茶色の髪、白いエプロン・ドレス、頭と肩が前に突き出されている。熱意あふれる子だった、とスーザンが言った。アンは目を閉じた。

同じ壁には、三人の小さな女の子たちが学校の校庭にいる写真がかかっていた。彼女たちは血相を変えて議論し合っていた。みんなで手を握り合っていた。コーヒー・テーブルの中央には秋めいた色のフレームがつけられた、顔立ちの良い若い娘の写真が置かれていた。彼女は十八歳で、大きな馬に乗っている。超然として、いかにも我関せずという騎手的な表情を顔に浮かべている。この娘は（セリーナの娘なのだが）ある夜に、遠い町のとある下宿屋で、死体となって発見された。警察が電話をかけてきた。あなたにはアビーという名前の娘さんがいますか、と。

そして彼とだってね、と我らが友のセリーナは言った。私たち楽しい時を持てた。マックスと私とで。それはわかるでしょ。

彼の写真はない。彼は別の女性と結婚して、新しい子供をもうけている。六歳の丈夫な娘だ。その子の身には悪いことなんて何も起こらない、彼女の母親はそう信じている。

私たちの友セリーナはベッドから出てきた。よろよろと、でもタップのステップを踏んで、コミカルなダンスを踊りながら、洗面所に向かった。そして歌う。「あの頃は楽しかったわよね、マイ・フレンド†……」

日が暮れたあと、アンとスーザンと私の三人は、家に帰る列車での五時間にじっと耐えていた。一時間にわたる沈黙のあと、コーヒーとサンドイッチの一時間があった。そのサンドイッチはセリーナがつくってくれたものだった。彼女はその大きくてたるんだ、穴ぼこだらけの身体でしっかり立ち上がり、キッチン・テーブルに寄りかかり、そのサンドイッチをつくった。アンが言った。ねえ、私たちはもう二度と彼女には会えないのね。

そんなことないわ。いいこと、よく聞いてね、とスーザンが言った。考えてもみてよ。

アビーの他にも死んだ子供たちはいるのよ。あの立派な男の子はどうなのよ？　ビル・ダリンプルのことは覚えている？　あの子は徴兵忌避者だっけ、それとも脱走兵だっけ？　それからボブ・サイモン。彼らはどちらも交通事故で死んだ。マシュー、ジーニー、マイク。アル・ルーリーは覚えている？　彼は六丁目で殺された。それからおちびのブレンダ、あの子はあなたの家の屋上で、麻薬の摂取過多で死んだ。人はみんないろんなことを自然に忘れていくものなのよ。あなたがたはそんな子供たちのことを覚えてもいないでしょう。

〈あなたがた〉ってどういうことなのよ、とアンが言った。私たちにそういうものの言い方をしないで。

彼らの名前全部には覚えがないことを、私は詫び始めた。そういう子供たちは、私の子供たちよりも少し年上なものだから、と私は言った。

もちろん、アビーは私たちの子供の年代で、私たちが目を配っていた場所にいた子供だった。私たちの住んでいた通り、そこにある公園と、そこにある学校。でもそのとおり！　私たちの素敵な子供たちの世代で、交通事故で死んだり、戦争で倒れたり、麻薬や狂気で命を失ったりしたのは、なにもアビーだけじゃない。

セリーナのいちばんの問題はね、とアンは言った。要するに、彼女は真実を口にしな

†訳注――メアリ・ホプキン「悲しき天使」の一節。

いってことよ。

なんですって？

人の口にする真実に満ちた二、三の熱い言葉は、神様の化学的誤謬《ごびゅう》や、社会のいやらしい虚偽を彼女の人生からそっくり押し流してくれるに足る力を持っていると、アンは考えている。私たちはみんなその力を信じているのよ、私の友人たちも私も、でも時として……その熱が。

でもとにかく、セリーナはいろんな多くのことを私たちに打ち明けてくれたと、私はいつも思っていた。たとえば私たちはみんな、彼女が孤児であったことを知っている。他に六人か七人の子供たちがいた。彼女がいちばん年下だった。彼女の母親が彼女を出産したときに亡くなったわけじゃないということを、誰かがそっと教えてくれたのは、彼女が四十二歳のときだった。母親はひどい病気にかかって亡くなったのだ。そして彼女は八ヶ月になるまで、母親にしっかりと抱かれて、実際に母乳を与えられて育った。それを聞いてすごくほっとしたわ、とセリーナは言った。私は自分が原因でお母さんが死んだのだと、ずっと思い込んでいたものだから。

あなたの家庭って、かなり問題あるわよ、と私たちは彼女に言った。あなたにそんなひどい思いをさせておくなんてね。

ああ、あの人たちのことね、と彼女は言った。みんなは私にたくさんの良いこともしてくれたのよ。私とアビーにね。忘れちゃってちょうだい。そんなのいちいち気にしてられないわよ。

　私の言いたいのはそういうことよ、とアンは言った。セリーナは斧を持ってそいつらを追いかけるべきだったのよ。

　更なる情報。セリーナの二人の姉は彼女を「ホーム」に連れて行った。彼女たちは自分たちが十六歳と十九歳になっているのに、彼女の面倒をみられないことを恥じていた。彼女たちは彼女をずっとハグしていた。セリーナが泣き出すに違いないと思っていた。彼女を部屋に連れて行った。部屋というか、共同の居室だ。ベッドが八つばかり並んでいる。これがおまえのベッドよ、リーナ。これがおまえの持ち物を置くテーブルよ。この抽斗《ひきだし》に歯ブラシをいれるのよ。みんなわたしのものなの、と彼女は尋ねる。他の誰も使わないの？　わたしだけのもの？　一人だけのもの？　アーティーも来られないのね。フランキーも来られないのね。ほんとに？

　信じてくれないかもしれないけど、とセリーナは言った。ホームにいたときは実に幸せだった。

　事実よ、とアンは言った。そこにあるのはただの事実。事実が真実であるとは限らない。

　死につつある人の人格についてあれこれ言ったり、隠された動機をそんな風に明るみに持ち出したりするのは、あまり当を得たこととは私には思えないわ。それだけでも驚くべきことじゃないの、志向的共同体を包括する個人の勇気というだけでも。

勇気を持たなくちゃやっていけないってこともあるのよ、とセリーナは言った。あなたにもわかると思うけど。

彼女はベッドに戻ろうとする。スーザンがそれを手伝ってやる。

ありがとうとセリーナは言った。彼女が誰かにもたれかかるのは、彼女の全人生において初めてのことなのだ。問題はね、立っていると、背中ぜんたいがずきずき痛むことなの。これはもう手の打ちようがないの。化学療法も役に立たない。治療効果のある化学物質なんて私の中にはもう何も残されていない。まったくもう！ ねえ、ニューヨークに来てあなたたちに出会う前に、私があの病院で働いていたことを知ってる？ 私は婦人科の主任をしていたの。看護師だった。お医者さんたちとはみんな仲良しだった。お医者も、当時はそんなにえばってなかったしね。デイヴィッド・クラーク、素晴らしい外科医だったわ。彼は先週、私をまっすぐ見ることができなかった。彼はこう言い続けていた。リーナ、リーナ……そんな風に。私たちは同じ年に北アフリカにいたのよ。たしか一九四四年だったな。私は彼に言った。デイヴィー、私はもうじゅうぶん長く生きたわ。心残りに思うこともたいしてないし。彼にはそれはわかっている。でも私は彼に自分をまっすぐ見てもらいたいとは思わなかった。ああ、脚の痛みが私の泣きどころ《ペイン・イン・ザ・ネック》なの。

最新の研究によれば、とスーザンが言った。脚の痛みの原因は首《ネック》にあるということね。

それは初耳だったわね、と私たちの親しい友であるセリーナは言った。

ベッドに戻る途中で、彼女は自分のデスクに立ち寄った。その上には二十枚ほどのスナップショットが散らばっていた。赤ん坊時代、少女時代、若い娘時代。さあ、と彼女は私に言った、これを持っていって。これはアビーと、おたくのリチャードが学校の前にいるところよ。三年生のときだっけ。素敵な日だったわね。素晴らしいお芝居を見せてくれたし。素晴らしい子供たちだった。リチャードは最近どうしている？

ああ、そんなことわからないわ。どこかをほっつき歩いているのよ。スペイン。このところはスペインなのよ。でもどこにいるのか、はっきりとは知らない。みんな同じようなものよ。

私はどうしてそんなことを言ったのだろう？　彼が今どこにいるか、私は正確に知っているというのに。彼は手紙を書いてくる。それに加えて、どこかで壊れた電話をみつけて、一週間というもの、毎日うちに電話をかけてくることができた。主に弟に命令を伝えるためだったが、私に「母さん、元気かい？」と尋ねることも忘れなかった。新しいボーイフレンドはどうしてる？　少しはにっこりしてくれたかい？

子供たちなんてみんな同じよ、と私は言った。

それはあくまで礼儀の問題だったと私は思う。私の息子の明るく騒々しい顔を、その暗い午後に持ち込まないようにすること。意地の悪い十代はじめのころ、リチャードはよく言ったものだ。セリーナを幸福にイノセントに保っておくためなら、母さんは僕らをあっさりとどっかに売り渡しちゃうことだろうね、と。それは真実だった。セリーナが、私にはよくわからないわ、どうしてアビーはあんなおかしな連中と付き合うのかしらと言うたびに、私は愚かしい慰めの言葉を口にしたものだ。リチャードの友だちなんてもっとひどいものよ、と。

それでもとにかく彼はスペインにいる、とセリーナは言った。少なくともそれはあなたにわかっている。きっと楽しんでいるんでしょうね、リチャードは素晴らしい子よ、フェイス。いかにも抜け目なく振る舞おうとするけれど、実際はそうじゃない。アビーが死んだ夜のことは知っているわね。警察が電話をしてきて、それを告げたときよ。その二年のあいだで、私は初めてぐっすり眠ることができたわ。あの子がどこにいるか、今ではわかっていたから。

セリーナはそれをごく当たり前のことのように口にした。有益な情報を短く言い添えるみたいに。

でもそれを聞いていたアンは、「ああ！」と言った。みんなに聞こえるように「ああ！」と小さく叫び、それからしくしく泣き出した。彼女の率直さは矢となって、彼女自身の心臓にぐさりと突き刺さったのだ。

それから涙を乾かす深い呼吸があった。私も写真が一枚ほしい、と彼女は言った。アビいいわよ。ええ、ちょっと待ってね。どこかこのへんにあったはずなんだけど。アビーとジュディーと、ビクトルっていうスペイン系の子供のうつった写真が。どこだっけ？　ああ、これだわ！

三人の九歳の子供たちが公園の、長い枝をはったスズカケの木の、高いところに並んで腰掛けている。誰かの我慢強い頭の上で、脚をぶらぶらさせている。その頭は滑らかな黒髪で、真ん中で分けられている。それはキティーの頭だっけ？

私たちの親しい友は笑った。これも楽しい一日だったわね、と彼女は言った。そうじゃない？　あなたたち二人が男たちの品定めをしていたのを覚えている。そのときには私にも男友だちがいた。そう思っていた。けっこうお笑いよね。さあ、持っていって。私は焼き増ししたのを二枚持っているから。でもあなたはこれを拡大するべきだわ。これを見るときには、私のことを思い出してね。ははははは。みんな《ガールズ》、じゃなくてみなさん《レイディーズ》というべきかしら、私はそろそろ休ませていただくわ。

彼女はスーザンの腕にすがって、ベッドまでそのおぞましい歩行を続けた。

私たちは動かなかった。先には長い旅路が控えていたし、それに取りかかる前にまだもう少し心の慰めを求めていた。

無駄よ、と彼女は言った。そんなことをしても、ただ特急を逃しちゃうだけ。私はそんなに痛みを感じているわけじゃないのよ。鎮痛剤なら山ほどあるんだから。見えるでしょ？

テーブルの上は小さな薬瓶だらけだった。

私はただ横になって、アビーのことを考えたいだけなの。

たしかに言われるとおりだった。特急に乗り遅れたら、更に最低二時間余分にかかることになる。私はアンを見た。彼女にとってはここにやって来るだけでも大変なことだったのだ。それでも私たちは動くことができなかった。私たちはセリーナの前に一列になって立っていた。三人の昔からの友人たち。セリーナは唇をぎゅっと結び、その目を冷ややかな遠方へと向けていた。

私はその顔を知っている。何年も前、まだ我々の子供たちが本当に小さかった頃のことだが、彼女はそれと同じ表情を、小学校の校長であるJ・ホフナーの前で控えめに浮かべていた。

彼は言った。いけません！　資格を持たないものが子供たちを指導することはできないのです。そこには重大な問題が生じます。あなたは教え方の知識を持たなくてはならない。

私たちPTAは、スペイン系の子供たちに対して個人指導の手を差し伸べようと決めていた。彼らは混み合ったクラスに押し込まれ、教師たちは小さな中産階級的優等生たちの面倒をみることで精いっぱいだったからだ。そんなことを許可するわけにはいかないと校長は言った。それについて真剣に考慮していることを示すために、まず文書のかたちで。それからその真剣さを証明するために、直接面談のかたちで。そして教育委員会もノーと言った（この一連のノーは、イエスを強く求める私たちの貧しい街の学区と地域において、いくつかの困った出来事を引き起こすことになった）。しかし私たちPTAのほとんどは、その必要性においても本来の性格においても、独立心を持つ女性たちだった。要するに私たちは、物言いこそ柔らかだが、タフでアナーキーな魂を持つ人々だった。

その年、私は金曜日にいちにち仕事を休んだ。十一時頃に私は校長室を通らずに四階に直行した。そしてロバート・フィゲロアを廊下の端っこに連れて行って、およそ二十分間にわたって、ストーリーテリングの実習をした。それから私たちは美しいアルファベットの文字を書いた。遠い昔に聡明な異国の人たちによって、時間と距離を超越すべく発明されたその文字を。

その日、セリーナと彼女の頑固な顔は、少なくとも二時間はそのオフィスに留まっていた。みんなにしっかり包囲されたホフナー校長はとうとうこう言った。あなたは看護師だから、いちばん小さな子供たちを、使い方を習得するのがむずかしい現代的なトイレに連れて行く手伝いをすることには、まあ支障はないでしょうと。子供たちの何人かは、マリカオ†よりまだ奥地の未開の山間部から来ていますから、と彼は言った。いいですよ、そのお手伝いをしましょう、とセリーナは言った。トイレで彼女は小さな女の子たちに、どういう方向にお尻を拭けばいいかを指導した。何年か前に自分の娘に教えたのと同じように。三時になると、彼女はその子たちを自分の家に連れて帰って、クッキーとミルクを与えた。その年の子供たちは六学年の終わりまでずっと、彼女の家のキッ

†訳注――プエルトリコの貧しい地域。

チンでクッキーを食べていた。

さて、私が毎週金曜日に仕事を休んだ一年のあいだに、私たちはいったい何を学んだだろう？　以下のことだ。一度に一人の子供と話をすることによって、世界を変えることはできないにしても、世界が見えてはくるかもしれない。

いずれにせよ、セリーナのその役に立つ頑固な顔つきは、私たちの目の奥にしっかりと長く焼き付けられることになった。彼女は言った。ノー。私の言うことをよく聞いてちょうだい、みんな。お願い。私にはもうあまり時間は残されていないの。私がやりたいのは……一人で横になって、アビーのことを考えること。それだけでいいの。彼女のことを考えていたいの。わかるでしょ。

列車の中で、スーザンはすぐに眠ってしまった。ときどき目を覚ました。というのは新しい車輪のスピードと、それに対する古い線路の抵抗が、あちこちで不快な揺れを引き起こしたから。一度、彼女はぱっと目を開けて言った。ねえ、アンの言うことは正しいわ。何もなければ、人はあそこまで弱りはしない。だって、彼女は彼のことを口にもしないじゃない。

なんで口にしなくちゃならないのよ？　あの人はもうずっと彼に会ってもいないのよ、と私は言った。スーザン、あなたはまだ「彼・中毒」にかかっているみたいね。女性にとっては命取りの病よ。

そうかしら？　あなたはそうじゃないっていうの？　いずれにせよ、彼はけっこう長いあいだ彼女のそばにいたのよ。あの子供が死んだときには、ほとんど毎日のように彼女と一緒にいた。

アビーよ。「あの子供《ザ・キッド》」という呼び方はいやだった。「セリーナ」ときちんと名前で呼ぶのと同じように、「アビー」ときちんと名前で呼びたかった。それらの名前が本来の厚みと力を持つように。そしてそれら自体の重みを持って、こちらの世界に戻ってこられるように。

ねえ、アビーは素晴らしい子供だった。彼女はリチャードと同じクラスだった。ハイスクールまでずっと同じクラスだったのよ。最初から心の優しいよい子だった。抜きんでて親切な子供だった。子供にしてはということだけど。そして頭も切れた。

そのとおりね、とアンは言った。すごく親切だった。彼女はセリーナの最後の一枚のシャツだって人に与えたでしょうね。ええ、そうよ、誰も彼もみんな素晴らしい女の子たちであり、男の子たちだった。

クリッシーは今でも素晴らしいわよ、とスーザンが言った。

そのとおりよ、と私は言った。

真ん中の子は問題があるっていうけど、彼女はそうじゃない。彼女は自力で大学を出て——私にはお金なんてまったくなかったのに——今では研究助成金まで手にしている。そしてつまらない男にひっかかってもいない。たいした子なのよ。

アンはよろよろしながら通路を洗面所へと向かった。最初に彼女はこう言った。ああ、みんなほんとに——すんばらしかったわあ。

私はセリーナのことが好きだった、とスーザンが言った。でも彼女は私にはあまり話をしてくれなかった。きっとあなたたちにはもっと、女同士の話をしたんでしょうね。男のことについてとか。

それからスーザンはまた眠り込んでしまった。

アンが私の向かいの席に腰を下ろした。彼女は目を細めて私の目をじっと覗き込んだ。それはしばしば糾弾を意味する視線だった。

気をつけなさいよ。目尻の皺が目立ってくるからね、と私は言った。

やめてよ、と彼女は言った。冗談にしちゃわないで。ミッキーが今どこにいるか私が知らないって、あなたにはわかっているの？　あなたはね、幸運だったのよ。あなたはいつだってそうだった。小さな子供の頃からね。あなたは両親に可愛がられて育った子供だったから。

普段の会話でそうするように、私はひとつふたつのことを口に出し、いくつかの筋道だった言い分を、あとでじっくりと考察し、公正を期するために内に秘めておいた。私は思った——彼女は私の家族に会ったこともないじゃない。私は思った——そんなひどい言いぐさはないでしょう。幸運だって。それって一種の侮辱じゃありませんか？

私は言った。アニー、私はまだ四十八歳なのよ。私が徹底的にぶちのめされるための時間は、まだたっぷりあるわ。もちろん私がそれだけ長生きできればっていうことだけど。

それから私は木を叩こうとした。† しかし私たちはフラシ天の座席に座り、プラスチックに寄りかかっていた。木はどこ！　と私は叫んだ。どこかに木はないの！　誰かマッチ棒でも持っていない？

ああ、もう黙ってちょうだい、と彼女は言った。何にしてもね、死ぬのは勘定に入れないの。

死と同じくらい逆行不可能ないくつかの悲しみについて、私は考えてみようとした。しかし真実のところ、私の人生に起こったことで、彼女のそれに比べられるようなことなど何ひとつなかった。十五歳の息子が、あなたのまさに目の前でぱっと消えてしまう。暗黒の中に、あるいは彼自身の奥の明かりの中に。抱きしめても、叩いても、彼をそこから連れ戻すことはできない。戻ってきて、戻ってきて、と叫んでも、戻っては来ない。ミッキー、ミッキー、ミッキーと私たちは声を限りに叫んだものだった。彼は目の前のキッチン・テーブルに座っているのに、二十マイルも彼方にいるみたいに感じられた。でも彼は戻ってくることを拒絶した。そして十二時間後に戻ってきたときには、彼はそのままカリフォルニアに旅だってしまった。

†訳注――幸運のおまじない。

私の人生にもまあ、いくつかのひどいことは起こったわ、と私は言った。

何ですって？　あなたが女として生まれたこと？　それだけ？

彼女はもちろん、今回は私をからかっているのだ。フェミニズムとユダヤ主義《ジュダイズム》に関するお馴染みの議論を持ち出して。たしかに「イズム」というプリズムを通して見れば、時にはその両方を並べて見る必要があるのだろうが。

そうね、母が二年ほど前に亡くなって、それは今でもまだこたえているかも。母のことを思うと、ときどき胸が痛くてたまらなくなる。彼女がいなくなってつらい。あなたにもそれはわかるでしょう。あなたのお母さんは七十六歳になる。母親がまだ存命だというのは素敵なことだと認めるわよね。

母はとても具合が悪いの、とアンは言った。もう半分くらい意識がないのよ。

自分の母親の死について描写するのはやめておこうと私は決めた。もしそうしようと思えば、そうすることでアンを更に惨めな気持ちにさせることもできる。でも新たな攻撃が来るまでそれはとっておこうと私は思った。彼女の精神の狭窄《きょうさく》はますます切迫したものになっていた。おそらくは大いなる敵意が生まれようとしていた。

そこでスーザンが眼を覚ました。近しい誰かが死んだか、あるいは死を迎えようとしているとき、人はしばしばいらいらするものなのよと彼女は意見を述べた（彼女は人間関係〈リレーションシップ〉及び相互関係〈インターリレーションシップ〉に関する講座をとっていたのだ）。あのね、私のとっているセミナーの正式な名称は「個人的交友とコミュニティーのスキル」というものよ。あなたはずいぶん馬鹿にしているみたいだけど、とても有益なコースなんだから。

私たちが話をしているあいだに、列車はいくつもの街を通り過ぎていった。私から見て逆向きに。窓の暗がりの向こうに、さっきはニューロンドンを目にしようと私はつとめた。今度はニューヘイヴンも見逃してしまいそうだった。車掌が微笑みながら説明してくれた。奥さん、もし窓がクリーンだったら、あなた方の半数くらいは命を落としているところですよ。この沿線には腕のいい狙撃手が勢揃いしていますからね。

あれって何よ？　あんなものの言い方をする人って、私好きじゃないな。

彼はただ誇張してるだけかもよ、とスーザンは言った。でもいいから窓は拭かないでね。

通路を隔てた席にいた男が身を乗り出して言った。みなさん、と彼は言った。私は車掌の言ったことを信じますね。このあたりの地域に関して、私の耳にしたところによれば、あれは決して誇張した話じゃないですよ。

スーザンは彼の方を見た。その相手が政治談義を繰り広げるに足る人物かどうかを見定めるために。

あなたたちはもうセリーナのことを忘れてしまっている、とアンは言った。私たちみんながね。やがて彼女のために素敵な告別式を開いて、みんなが立ち上がって、それぞれに何か別れの言葉を口にする。そして私たちは彼女のことなんてまた忘れちゃうのよ。

今度こそ永遠に。あなたは告別式でどんなことを言うつもりなの、フェイス？

そういうものの言い方ってちょっとひどいんじゃないかしら。だって彼女はまだ生きているのよ、アニー。

いいえ、もう生きてはいない、とアンは言った。

私たちは翌日、彼女が間違っていなかったことを知った（一時間か二時間の前後はあるものの）。外科医のデイヴィッド・クラークによれば、死因は複合的なものだった。病自体によるものと、テーブルの上に並んだ小さな瓶の薬をたっぷり飲んだことによるものと。

どうしてあなたはそんなにたくさんホルモン剤を飲むわけ？ その一年ばかり前に、スーザンはセリーナにそう尋ねた。彼女たちはニューオーリンズを訪れていた。マルディ・グラの季節だった。

ああ、これはほとんどビタミン剤よ、とセリーナは言った。それにまた、私は若くて美しいままでありたいの。そして彼女は冗談めかしてつま先旋回《ピルエット》をしてみせた。

スーザンは言った、それってぜんぜん馬鹿げてる。

でもスーザンはセリーナより七歳か八歳、若かった。彼女に何がわかるだろう？ なぜなら、人は若くて美しくありたいと望むものだから。男であれ女であれ、誰かと街角でばったり出会って、お互いの顔に老いを認めたとき、人は少しばかり自らを恥じることになる。彼らがこのように言いたいことはあまりに明らかだ。申し訳ありません、私は老化と重力の双方をあなたにあらためて気づかせるつもりなんてなかったんです。マイ・ディア・フレンド、我々がやがては迎えるであろう不可避な立ち退き（最初は若々しさから、次いでは生命から）のことを、あなたに思い出させようなんて、そんなことは思いもしませんでした。そのようなメッセージに対して、友人の目はおおむねこのように礼儀正しく応答するだろう。いいえ、気にしないで。そんなことほとんど気がつきもしませんでしたから、と。

幸運なことに、私は最近になって、このようなメランコリーの深い井戸からどのように抜け出せばいいか、その方法を学ぶことができた。それは誰にだってできることだ。どんなささやかなものでもいいから、未来の根っこを手に摑むのだ。会話のちょっとした切れ端だってかまわない。奥底にしっかり沈み込んでいかないことで、あなたは大事な人間的深みを獲得する機会を失ってしまう、みたいなことを言う人だって、中にはいるかもしれないが。

スーザン、と私は尋ねる。あなたはまだエド・フローレスとつきあっているの？

奥さんのもとに戻っていったわ。

あなた、彼女に殺されなくて幸運だったわよ、とアンが言った。私ならスペイン系の男とは付き合わないけどな。あの人たちの住んでいる場所には、常にタフな女性が控えているんだもの。

違うのよ、とスーザンは言った。あの女《ひと》はとくべつなんだから。彼女とはミーティングで会った。私たち、びっくりするようなことを話し合った。ルイサは素晴らしい人よ。前にも言ったことあると思うけど、彼女は事務職労働者のオルガナイザーをしている。私にはあと二年だけ彼が必要なの、と彼女は言った。というのは子供たちが――女の子二人なんだけど――その地域において保護者を必要としているから。あのあたりの治安はまったく良くないものね。彼は父親としては素晴らしいけど、夫としてはあまり褒められたものじゃない。

もって銘とすべしね。

ねえ、私のことを知っているでしょう？　私は夫がほしいわけじゃないの。男の人がそばにいてほしいだけ。男なしって、いやよ。まあそれはそれとして、話を聞いて。このあいだのことだけど、彼女は、ルイサは、私の耳元で囁《ささや》くの。彼女はこう言う、ねえスージー、あと二年経ってまだ彼のことが欲しいなら、あなたにそっくりあげるわ。約束する。そうね、二年後にも私はまだ彼のことを欲しいと思っているかもしれない。彼はまだ四十五歳なんだもの。まだまだ活力も残っているし。二年のうちには私も学位を取る。クリッシーも独り立ちできる。

二年ですって！　二年のうちには私たちみんな死んじゃってるわ、アンが言った。

彼女は私たちみんなのことを言っているのではない。それは私にはわかっていた。彼女はミッキーのことを言っているのだ。彼女のその息子は、どこかのドラッグストアだか、シカゴだかニューオーリンズだかサンフランシスコだかの売春宿だかで、間違いなく殺されるに違いない。僕は今、大きな美しい街にいるんだ、先月電話をかけてきたとき、彼はそう言った。ここに比べたら、ニューヨークなんてじつにゴミ缶みたいなもんさ。

ミッキー、どこなの？

ははは、と彼は言った。そして電話を切った。

そのうちに彼は逮捕されるだろう。浮浪罪か、麻薬取引か、こそ泥か、あるいは夜中にどこかの市民の家の窓際で汚い言葉を叫んだというだけで。そしてアンは彼を面倒から解放するためにその街まで飛行機で飛んでいく。あるいは行かないかもしれない。どうするかは、経済的事情と精神分析医の忠告によって変わってくる。

ミッキーはどうしている？　セリーナがそう尋ねた。実のところ、私たちが神妙な顔をして、いかにも居心地悪く、日当たりの良い彼女の家の居間に入っていったとき、それがセリーナの口にした最初の言葉だった。その部屋には陽光がたっぷり差し込み、風に揺られる庭の樹木の影がちらついていた。私たちはそれぞれ口々に、具合はいかが、セリーナと尋ねた。彼女は言った、まあまあというところよ。最初に言うべきことを済ませちゃいましょう。大事なことをね。リチャードはどうしてる？　トントは？　ジョンは？　クリッシーは？　ジュディーは？　ミッキーは？

ミッキーのことは話したくないな、とアンは言った。

あら、彼のことを話しましょうよ。彼の話をしましょう、とセリーナはアンの手をとって言った。手遅れにならないうちに、みんなで考えましょう。どこから始まったんだっけ？　さあ、いいから彼のことを話しましょう。

スーザンと私は馬鹿じゃないから、口は出さなかった。

誰にもわからない。誰にもなんにもわからない。なぜ？　どこで？　誰もがそれぞれに考えを持っているし、仮説を持っているし、論説だって書いている。でも誰にもわからない。

アンは厳しい顔をしてそう言った。彼女は泣き言は言わなかった。セリーナの心の優しさにくったりもたれかかろうともしなかった。しかしセリーナがミッキーの名前を口にするのを聞いて、椅子の中でより寛《くつろ》げるようになった。私はそれを見守っていた。興味深いことだった。アンは木曜日の夜のヨガのクラスで学んだように、深く息を吸い込み、深く息を吐いていた。彼女は少しは身体を休められるようになった。

我々の乗った列車は「ブロンクスのパーク・アヴェニュー」と呼ばれる窪地を抜けていた。スーザンは通路を隔てた隣の座席に座った男性と話をしていた。彼女は説明していた。彼女の考えるところによれば、我々が爆撃で破壊したあぜ道を補修し、絶望的なまでに破壊してしまったいくつかの環境に対する代償を支払わない限り、ヴェトナムでの戦争は終わっていないのだと。彼はそうは考えなかった。五万人のアメリカ人が死んだんですよ。我が国の若者たちが。我々は既に支払いをしたんじゃないですか。彼は私たちに尋ねた。私たちもスーザンと同じ意見なのか？　一語一句そのまま、と私たちは言った。

あなた方はヒッピーには見えないけどなあ。そう言って彼は笑った。それから彼の顔つきが変わった。人の表情を読む専門家として、私には彼が何を考えているかが判断できた。冒険《アドベンチャー》だ。彼はこの強い左翼的信念を抱いた三人の婦人たちの中に、最新のカウンターカルチャーの豊かな鉱脈を掘り当てたのかもしれない。それは彼の表情の善き側面だった。もうひとつの側面は、郊外からニューヨークに出てきた所帯持ちの男の、小ずるい顔だ。

あなたにまたどこかでお会いしたいものだな、と彼はスーザンに言った。

あら、そう？　じゃあ、あさってうちの夕ご飯にいらっしゃいよ。うちの子供は二人しか家にいないから。ニューヨークで一晩くらいはまともな夕食をとるべきだわ。

子供たち？　彼の顔はそれについて考えを巡らせた。ありがとう。そりゃいい、と彼は言った。寄せてもらいますよ。

アンはぶつぶつと言った。もう信じられない。この人、またやってる。

あら、スーザンなら大丈夫よ、と私は言った。そういう人なんだもの。それでいいじゃないの。

まったく長い道のりだわ、とアンは言った。

それから列車はグランドセントラル駅の手前にある暗闇の中に入っていった。

私たち、ちょっとかりかりしているの、とスーザンは新しい知り合いに向かって説明した。友だちのセリーナが死にかけていて、私たちはそのことに腹を立てているわけ。どうしてかっていうとね、私たちは自分が死にかけているときに、彼女に立ち会ってもらいたかったからよ。私たちはみんな母親か、あるいは母親代わりの人を必要としているわけ。最期の段階にあって枕を直してくれたりするような人を。そして彼女はそういう役にはぴったりだと思えたわけ。

あなたの言っていることはわかりますよ、と彼は言った。誰かにそばにいてもらいたい。少しばかり取り乱すかもしれないし。

だいたいそういうことよね。そうでしょ、フェイス？

彼女の拡声装置的しゃべり方に馴染むには、いつだって少し時間がかかる。私は同意した。イエス。

列車ががたんと停止した。対抗しあうテクノロジーが苦悶の軋轢《あつれき》をもたらした。

正しい。間違っている。そんなことどうでもいいじゃない、とアンが言った。彼女は死ぬ必要はなかったのよ。彼女がすべてをぶち壊してしまったのよ。

よしなさいよ、アニー、と私は言った。

もう黙ってくれる、あなたたち二人とも、とアンが言った。そして私たちの膝を折らんばかりの勢いで慌ただしく前を通り抜け、列車から降りていった。

それからスーザンは、いかにもニューヨークの地元民らしく、その男性に我々の抱えている私的な問題を説明し始めた。世界貿易センター・ビルの間違い、ウェストウェイの建設計画、サウス・ブロンクスの荒廃、ウィリアムズバーグの怒り。彼女は彼とおしゃべりをしながら、一緒にエスカレーターで上にあがっていった。友好的な宵《よい》に、うまくいけば幸福な一夜に向けて。

家に帰ると下の息子のアンソニーが言った。やあ、さっきリチャードから電話がかかってきたところだよ。今はパリにいるんだって。コレクト・コールで電話をかけなくちゃならなかった。

コレクト・コール？　パリから？

私の悲しそうな顔を見て、息子はハーブティーを淹《い》れてくれた。彼の仲間内でよく飲まれているもので、高ぶった神経を休める効果がある。私のかなり調子の良い健康と精神を、更に増強したいと彼は望んでいるのだ。彼の友人たちが持っている本には、適切な栄養をとっていれば、人は永遠に生きられるはずだと書かれている。彼は私にそれを試してもらいたがっている。また彼はこうも信じている。彼の生きているうちに人類は、その優れた頭脳と良き顔立ちは、終焉を迎えることになると。

十一時半頃に十八歳の彼は、ナイトライフを楽しむために家を出て行く。

午前三時に帰宅した彼は、私が床の拭き掃除をして、アパートメントの細かい修理をしているのを目にする。

もっとお茶を飲みたい、母さん？　と彼は尋ねる。私の話し相手をするために、彼は腰を下ろす。オーケー、フェイス、あんたが参っていることはわかるよ。でもさ、どうしてセリーナはアビーのことをきちんと理解しようとしないんだろう。

アンソニー、いったいどうやったら、私におまえのことをきちんと理解できるかしら？

よしてくれよ。母さん、目が見えてないんじゃないの？　僕はまだ小さな子供だったけど、それくらいは見えていたぜ。嘘じゃなくってさ、ほんとに。

いいこと、トント。基本的にはアビーはよい子だった。ほんとに。でも時代ってものが人にどんなことをなし得るか、おまえにはそれがまだわかっていない。

ああ、また始まったよ。世の中は良いことばっかりで、何もかもグルーヴィーで、素晴らしくて、ぶっとんでて、イカしてて、ごきげんなんだ。それからこう言うんだろう、人々は親切で、世界はナイスに丸くって、ユニオン・カーバイド社にだってそれを吹き飛ばすことはできないんだって。

　私はそんな気楽なことを口にした覚えはない。それにだいたい午前三時に、その悲しい出来事のあった一日の終わりに、どうして世界の実相についての更なる講義を、トントから受けなくちゃならないのか？

　翌日の夜、マックスがノース・カロライナから電話をかけてきた。セリーナはどうだった？　すぐにそっちに飛んでいくよ、と彼は言った。朝早くにひとつ予定が入っているんだ。それを終えたら、あとの約束は全部キャンセルしよう。

朝の七時にアニーが電話をかけてきた。私はまだ歯もろくに磨いていなかった。とてもきつかったわ、と彼女は言った。いろんなことそっくり。セリーナのことを言っているんじゃないのよ。私たちみんなのこと。列車の中のこと。あなたたちみんな、私には現実のものとは思えなかった。

現実？　現実のこと？　ねえ、いいからうちに朝ご飯を食べにいらっしゃいよ。九時まではとくにやることもないから。おいしい天然酵母《サワードー》のライ麦パンがあるんだけど。ノー、と彼女は言った。ああ、もう、やめてよ。ノー。

私たちが最初に出会った日のアンの目と、彼女がかぶっていた帽子のことを、私はまだ覚えている。私たちの幼い子供たちはやっと歩けるようになったばかりで、何かを叫びながら砂場からよちよちと歩き出てきた。私たちは子供たちを抱き上げ、砂だらけになった子供たちの頭越しに微笑みを交わした。そのときに私たちの絆は結ばれたのだと思う。少なくとも、もう私たちの夫ではなくなっている夫と結婚式のときに交わした誓いと同じくらい役に立つ絆が。あと知恵というのは通常あまり良くは言われないものだが、おそらくは予見と同じくらい価値を持つものだ。なぜならそこには僅かながらも事実が含まれているものだから。

その一方で、アンソニーの世界は――貧しく濃密で無防備なものだが――丸く丸く転がっていく。死ぬことと生きることはその表面に結びつけられていて、そのより柔らかな部分に押し込まれていく。

彼が私の注意をその苦悩と危険に向けたことは正しかった。責任を背負い込んでしまう私の性格を突いてきたことも正しかった。でも私が友人たちや子供たちのために、彼らの個別の死についての、そして私たちの生涯にわたる結びつきの情勢についての報告書を創作したことだって、また正しかったのだ。

At That Time, or The History of a Joke

その時代には、あるいはジョークの歴史

その時代には、たいていの人々が進んで臓器提供をおこなった。行き過ぎは予期されることだった。実際にある若い女性が、通りがかりの産婦人科医の手で、その子宮を衝動的に切除されてしまった。彼は言った。私はフレッシュ・メドウズに住む子供のいない夫婦のことを思い詰めて、気持ちが動転していたのです、と。その若い女性は言った、「痛みとか恥じらいとかを問題にしているのではありません。どのような法廷だって、ハイリガー医師が一刻も早く最新の子宮を手に入れ、私に移植するようにはからってくれるはずです」。

私たちは温かい心を持たない人間ではないし、これはもっとも低い司法レベルで事足りることだ。州や連邦裁判所に上訴する必要もない。

タイムズ紙によれば、その若い女性の卵巣のひとつは、新しい子宮を拒絶したそうだ。

しかしもうひとつの卵巣は完全に適応し、拒否反応はなかった。
「具合は順調です」と彼女は言った。しかしほとんどそれと同時に彼女のお腹が膨らみ始めた。というのは彼女の子宮の柔らかくて赤くて温かな内側には、既に愛らしい胎児が丸まって収まっていたからだ。ものごとはつつがなく運び、見よ！　そこから生まれてきたものは、我々の日の光に疲れた目を休ませてくれる夜と同じくらい真っ黒な赤ん坊だった。

それから「歌いたまえ！」と科学者であるハイリガー医師は言った。「ほら、いかがですか。人類の神話が、技術的達成の背に乗って、大いなる前進を遂げたのであります。そしてああ、ご覧あれ、受胎を経ずして、処女が一人の男児を出産したのです」。この驚くべき、聖なるニュースは津々浦々、メディアがそのワイヤレスの厚かましい親指をつっこめるところ、あらゆる野原に、森に、工業地域にばらまかれた。人々はそれを祝し、おおむねのところ喜びに満ち、その出産の様子は劇場の大型スクリーンで、あるいは家庭の小さなスクリーンで繰り返し再現された。

ただし、いくつかの都市の裏面にあっては、これまでいくつかの処女懐胎を目撃し、その結果に苦しんできたある種のユダヤ人たちが（すすり泣きながら）（例のごとく）叫び声をあげた。「それは〈彼〉ではない！　それは〈彼〉ではない！」と。

彼らをどのように扱えばいいのか、誰にもわからなかった。そういう人々はなにしろ頑固だったし、ユーモアというものを解さず、その決意は断固揺るがなかった。当局は彼らの短波受信機とアンテナを、彼らのスクリーン・ステレオ・テレビと、礼拝所のビデオテープを没収した（その時代には、人々はそのような社会的非妥協性のかどで投獄はされないようになっていた。それ故にまた更生させられることもなかった）。

この愚かしい少数派の手にはほどなく何もなくなってしまった。彼らはごく通常のものごとを友人や親戚に伝えるためにさえ、お互いを訪問しあうか、あるいは町から町へとさまよわなくてはならなくなった。彼らにはただ肩衣《かたぎぬ》とユダヤ教の聖句箱しか残っていなかった。それらはまた女性によっても用いられるようになっていた。その時代には、女性たちは既に大いなる自然な進歩を遂げており、牧師や預言者やラビやヨガ行者や司祭として活躍するようになっていたのだ。小規模な秘教においてばかりではなく、よく知られた宗教においても。

そのゴシップ的コミュニケーションにおいて、彼らは公表されない、あるいは排除されたひとつの事実を囁きあった（人々の中には既に気づいていたものもいたが）。「生まれたのは実は女児だった」ということだ。そして口伝えの話というのは神のこだまの中で作られた響きであるからして（最初に「言葉」ありき。それは形を持たずとも、広がりを持っていた）、その事実は耳から口へ、口から耳へと伝わって、コンピュータ化された各種装置なんぞをものともせず（その頃には分別ある人の大半は、私的な言葉をそのような機器に向かって口にすることを、もう数十年前からやめてしまっていた）、やがては世間周知のこととなった。

そこで「オーケー！」とハイリガー医師は言った。「それはまったくの真実です。しかし私は神話の海と同じほどどろどろしたいかなる水面にも、波を立てたくなかったのです。そう、それは女児でした。処女が処女を産んだのです」

世界中の人々がそれを聞いて微笑んだ。その頃には男女差別や人種差別はもう、公共の場においてはその生命を終えていた。もっとも家庭内の成人のあいだでは、まだ時折蒸し返されてはいたけれど。人々は男児であれ女児であれ、どちらにせよその出産を愛でた。そして聖なる幼児の臍を使って、娘たちの世代を別の世代に象徴的に縫い合わせようという、いくつかの計画が立てられた。これは幸運にも肉体にして、象徴であった。そのようにして、人々がこれまで馴れ親しんできた十字架と並んで、丸い臍と、くねくねした臍の緒がそこに掛けられるようになった。

しかし不満を抱く一部のユダヤ人たちは、またもや声を上げた。「素晴らしい！　そうじゃないか？　風向きが変わってきたぞ！　とにかくそれは女児だった！　天を讃えよ！　しかし事実は、我々は更なる処女懐胎を必要としているということなのだ。我らが聖なる死者が、古代の聖職者の手から放血を受けることを求めるように」

そのようにして彼らは、女性と男性として、世襲的なものと非世襲的なものとして、歴史の泥だらけの地下室でたち働くものとして存続し続け、貧しき人々は今日にいたっても、結婚式や子供の誕生や葬式にあたって、安いけれど見栄えのする衣服を必要とするときには、その地下室に戻っていくのだ。

Anxiety

不安

若い父親たちが学校の外で待っている。素敵な巻き毛！　とても優美な褐色の口ひげ。彼らはしゃがみ込んで、ピザを食べながら、情報を交換している。三時半の終業ベルが鳴るのを待っているのだ。季節は春、朝起きたらまず窓の外に目をやる季節だ。うちの窓際には、温室育ちのマリゴールドを入れた植木箱がある。その羊歯《しだ》のような葉のあいだから、若い父親たちの姿を目にすることができる。

ベルが鳴る。子供たちが学校から飛び出してくる。開いたドアからこぼれ落ちるみたいにして。一人の父親が自分の子供を見つける。小さな女の子だ。中国人だろうか？　少し血が混じっている。高いぞおおお、と彼は言って、彼女を持ち上げ、肩にひょいと乗せる。高いぞおおお、と別の父親が言って、小さな男の子を肩に乗せる。男の子は何秒か父親の頭の上に腰掛け、それから滑り込むようにして肩に落ち着く。やってくれるねえ、と父親は言う。

　彼らは通りに出て行く。私の窓のちょうど下を通って。二人の子供たちはまだ声をあげて笑っている。彼らは秘密を交換し合おうとしている。父親たちはまだ自分たちの会話を終えていない。痩せている方の父親は、女の子がもそもそと動きすぎるので、どうも落ち着かない。

　少しおとなしくしてくれないか、と彼は言う。

　オインク・オインク†、と彼女は言う。

　なんだって？

　オインク・オインク、と彼女は言う。

　若い父親は言う。なんだって！　三度もそう言う。そして子供を摑み、頭上高く持ち上げ、足からどすんと地面に下ろす。

　私は何も悪いことなんかしてないよ、と女の子は足首をさすりながら言う。

　いいから、さっさと僕の手を握るんだよ、とひょろひょろとした父親は腹を立て、甲高い声で娘に言う。

　私は窓から大きく身を乗り出す。やめなさい！　やめなさい！　と私は叫ぶ。

　若い父親は振り向き、手で光を遮りながら、それでもこちらを見る。え、なんだって？　と彼は言う。彼の友だちは言う。どうした？　誰なんだ？　彼は私のことをたぶん家族の知り合いだか、教師だと思ったみたいだ。

あなたは誰ですか？　と彼は言う。

私はマリゴールドの植木鉢を脇にどかせる。それから両肘をついて更に身を乗り出し、お互いの姿がよく見えるようにする。それほど昔のことではないが、かつてはこの建物の五階に至るまで、窓の三つに一つからは、そこに住む私のような女性が身を乗り出し、遊んでいる子供たちに向かって大声で呼びかけていたものだ。何か言いつけたり、注意を与えたりするために。その記憶のおかげで、私は若い男たちに向かって断固たる口調で話しかけることができる。お若い方、ここはひとつ年上の人間として遠慮なくものを尋ねたり、忠告を与えたりさせていただきます。

はあ？　と彼は言う。少し決まり悪そうに笑う。そして友だちに言う。よかったら、あの白髪《しらが》頭を撃ってかまわないぜ。でも彼は冗談を言っているだけだ。私にはそれがわかる。その証拠に彼は両脚を開き、両手を背後に組み、私を見上げ、耳を傾けようと、頭をぐいと上に向ける。

あなたはいくつなの？　と私は呼びかける。三十歳くらいかしら？

三十三ですよ。

最初に言いたいのは、あなたが子供に対してとる態度や、おこなう行動は、あなたの

†訳注——豚の鳴き声の英語表記。日本語では「ぶうぶう」。

父親よりも一世代進んだものでなくてはならないということよ。

へえ、そうですかね。奥さん、他に何か言いたいことは？

あなたね、と私は言って、彼に向けて更に二、三インチ前に身を乗り出す。危険な二、三インチだ。あのね、私は言いたいんだけど、頭のおかしい連中がこの美しくつくられた惑星を破壊しようと企んでいるのよ。このような男たちによっておこなわれる私たちの子供たちの殺戮は、あなたたちにとって恐怖と悲しみとなっているはずよ。そしてそれはね、たったこの今から、あらゆるささやかな日々の楽しみにも翳《かげ》りをもたらさなくちゃならないのよ。

演説、演説、と彼は叫んだ。

私は少し間を置いた。しかし彼はまだじっとこちらを見上げている。それで、と私は言う、あなたのだいたいの見かけやら、軽やかな歩き方からして、あなたは私の意見に同意するはずだと思うんだけど。

同意しますよ、と彼は言って、友だちにウィンクする。しかし私には真剣な顔を向けた。彼はもう一度言った。ええ、そう、同意しますよ。

じゃあどうして、あなたはその小さな女の子に対してそんなに腹を立てたわけ？　その子の未来は、まるで突然真っ白になってしまったフィルムみたいなものよ。どうしてあなたは自分を抑制できなくなって、その気の毒な子をどすんと地面に叩きつけるように下ろしたわけ？

それは言い過ぎじゃないですか、と若い父親は言った。この子は僕のか弱い肩の上でぴょんぴょん跳ね回って、オインク・オインクと叫んだんだ。

あなたは何に対していちばん腹を立てたのかしら？　その子がもぞもぞしたり跳ねたりしたことかしら、それともオインク・オインクと言ったことかしら？

彼はそのきれいにカットされた黒髪の素敵な頭をぽりぽりと掻いた。オインクと言ったことかなあ。

あなたはオインク・オインクって言ったことない？　よく考えてみて。ひょっとして何年も前のこととか。

ないですよ。いや、あったかな？　あったかもしれない。

それは誰のことを指してそう言ったのかしら？

彼は笑った。そして友だちに声をかけた。おい、ケン、このおばさんはなかなかだぜ。警官たちに向かってですよ。デモのときにね。オインク・オインク、と彼は言った。そのときのことを思い出して、笑いながら。

小さな女の子は微笑んで、オインク・オインクと言った。

黙りなさい、と彼は言った。

あなたはそこからどういう結論を出すのかしら？

僕がロージーに腹を立てたのは、彼女が僕のことをまるで権威の象徴みたいに扱ったからだな。でも僕は権威なんかじゃない。これまでそうだったこともないし、これからそうなることもない。

私は昔を思い出している彼の幸福を、そしてその感じの良い笑みを、見て取ることができた。

そして、と私は続けた、この子供たちは人類の最後の世代ともなりかねない可愛らしい実例なのだから、最初からもう一度やり直してみたらどうかしら？　学校の玄関から出てくるところからね。さっきのことはまったく起こらなかった、というみたいに。

ありがとう、と若い父親は言った。ありがとう。馬になるのは楽しいぞ、と彼は言って、ロージーの手をとった。さあ、おいで、ロージー。行こう。そんなにゆっくりもしていられないからね。

高いぞお、と最初の父親が言う。高いぞお、と二番目の父親が言う。はいよー、と子供たちは叫ぶ。そして父親たちは馬の真似をして、ひひーん、ひひーんと叫ぶ。子供たちは父親の、馬の胸にあたるところを蹴る。進め、進めと大声を上げながら。そして彼らは早駆けで西の方に去って行く。

私は更に前に身を乗り出し、彼らに向かって叫ぶ。気をつけなさい！　止まりなさい！　でも彼らはもう声の届かないほど遠くに行ってしまった。ああ、誰だってあんな可愛い子供たちを乗せたら、とびっきり早足の猛々しい馬にならないわけにはいかないだろう。しかし彼らはこれから、世界でもっとも危険な街角のひとつに飛び出していこうとしているのだ。そしていくつもの更なる危険な通りを越えた、三叉路の向こうに住んでいるかもしれないのだ。

私は饐《す》えた夏の匂いを漂わせる、四月に冷やされたマリゴールドを軽くとんとんと叩いてから、窓を閉めるほかない。それから心地よい光の中に腰を下ろし、彼らが早足で駆けながら、科学者の浮き世離れした恐ろしい夢や、自動車会社のばかでかい夢をくぐり抜けて、家まで無事にたどり着けたかどうか、確かめる方法があればなあと思った。子供たちが自宅の台所のテーブルに座って、健康的なスナック（オレンジ・ジュースか牛乳に、クッキー）を食べているところを目にできたらなと思った。そのあときっと子供たちは、新しい春の午後へと遊びに飛び出していくのだろう。

In This Country, But in Another Language, My Aunt Refuses to Marry the Men Everyone Wants Her To

この国で、しかし別の言語で、私の叔母は、みんなが薦める男たちと結婚することを拒否する

私の祖母は自分の椅子に座っていた。彼女は言った。夜に横になると、休むことができないんだよ。骨と骨とがぐいぐい押し合ってね。朝に目覚めると、私は言うんだ、どうしたんだろう？　私は眠ったのかい？　やれやれ、私はまだここにいる。私はこの世界に永遠にいかねないよって。

私の叔母がベッドをメイクしていた。ごらんよ、おまえのおばあさんは汗ひとつかかないんだよ。何ひとつ洗う必要がないんだ――ストッキングも、下着も、シーツも。これを見ても、彼女がどんな人生を送ってきたか、おまえには到底わからないだろうよ。それは人生ですらなかった。それは拷問だったんだよ。

おばあちゃんは私たちを愛してはいないの？　と私は尋ねた。

おまえたちを愛しているかって？　と叔母は尋ねた。ほかにそれに値するものがあるかい？　おまえたち子供。コネティカットにいるおまえのいとこ。

でも、それでもおばあちゃんが幸福になれない？

私の叔母は言った。ああ、彼女はとてつもないものを見てきたのさ！

何を？　と私は尋ねた。おばあちゃんは何を見たわけ？

いつか教えてあげるよ。でもひとつだけ今教えてあげよう。一番大きな旗《メイン・フラッグ》を担ぐんじゃないよ。もっと大きくなったら、おまえはデモに参加したり、ストライキに参加したりするだろう。でも旗を持つのは何もおまえでなくてもいいんだ。誰かほかの人に持たせればいい。

それはルッシアが旗を担いだからなの？　それが理由なの？　私はそう尋ねた。

それはね、彼が素敵な男の子だったからだよ。まだ十七歳でね。おまえのおばあさんは一人きりで、その子を街路から拾い上げてきた。彼はもう死んでいた。荷車に彼を乗せて家まで運んできたのさ。

ほかには？　と私は尋ねた。

私の父が部屋に入ってきた。彼は言った、少なくとも彼女は生きた。

叔母さんだって生きたんじゃないの？　と私は叔母に尋ねた。

そこで祖母が叔母の手をとった。ソニア。私が夜に目を閉じることができないひとつの理由は、おまえのことを考えているからなんだよ。わかるだろう。どうなることやら。おまえには人生というものがないもの。

おばあちゃん、と私は尋ねた。私たちはどうなの？

叔母はため息をついた。さあ、いい子だから、散歩にでも出かけましょう。

夕食の席では誰も口を開かなかった。だから私はもう一度叔母に尋ねた。ソニア、ノーかイエスで答えて。あなたには人生があるの？

まったく！　と彼女は言った。もし本当にその答えが知りたければ、ドストエフスキーを読みなさい。それを聞いて、みんな腹を抱えて笑った。

母がお茶と砂糖漬けの果物を持ってきた。

祖母がみんなの顔を見て言った。何をそんなに笑っているんだい？

でも私の叔母はこう言った、笑いなさい！

Mother

母親

ある日AMラジオを聴いていて、私はある歌を耳にした。「ああ、戸口に立っている母さんの姿を目にすることができたらなあ」という歌だ。ほんとだわ！　と私は思わず口にした。私にはその歌が理解できる。戸口に立っている母さんの姿を目にしたいと、私は何度となく願ったものだ。実際の話、彼女はしょっちゅう様々な戸口に立って、私のことを見ていた。ある日、彼女はそうやって玄関の戸口に立っていた。その背後には暗い廊下が見えた。元旦のことだった。母さんは悲しそうに言った。おまえはまだ十七歳なのに、朝の四時に家に帰ってくる。二十歳になったら、いったい何時に帰ってくるんだろうね？　その質問にはユーモアも意地悪さも含まれてはいない。母はただ死ぬための準備を進めていて、だから心を痛めていたのだ。私が二十歳になるときには自分はもう生きてはいないだろうと、彼女は思っていた。だからこそそんな疑問を口にしたのだ。

別のとき、母は私の部屋の戸口に立っていた。私はそのとき、ソビエト連邦に対する家族の見解を攻撃する政治的声明を発したところだった。彼女は言った。頼むからもういい加減にして眠りなさい。まったく馬鹿げてるよ。おまえも、おまえのその共産主義者的な考え方も。私たちは、父さんも私も、そんなのはとっくに見てきたよ。一九〇五年にね。すべて予測できたさ。

キッチンの戸口で彼女は言った。おまえは昼食も満足に最後まで食べない。分別もなく走り回っている。いったいどんな人間になるんだろうね。

それから彼女は亡くなってしまった。

当然のことながら、そのあとの人生を私は、彼女に会いたいと思って生きてきた。戸口ばかりではなく、ものすごくたくさんの場所で。叔母さんたちと一緒にいる食堂で、近所の通りを見渡せる窓際で、百日草やマリゴールドの咲いた田舎の庭で、父さんと一緒に居間で。

二人は座り心地の良い革のソファに座っていた。彼らはモーツァルトを聴いていた。二人は驚いたような顔つきでお互いを見ていた。まるでさっき移民船でやってきたばかりのように、彼らには思えたのだ。まるでさっき最初の英語の単語を覚えたばかりのときのように、彼らには思えたのだ。彼がアメリカ人の解剖学教授に、ついさっき百点満点の答案を得意げに提出したばかりのように思えたのだ。まるで彼女がついさっき、主婦になるために店の勤めをやめたばかりのように思えたのだ。

母が居間の戸口に立っているところを見ることができたらなと思う。

彼女はそこに一分ばかり立っていた。それから彼の隣に座った。二人は上等なレコード・プレーヤーを所有していた。二人はバッハを聴いていた。彼女は父に向かって言った。少しは私と話をしてよ。私たち最近もうあまり話をしていない。

私は疲れたよ、と父は言った。見ればわかるだろう？　今日は三十人くらいの人を診《み》たんだ。みんな病気で、誰も彼もがしゃべりまくるんだ。際限なく。音楽を聴きなさい、と父は言った。おまえはたしか昔、絶対音感を持っていたね。私は疲れたよ、と彼は言った。

そのあと彼女は亡くなってしまった。

Ruthy and Edie

ルーシーとイーディー

　ある日、ブロンクスで、イーディーとルーシーという二人の少女が玄関前の階段に腰掛けていた。二人は男の子たちのリアルな世界について語り合っていた。このために、二人は膝のまわりにスカートをぴったりと巻き付けていた。通りの向こう側に住んでいる男の子たちの一団が、毎週土曜日の午後になると、少なくとも一時間はかけて、女の子たちのスカートをめくろうと試みた。彼らは女の子たちのアンダーパンツの色を知る必要があったのだ。キャンディーストアの外で「イーディーはピンクのパンティーをはいているぞ」と大声で叫ぶために。

　ルーシーは言った。でもとにかく私、あの男の子たちと遊びたいのよ。彼らはほかにもいろんなことをするから。イーディーは言った。私はあんな子たちと遊びたくはないな。あいつらぶったり、スカートめくりしたりするんだもの。ルーシーもそれには同意した。そういうのはたしかに間違っている。でもね、あの子たちはブロックじゅうを走り回って、レースをやって、角で戦争ごっこをやるんだよ。そんなのもあまり良いことは思えないけど、とイーディーは言った。

ルーシーは言った、他にもあるのよ、イーディー、あんたが男の子だったら兵隊にもなれるんだから。

それで？　それのどこがいいわけ？

だって、お国のために戦えるんじゃない。

イーディーは言った、私はそんなことしたくないな。

なんですって？　イーディー！　ルーシーは熱心な読書家で、彼女がもっとも好んで読むのは勇気に関する本だった。たとえば『ローランの歌』とか。彼女の父親はかつては勇敢な人で、夕食の席でもしばしばそのことについての会話があった。実際のところ、彼はときおり穏やかな声でこう言ったものだ。ああ、その昔はおれも勇敢だったと思うね。お母さんもまた勇敢だったけどね、と彼は付け加えた。そしてルーシーの母親は、夫の目の前によく見えるように固ゆで卵を置いた。『ローランの歌』を読んでルーシーが学んだのは、国家が存続していくためには、多大な勇気が必要とされるということだった。そしてイーディーとアメリカ合衆国のことを考えると、彼女は情けなくてほとんど泣きそうになった。

戦いたくないですって？　と彼女は尋ねた。

戦いたくない。

どうしてよ、イーディー、どうして?

そういう気持ちになれないの。

どうしてなれないの、イーディー、なぜ?

あんたって、私があんたの言うとおりにならないと、いつも怒鳴り始めるんだから。そんなにあんたの思い通りのことばかり口にしているわけにはいかないのよ。私は自分の言いたいことを言わせてもらうわ。

ええ、でもね、もしあんたが自分の国を愛しているのなら、あんたはそのために戦わなくちゃならないのよ。戦いたくないなんて言ってられないでしょ。もし殺されたとしても、それは価値あることよ。

イーディーは言った、お母さんをあとに残してはいけないよ。

お母さんですって? まったく、赤ん坊じゃあるまいし。お母さんですって?

イーディーは膝の上にしっかりとスカートを巻き付けた。お母さんから長く離れていたくない。お母さんがスプリングフィールドにいる私の叔父さんに会いに行ったときみたいに。

ああいうの、好きじゃない。

参ったわね、とルーシーは言った。参ったな。それじゃ、まるで赤ちゃんじゃない。

彼女は立ち上がった。そのままどこかに行ってしまいたかった。階段のてっぺんからジャンプし、角のところまで走っていって、誰かととっくみあいをしたかった。ねえ、イーディー、あんた知ってるでしょ、ここは私の階段なんだよ。

イーディーはひるまなかった。彼女は膝の上に顎を傾け、悲しい気持ちになった。彼女もかなりの読書家だったが、彼女が読む本は『ボブシー家の双子』とか『海辺のハニー・バンチ』といったような読み物だった。彼女はそういう上品な家庭の生活が好きだった。彼女は四階の三間のアパートメントで自分もそういう生活をしようと試みていた。ときどき彼女は父親のことを「ダッド」と呼んだし、「ファザー」と呼びさえした。それは父親を驚かせた。誰だって？　と彼は尋ねた。

おうちに帰らなくちゃ、と彼女は言った。従兄弟のアルフレッドが来ることになっているから。ルーシーがまだ腹を立てているかどうか、彼女は様子をうかがった。突然、一匹の犬の姿が目に入った。ルーシー、彼女はさっと立ち上がってそう言った。犬がこっちに来るわ。ルーシーは振り向いた。キャンディーストアと雑貨店のあいだのブロックの、四分の三くらい離れたところに、たしかに一匹の犬がいた。中くらいの大きさのごく普通の犬だ。でもそれはこちらに向かってきた。犬は縁石の匂いをくんくん嗅いだりもしなかったし、家の前に小便をかけたりもしなかった。犬はただ早足で歩道の真ん中を着実にこちらにやってきた。

ルーシーはその犬をじっと見ていた。心臓がどきどきと音を立て、それは彼女の肋骨の中でまさにはち切れそうになった。彼女は素早く頭を働かせた。ああ、犬は歯を持っている！　大きくて、毛むくじゃらで、見慣れない犬だ。犬が何を考えているかなんて、誰にもわかりはしない。犬は所詮ケモノだ。人が犬に話しかけることはできても、犬が人に話しかけることはできない。犬に向かって「ストップ！」と言っても、犬はぜんぜんそれをやめないかもしれない。もし犬が腹を立てて嚙みついたら、嚙みつかれた方は狂犬病になるかもしれない。死ぬまでに六週間かかるし、激しい苦痛に叫び声をあげながら死んでいくことになる。胃袋は石のようにこちこちになり、牙関緊急《ロックジョー》が訪れる。そうなったらもう手遅れだ。人は麻痺した口をぱっくりと開けたまま、悲鳴をあげながら死んでいく。

ルーシーは言った、私はもう行くわね。彼女はまるで遠くのスイッチによって操作されているみたいに、くるりと向きを変えた。玄関のドアを押し開けて、中の安全地帯にするりと入った。片手でアパートメントのベルを鳴らした。そしてもう片方の手でドアを押さえて閉めていた。彼女がそのガラスのドアに寄りかかっていると、イーディーがそのドアをどんどんと叩き始めた。中に入れて、ルーシー、お願い、中に入れてちょうだい。ねえ、ルーシー。

だめよ、できないの、イーディー、それはできない。

イーディーの目は恐怖に見開かれ、その歩いてくる犬に向けられた。犬がこっちに来るわ。ねえ、ルーシー、お願い、頼むから。

ノー！　ノー！　とルーシーは言った。

犬は階段の前で足を止めた。そして悲鳴とドアをどんどんと叩く音に耳を傾けた。イーディーの心臓も止まった。でもすぐに犬は前に進み続けることに心を決めた。そしてそのまま行ってしまった。その軽快な足取りを乱すことなく。

ルーシーの姉が、昼食の用意ができたと彼女たちを呼びに来たとき、二人の少女は声を上げて泣いていた。二人は抱き合って、髪はくしゃくしゃにもつれていた。あんたたち二人とも、頭がおかしくなったんじゃないの、と姉は言った。もしあたしがママだったら、そんな風に毎日毎日二人きりで遊ばせておいたりしないんだけどね。ほんとだよ。


ずいぶん長い歳月が過ぎて、マンハッタンで、その日はルーシーの五十回目の誕生日だった。彼女は三人の友だちを招待した。彼らは丸いキッチン・テーブルに座って、彼女を待っていた。彼女はいくつかのパイをこしらえていたのだ。お昼のあいだに自宅のキッチンで、誰であれそこに集まってくれた人たちとともに、面倒なことは抜きに誕生日を祝えるようにと。彼女の友だちはよく言ったものだ、ねえ、お願いだからちょっと座ってくれない、と。そう言われると、彼女はすぐに腰を下ろした。しかし誰かが何かを話している途中で、ときには自分自身が何かを話している途中で、彼女は思い詰めたような顔で急に椅子から跳び上がるのだった。何か大事なことを思い出したのかと思ったら、調理器具を洗ってないとか、フォーマイカのカウンターからパンくずを拭き取らなくちゃとか、その程度のことに過ぎないのだが。

テーブルを囲む女性たちの中にイーディーの姿もあった。彼女は器用な手つきで縫い物をしていた。古いドレスに新しいジッパーをつけている。ルーシー、それはそういうことじゃなかったのよ。私たちは二人ともしょっちゅう駆け込んだり駆け出したり、そんなことをしていたんだから。

違う、とルースは言った。あんたなら私のことを絶対に閉め出したりはしなかったでしょう。あんたときたら掛け値なしのへなへなだったけど、でも私を閉め出したりするようなことは絶対にやらなかったと思う。あんた自身を見てみなさい。あんたの人生を振り返ってみなさい。

そう言われたときに人がそうするように、彼女はちらりとそれを一瞥した。彼女がそこで目にしたのは、小太りの黒髪の女性だった。いかにも感じの良い、短軀の学校教師に見える。教壇に立って、歴史とは素晴らしい科目です、とか言ってそうなタイプだ。歴史とはすべて物語なんです。それは私たちがそこからやってきた場所であり、私たちが今いる場所なのです。たとえば、あんたはどこからやってきたのかしら、フアン？あなたのお父さんやお祖父さんはどこからやってきたの？

知っているじゃないか、ミズ・サイデン。ポルトリコ（プエルトリコ）だよ。そんなことずうっと前からよおく知っとるじゃないか、とフアンは言った。スペイン語の訛《なま》りをまじえることで、たぶん双方の言語をおちょくっているのだろう。イーディーはそう思った。ああ、彼は誰に向かって語ろうとしているのだろう？

あのね、これってパーティーよね、違うの？　とアンは言った。彼女は自分の座った椅子の隣の床に置かれた、小さなケースと映写機をとんとんと叩いていた。彼女はこれからスライド・ショーをやろうとしているのだろうか？　いや、そうではない。彼女はそうすることを既にフェイスから止められていたのだ。フェイスは時計を二度か三度見ていたが、言った。私はあまり時間がないの、今夜はジャックが帰ってくるから。ルースも時計を見ていた。来週はどう、アン？　アンは言った。オーケーよ。オーケー。でもねルーシー、あなたは自分を叩くことをやめなくちゃいけないわよ。あなたが数え切れないくらい立派なことをするのを、私は目にしてきた。もしあなたがそんな役立たずだったら、どうして私が遺言状にあなたの名前を書いたりするかしら？　もし私に何かがあったら、あなたとジョーに子供たちを育ててもらいたいなんて。あなたはぜんぜんわかってないのよ。私には自分の子供だってろくに育てられなかったんだから。

何を言っているの、ルーシー、彼らは立派に育ったじゃない。でもねえ、あなたはどうしてそんなひどいことが言えるわけ？　イーディーが尋ねた。とても素敵な、きれいで頭のいい娘たちじゃないの。イーディーはそのことを知っている。なぜなら彼女はその子たちの生まれた三日目か四日目から、しっかり腕に抱いてきたからだ。当然のことながら、彼女は子供たちと仲良くなり、叔母さんと呼ばれてきた。

それは真実よ。サラについては何も思い煩《わずら》うことはないと、私も思う。

どうして？　彼女が結婚して母親になっているからなの、とフェイスは尋ねた。それってイーディーに対する侮辱じゃないの！

いいのよ、そんなこと、とイーディーは言った。ねえ、私はレイチェルのことを心配しているの。これはどうしようもないの。あの子がどこにいるのか、私にはぜんぜんわからないんだもの。あの子は昨夜ここにいるはずだったんだけど。いつもはちゃんと電話をしてくるの。いったいどこで何しているのかしら？

ああ、たぶんどっかの馬鹿げた座り込み《シットイン》とかやって、監獄に入れられてるんじゃないの、とアンは言った。五分もあれば釈放されるわよ。ああいうことをやって何か効果があると思えるなんて、私にはまったく理解できないけどね。だいたいあんたがああいう風に育てたくせに、今ではそれに驚いている。それにね、私はろくでもない子供たちのことなんて話したくないのよ、とアンは言った。私は、ほぼ社会主義化された世界の、だいたい半分くらいを巡り歩いてきた。なのに私はそれについて一度として質問されたこともなかった。私はいくつもの出来事の目撃者だったのよ！　とアンは叫んだ。

私はすべてを聞きたいと思うわ、とルースは言った。それから彼女は考えを変えた。そうね、何から何まですべてというわけじゃないかも。あなたがいたすべての場所について、良いことをひとつと、悪いことをひとつ、それだけでいい。私たちには二時間くらいしか時間の余裕はないから（時刻は四時だった。六時になればサラとトマスが、ルースにとっての初孫であるレッティーを間に挟んで戸口に立つことだろう。レッティーはたぶんそれを自分の誕生日パーティーだと思うことだろう。素敵な巻き毛だこと、と誰かが言うだろう。みんなが彼女の新しい靴を褒め、新しく覚えたセンテンスを褒めることだろう。それは「それ、おぼえてる？」という一言だ。なぜならずっと長い間にわたって、そこにはミルクと何かを見ることに満ちた「現在」しかなかったからだ。そしてある日、午後のまどろみに入ろうとしているときに、彼女ははっと身を起こして言った、おばあちゃん、あたしおばあちゃんのカップを割ってしまった。それ、おぼえてる？　このようにきわめてあっさりと、生涯にわたって続く「過去」が形づくられる。そしてご存じの通り、それが現在に厚みを与え、将来に向けてのあらゆる種類の助言をもたらしてくれることになる）。だから、アン、すべての国について、ただふたつばかり話を聞かせてくれればいいわ。

だって、それじゃディスカッションにならないでしょう。

これはパーティーなのよ、アン、自分でそう言ったじゃないの。

ふん、じゃあ、その顔つきを変えたら。

あら、とルースは言って、口もとに手をやり、目の端っこに手をやった。あなたの言うとおりね。誕生日なんだもの！　と彼女は言った。

いいわよ、じゃあやりましょう、とアンは言った。彼女はチリ（それは彼女が初めの頃に訪れた国だった）と、ローデシアと、ソビエト連邦と、ポルトガルについて語り、それぞれに良いことを二つ、悪いことを一つあげた。

あなたは中国を忘れている。どうして中国旅行のことをみんなに話さないの？　その話はしたくないのよ、ルーシー。だってあなたは私の言うことにいちいち異論を唱えるに決まっているから。

いちばん古くからの友だちであるイーディーは、アンが話しているあいだじっと見ていた、素敵な斑《ぶち》のついたバナナの皮を剝いた。問題はね、ルース、あなたはただ素直にイエスと言うことができないってことなのよ。何度も言ったでしょう、私だって、ドアをばたんと叩きつけてあんたを閉め出そうかと思ったわ。でもここはあなたの家だからと思って、一瞬腰が引けたのよ。

私有財産、とアンは言った。たとえ貧しい人々のあいだでも、それはごく幼いうちから始まるのね。

貧しいですって？　とイーディーが言った。あれは不況時代だったのよ。

二つの質問がある――私はもうじゅうぶん我慢して話に耳を傾けていたはずだとフェイスは思った。その話は素敵だと思う。でも前にも聞いたことがある。あなたが落ち込むたびにね、ルーシー。そうじゃない？

私は聞いてないな、とアンは言った。どういうことなの、ルーシー？　いいから、私たちと一緒に座らない？

二つ目の質問。この街のことはどうなの？　正直言って、たいそうな国際的報告についてはもう耳ダコができるくらい聞いている。この場所を見てよ。まるで有害物廃棄場みたいじゃない。戦争を、九百万人の人々を見てよ。

ああ、それは事実だわね、フェイス、とイーディーは言った。でもね、すべてのものがなにしろ絶望的なのよ。てっぺんから、どん底まで。ストリートも、子供たちも、どうしようもないくらい貶《おとし》められている。これが正しい言葉よ。貶められている。彼女は泣き始めた。

もうよして、とアンが叫んだ。涙はなしよ、イーディー。ノー！　今すぐよしてちょうだい！　ほんとにもう、それはやめて！　とフェイスも言った（彼女たちはみんな、イーディーさえも、イデオロギー的にも精神的にも、そしてピューリタン風の原則からしても、絶望を受け入れまいとしていた）。

イーディーの前でこの街についての話を持ち出したことを、フェイスは悔んだ。イーディーの前で「この街《シティー》」という言葉を発すると、あるいはそれが「自治体の《ミュニシパル》」といったもっと冷静に客観的な言葉であったとしても、教室の後ろに座っている特定の子供たちの姿が彼女の目の前に浮かんでくるのだ。彼女が呼びかけても、彼らは決して返事をかえさない。だからフェイスは言った。さあ、違うことを話しましょう。あなたがた女性たちはどう思う？　そこらじゅうで招集されている大陪審について。

そこらじゅうってどんなところよ、とイーディーが尋ねる。ああ、フェイス、そんなことは忘れちゃいなさい。そんなのただの手順よ。あなたがた三人は社会にたてつく人生を送っている。私はそういうのが好きじゃない。そんなことして何の役に立つのよ。

とにかく、そんな大陪審はいずれ終わる。

イーディー、ときどき思うんだけど、あなたはよく目を開けてものを見ていないんじゃないの？　証人として召喚されたニューヘイヴンの女性のことは知っているでしょう？　私は彼女を個人的に知っている。彼女は一言も語ろうとしない。そして今、監獄に入っている。冗談ごとじゃないのよ。

私だって一言もしゃべらないわ、とアンが言った。絶対に。彼女は実際に口をしっかりと閉じた。

あなたを信じるわよ、アン。でもね、ときどきこう考えるのよ、とルーシーが言った。もし私がアルゼンチンにいて、もし彼らがうちの子供を捕まえていたらって。もし彼らがサラの子供のレッティーを捕まえていたらって。そうしたら、私はみんなべらべらしゃべっちゃうかもね。

ねえ、ルース、あなたはこれまでしっかり持ちこたえてきたじゃないの、一度か二度、とフェイスが言った。

そうよ、とアンが言った。私たちはみんなあの日、実際のところ、ずいぶんがんばったわ。徴兵委員会の前で、馬の膝と顔を突き合わせながら座り込みをしていた。あなたはあそこにいたっけ、イーディー？　それからあのろくでもない馬たちは後ろ足で立ち上がって、警官たちは人々の背中や頭を叩き始めた。覚えている？　それでね、ルーシー、私はあなたのことを見ていたのよ。あなたは突然、あのモンスターたちのあいだを出たり入ったりした。あのとき踏みつぶされても文句は言えなかった。そしてあなたは隊長の金ボタンを摑んで、こう叫んだのよ。このならず者！　あんたの騎馬隊をさっさとどかしなさいって。そしてその男をぐいぐい揺さぶっていたわ。

あいつが指揮をしていたのよ、とルースは言った。彼女は自分のバースデーケーキのひとつをテーブルの上に置いた。それはアップル・プラム・パイだった。私はその男を見た。彼はその場の責任者だった。私は見たのよ、そこでは本当にひどいことがおこなわれていた。私は走って逃げ出した。馬が怖かったから。でも私は向き直った。なぜなら私は先頭をつとめることになっていたから。そしてその男が命令を下しているのを目にしたから。あんなに腹が立ったことったらなかったわ。

アンは微笑んだ。怒り、と彼女は言った。それは実にいいものよ。

あなたはそう思うの？　とルースは尋ねた。ほんとにそう思うわけ？

よしてちょうだいよ、とアンは言った。

ルースはキャンドルに火をつけた。いらっしゃいよ、アン、一緒にこれを吹き消しましょう。そして願い事をするの。私はもう昔ほど息が強くないから。

でもあなたはまだいっぱいホットな空気を持っているじゃないの、とイーディーが言った。そして彼女にしっかりとキスをした。あなたは何を願ったの、ルーシー？　と彼女は尋ねた。

まあね、ちょっとした願い事よ、とルースは言った。そうね、この世界が終わってしまわないことを願ったわ。この世界、この世界、ルースは柔らかな声で言った。

私もよ。私もまったく同じことを願ったわ。アンは行動を起こし、キッチンの椅子の上に身体を持ち上げた。ああ、私の背中、いてて、私の膝、と言いながら。それから、言った。恐怖と勇気と怒りを持って、世界を救うべく前に進みましょう。

ブラヴォー、とイーディーがソフトな声で言った。

ちょっと待ってよ、とフェイスが言った……

アンは言った、あら、あなたったら……ほんとにもう……

でも時刻は六時になっていて、玄関のベルが鳴った。サラとトマスがレッティーを真ん中にはさんで、戸口に立っていた。子供は興奮してぴょんぴょん跳んだり、身体をもぞもぞさせたりしていた。そして母親のロングスカートの陰に隠れたり、父親の腿を摑んだりしていた。ドアをきちんと開ける前から、レッティーが中に飛び込んできて、ルースの脚にしがみついた。わたし、きょうはこの家で眠るんだよ、おばあちゃん。

知ってるよ、ダーリン、知ってるとも。

おばあちゃん、わたし、おばあちゃんと一緒のベッドで寝たんだよね。それ、おぼえてる？

ああ、もちろんだよ、ダーリン、覚えているよ。私たちは朝の五時頃に目を覚まして、まだあたりは暗くて、私はおまえを見て、おまえは私を見て、そしておまえはレッティーならではの大きな微笑みをにこっと浮かべて、それで私たちは吹き出したんだよ。おまえは大笑いして、私も大笑いした。

そのこと、おぼえてるよ、おばあちゃん。レッティーは恥ずかしそうに、でも誇らしげに両親の方を振り返った。彼女は「覚えている《リメンバー》」という言葉を発見したことでまだ幸福な気持ちになっていたし、その言葉は彼女の頭の中にあるとてもたくさんの絵に、名前をつけることができたのだ。

それから私たちはまた眠りに戻ったんだよ、とルースは言った。そしてレッティーの背の高さにあわせて膝をつき、その小さな顔にキスをした。

わたしのレイチェル叔母さんはどこなの？　とレッティーは尋ねた。廊下に並んだたくさんの見慣れない脚を眺め回しながら。

わからないんだよ。

叔母さんはここにいるはずなのに、とレッティーは言った。そう約束したじゃない、マミー。そう言ったよね。

ええ、そうよ、とルースは言った。そしてレッティーを抱き締め、また抱き締めた。ねえ、レッティー、と彼女はできるだけ明るい声で言った。叔母さんはここにいるはずだったのよ。でもどこにいるんでしょうね？　ほんとにここにいるはずだったんだけどねえ。

レッティーはもぞもぞしてルースの腕の中から逃げた。ねえ、マミー、おばあちゃんったらぎゅうぎゅうしぼりあげるんだもの、と彼女は言った。でもルースにしてみれば、彼女をもっと強く抱き締めたいところだった。というのは、ほかの誰も気がついていないみたいだけれど、薔薇色のこの上なく柔らかな頬をしたレッティーは、彼女の新品の、世界を形づくる言葉のハンモックから、下に落ちつつあったからだ。既に落ちていく、落ちていく。人の手がこしらえた時間という堅い床へと。

A Man Told Me the Story of His Life

一人の男が私に自らの半生を語った

ヴィセンテが言った。私は医者になりたかったんです。心の底から医者になりたいと望んでいました。

私は人体のすべての器官と骨の名前を覚えました。それは何のためにあるのか？　どうしてそれは働くのか？

学校は私に言いました。ヴィセンテ、エンジニアになりなさい。それがいい。おまえは数学的な頭を持っているから。

私は学校に言いました。僕は医者になりたいんです。器官がどんな風に繋がっているか、僕はちゃんと知っています。それが具合悪くなったら、どうやって修理すればいいのか、そのことを学びます。

学校は言いました。ヴィセンテ、おまえならきっと優れたエンジニアになれる。テストの結果を見ればそれはわかる。おまえが優れた医師になれるかどうかは、テストの結果には示されていない。

私は言いました。ああ、僕は医者になりたいんです。私はほとんど泣き出さんばかりでした。私はそのとき十七歳でした。でもたぶんあなたの言うことが正しいのでしょう。あなたは先生だから。あなたは校長先生だから。そして僕はまだ若いし。

学校は言いました。それにおまえはいずれにせよ、軍隊に入らなくてはならないよ。それから私はコックをやらされました。二千人もの人間のために食事の用意をしたのです。

今の私を見てください。私は良い仕事を持っています。子供も三人います。これが女房のコンスエラです。私が彼女の命を救った話は知ってます？

つまりね、彼女は痛みを訴えていました。医者は言いました。これは何だろう？　疲れているかね？　お客が多すぎたんじゃないのか？　子供は何人いる？　一晩ゆっくり休みなさい。そして明日になったらいくつか検査をしてみましょう。

翌朝、私は医者に電話をかけました。私は言いました。妻には今すぐ手術が必要です。本で調べました。彼女の痛みが何によるものか、私にはわかります。どこからその痛みが来ているかも。どの器官が面倒を起こしているか、私にははっきり見えます。

医者は検査をしました。彼は言いました。彼女には今すぐ手術が必要だ。彼は私に言いました。ヴィセンテ、どうして君にそれがわかったのかな？

The Story Hearer

物語を聴く人

私は自らの磨き抜かれた個人主義にどこかで歯止めをかけなければと思っている。それは長年にわたってずいぶん心地よいものであったのだが。それは私自身の世界の私自身の歌であり、そして来るべき困難の時代にあっては、もちろんそれほど役に立たないものかもしれない。だからジャックが夕食の席で「一年の休暇をとって、そして今日、君は何をしていたんだい？」と尋ねたとき、私的な気の利いた考えを涵養《かんよう》するためにだらだらと時間を費やすことで脳味噌をふやけさせるのをやめ、その場で即刻、公式報告をおこなうことに私は決めた。

私は言った、そもそもの最初から始めていいのかしら？

イエス、と彼は言った、僕は常に出だしを愛してきたからね。

男の人ってそうなのよね、と私は返事した。いつになったら男の人たちはそういうのを克服できるのかしら。何十万という言葉がこれまでに書かれてきた。あるものはフリーランスで、あるものは依頼を受けて。でもいまだに誰にもわからない。

ちょっと待って、と彼は言った。僕は真ん中の部分だって好きだぜ。

ああそうよね、それは知ってる。私は彼に質問する。それは年齢のせいなの、それとも最近の新聞記事の急激な増加のせいなの？

知らないよ、と彼は言った。僕もしばしば首をひねるんだが、でもそれは僕の父親のせいじゃないかという気がする。父はまっとうな人で、いわゆる「九時五時の勤め人」だったが、中道を好む人間にしっかり落ちついたところで、たぶんうちの母がこう言い出したんだ。あのね、ウィリー、もううんざりだわ。さよなら。子供たちに暖かいかっこうをさせて、この子は（僕のことだ）せめてハイスクールだけは出してやってね。それから母は父にキスをし、我々子供たちにキスをした。彼女は言った、来週にまた電話をするから。でも彼女はそのあともう二度と、僕らの誰とも口をきかなかった。今はいったいどこにいることやら。

まったく、その話ならこれまでにもう三十回くらい聞かされたが、いまだにそれは私の胸を痛くさせる。実のところ、私が何か強く批判的な意見を人前で口にするたびに、彼は私をしんみりした気持ちにさせるためにその話を持ち出してくるのだ。ときどき私は泣き出してしまう。即座にスープ作りにとりかかることもある。一度はこう思った、さあ、すぐに彼の下着にアイロンをかけてあげなくてはと。そういうことをする人がいるという話を耳にしたことがあったのだが、とにかくコードを見つけることができなかった。私はもう何年にもわたってアイロンがけをする必要がなかったのだ。というのは名高いアメリカの科学技術が、一方の試験管でウォッシュ・アンド・ウェアの服地を生みだし、もう一方の試験管で神経ガスを生み出してくれていたからだ。そして右側の試験管は、左側の試験管が何をしているのかを知らない。

いやいや、知ってるとも、とジャックは言う。

それゆえに、私は話を先に進めたいと思う。あるいは、最初から再び開始したいというべきか。ジャックは言った、「一年の休暇をとって、そして今日、君は何をしていたんだい？」と。私は言った、昼前に私はこのアパートメントを出たのよ、マイ・ディア。1―Aのドアマットの上にタイムズ紙が丸まっているのが見えた。新聞は地震と戦争と私的な殺人とで文字通り真っ黒になっていた。明らかに、死がいたるところで成功を収めていた。しかし私たちの住んでいるブロックにおいてはそうではなかった。玄関ドアから一歩外に出て、すぐにそのことがわかった。外には春が訪れていた。ひとつにはそれがたまたまそういう季節だったからであり、ひとつにはブロックごとに熱意溢れる街路委員会を私たちは持っていて、彼らは通りにスズカケの並木を植えてくれ、彩りを添えるべくナナカマドを一本、銀杏を二本、そしてところどころに（というのは私たちも全体の一部なのだから）市の護り手たるニワウルシ、いわゆる「神の樹」を配してくれていたからだ。

私は自らに向かって言った、もう、なんていう素敵な日だろう！　これからお店まで行って、食材《コメスティブル》を少しばかり買ってこよう。私は実際にそう考えたのだ。もし私が何も考えずにただ単にお店まで歩いて行ったとしたら、コメスティブルなんていう単語は決して思いつかなかったはずだ。私はただこんなことを頭に思い浮かべていただろう。空腹・夕食・夜の時間・ジャック・野菜・チーズ・お店・歩く・ストリート。

しかし私はこの言葉が好きだ――異国の遺伝子が膨らんでいくような響きを持つ「小麦と籾殻《もみがら》」。そして私には「コメスティブル」なんていう言葉を口にする機会がこれまで一度もなかったから、それを頭の中で思うのは喜ばしいことだった。

食料品店で私は一人の古い友人に会った。彼はそれが開始されたときと同じ人生を、今もなお送り続けていた。前衛的ではあるけれど、決して自己本位ではないやり方で。彼はまたゲリラ演劇的デモンストレーションを組織しており、大衆を悪く言ったことが一度もない人だった。芸術家の大半は大衆を悪く言う。なぜなら彼らにはほんの僅かしかオーディエンスがいないし、そのオーディエンスがちっとも増殖してくれないことで、彼らに対して腹を立てているからだ。

どうやって増殖なんてできるわけ？　私はよくそう尋ねたものだ。口コミってものがあるだろう。そうじゃないか？　大抵の芸術家は不機嫌そうにこう答えるだろう。

それで、最初に私はその友だちと、レタスの不買運動の話をした。昔あった不買運動だ。私はその友だち（名前はジムというんだけど）に、日本の満州侵略に時期を合わせておこなわれたシルク・ストッキングの不買運動のことを話した。その時期にはまた、六番街の高架鉄道の鉄材が日本の鉄工所に売却されたのだが、その鉄材は数年後には、再びこの近隣に（あるいはまったく同じ地域に）戻ってくることにもなった。何人かの私と同じ世代の、ニューヨーク出身の若者の身体に食い込んだ爆弾の破片となって。

それが真珠湾に繋がっていったのかい？　と彼は敬意を込めて尋ねた。彼はまだ自分が小学生であった頃から、いろんな出来事の成り行きを私が目撃してきたことに気がついたのだ。その敬意のおかげで、私は攻撃的かつ批判的になるための優位を獲得することができた。ねえ、ジム、と私は言った。ずっとあなたに言いたいと思っていたんだけど、私たちのこの前のデモで、あなたはヴェトナム人たちに泣き叫ばせたけれど、そういうのに効果があるとは、私には思えないのよ。ああやって騒ぐのは、私たちの闘争が目指していることとは無縁のものみたいに思えるんだけど。

君はアルトー[†2]のことを理解していないんだよ、と彼は言った。演劇というのは革命の侍女のようなものなんだ。

従僕っていうことね。

彼は肯《うなず》いて、私の訂正を受け入れた。彼は批判を優雅に受容した。彼はいつだって鋼

†1訳注――玉石混淆のこと。

†2訳注――フランスの劇作家・演出家。一八九六―一九四八。

鉄の意見につけた微笑みのバンパーをもって、批判に向き合うことができたからだ。

君はもっとアルトーについてよく知らなくては、と彼は言った。

たしかにそうね。彼のことをもっと知らなくちゃね。でもね、私ときたらとんでもなく忙しいわけ。そしてまた、私はかつては彼についてものすごくよく知っていたかもしれないわけ。この数年のあいだ、文学作品の登場人物たちが私の頭の中に片端から駆け込んできたもの。ときにはユビュ王[†1]がミセス・スパージット[†2]の隣に立っていたりもした。あるいはミセス……」

この時点で肉屋の主人が言った。ヤング・レディー、何を差し上げましょう？

私はそれに答えることを拒否した。

ジャックは（覚えておられるだろうか？　私はこの丸々一日ぶんの話を彼に向かってしているところだ）もそもそと言った、ああ、参ったな、まさかまたあれをやらかしたんじゃないだろうな。

やらかしたわよ、と私は言った。だってそれは侮辱だったから。私くらいの年齢の、年齢相応に見える女性に向かって、「ヤング・レディー、何を差し上げましょう？」はないでしょう。私はそんなものには返事をしなかった。私のようなものに向かってそういう口を利くのはね、早い話が「何がほしいんだい、そこの惨めったらしいばあさん」っていう意味なのよ。

君までそんなことを言うのか、と彼は嘆いた。

ねえ、ジャック、事実に直面しなさい。肉屋に悪意はなかったんだとしましょう。エディー、彼はそんなに悪いやつじゃない。ジャージーの家からニューヨークに出て来るのに二時間かかって、そこに戻るのにまた二時間かかる。そんな長い通勤時間のことを気の毒だとは思う。でもそれでもやっぱり頭に来るのよ。彼はそんなものの言い方をするべきじゃない。

エディー、と私は言った、そういう口の利き方をしないで。さもないと、私は注文もしませんからね。

はいはい、わかりましたよ、ハニー。でもいったい何がほしいのかね？

フライ用の若鶏肉をふたつ切ってちょうだい。

ほいきた、と彼は言った。

僕は豚肉の肩端肉をもらおう、とジムが言った。ところでご存じですか？　僕らはこの夏、市立大学《シティー・カレッジ》で上演することになっているんです。講堂じゃなくて、化学実験室でね。それは新しいアイデアなんですよ。そのために僕らは闘わなくてはならなかった。それは『スカヴェンジング』以来、僕らがやったもっとも政治的なことです。

シティー・カレッジって言った？　とエディーが小さなニワトリの脚を胴体から切り

†1訳注――アルフレッド・ジャリの同名の不条理演劇の主人公。
†2訳注――ディケンズの『ハード・タイムズ』に出てくる家政婦。

離しながら尋ねた。おれが子供の頃、まだ小さな頃さ、おれたちはシティー・カレッジのことを、当時は[†1]CCNYて言ってたんだが、サーカムサイズド・シティズンズ・オブ・ニューヨークって呼んでいたね。

本当に？　とジムは言った。そして私の様子をうかがった。私は異議を申し立てるだろうか？　私は感情を害しただろうか？

男性が割礼《かつれい》しているという事実は、私を侮辱したことにはならない。と私は言った。

しかしながら、少女たちのクリトリスの切除がモロッコで今もなお続いていることは、私も理解している。

ジムはけっこう恥ずかしがり屋だ。彼は豚の肩端肉を受け取り、さよならを言った。

私はニワトリのレバーを点検し始めた。ときどきそれらは赤色というより、タン色をしていることがある。でもこれはそんなに悪くないと、私は理解する。

突然、トレッドウェル・トーマスが私の隣に現れ、私を抱きしめた。彼は小うるさいグルメとして知られている。そして私は、我々の愛情に満ちたハグを肉屋が目にしたことを嬉しく思う。最近何か素敵な婉曲語法は思いついた？　と私は彼に尋ねた。

はははは、と彼は言った。彼は国防総省の言語部門で過ごした自分の人生を今でも気まずく思っているのだ。一年か二年前にジャックは彼にインタビューをした。『ソーシャル・オージャー（社会の排泄物）』という雑誌のためのものだ。その季刊誌が五号まで刊行された時点で、編集長がタイムズ紙に引き抜かれてしまった。それは今でもまだ立派な雑誌ではあるけれど。

そのインタビューの一部を引用してみよう。

トーマスさん、言語部門の目的は何なのですか？

そうだね、ジャック、その部門は、正確な事実を伝達する有益な方法としての英語を棚上げするために組織されているんだ。もちろんそのようなことを目的とする部門が設けられたのはそれが最初ではないし、またおそらく最後でもないわけだが、それはともかくもいささかの成功を収めてきた。

トーマスさん、それはあなたの新たな理想主義と、その理想主義のおかげで我々の前に明らかにされた広範囲の秘密情報の余韻から生まれた、アイロニカルな発言なのでしょうか？

いや、それはまったく違うね、ジャック。「防御的対応（protective reaction）」という表現をこしらえたのは私ではない。それを思いついたのは私ではなく、アイゼンハワーだ（そのあいだに数万個の水素爆弾が、サイロや潜水艦にしっかり詰め込まれていたわけだが）。「平和のための原子力」とか、そのコードネームである「ホイーティー作戦」[†2]

†1訳注——Circumcised Citizens of New York、割礼したニューヨーク市民。つまりユダヤ系の教師や学生が多かった。

†2訳注——小麦でつくられたシリアルの商品名。

というのをつくったのも私じゃない。

あなたがものごとを回避的に、あるいは緩和的に見せるために思いついた言葉を、少なくともひとつあげていただけますか？（ジャック、と私は叫んだ。「回避的」とか「緩和的」とか、あなたにもその病気がうつったわけ？　うるさい、とジャックは言った。そしてインタビューに戻った）

いかがですか？　と彼は質問した。

そうだね、とトレッドウェル・トーマスは言った。私は変化の状態にあるラテン・アメリカの諸国を表現する単語を、あるいは一連の単語を創出するように求められたことがあった。つまりその言葉を口にするだけで、彼らの置かれている革命的な状況が中和され、茶化されてしまうような表現をね。協議をかさね、他人の知恵を借り、創作行為に欠かすことのできない白昼夢に耽《ふけ》り、私は「可変国（revostate）」という言葉をなんとかひねり出した。その言葉はワシントンの要人の会話にさりげなく潜り込まされ、一人か二人のジャーナリストは喜んでそれを使った。それは長いあいだただの業界用語に留まっていた。しかし君もきっと目にしたはずだ。「今日のブラジルにおける可変的農民たち」という小論文を。君たちのような容共的な人々でさえ、その言葉を使っているんだ。ワッサーマンの「熱帯雨林、動きのない水、可変国の文化」という詩的な記事は言うに及ばずね。それは実にこの君の雑誌に掲載されたんだぜ。

そのとおりよ、トレッドウェル。我々の黒いブラザーたちは二年ばかりのあいだ、その表現を嬉々として口にし、それから我々の回避化と緩和化のために、それを払い下げてくれたわ。

それでもなお、もしそうしようと思えば、トーマスが我々の時代と世代において可能な限り、ものごとを先の方まで推し進められたはずだというのも真実である。数多くの職を求める、野心に溢れた大学生たちを、国防総省上級職員勧誘日に、彼の口舌のもとに参集させるとか。しかし彼はたくさんの魚を調理することと並んで、きわめてしばしば高笑いすることの方を選んだ。この周辺には彼のその高笑いを、エネルギーに満ちたその鼻孔の清掃を、東洋の基本的な叡智であると見なすものもいたが、そんなのは出鱈目だと考えるものもいた。

肉が包まれるのを待っているあいだにそんなことを考えていて、私はふとあることを思い出した。ガッシーはどうしている？

ガス？　ああ、彼女は水耕栽培に夢中になっているよ。いくつもの桶の中はそういうものだらけだ。私たちはもう二度と買い物に出ないですむようになるかもしれない。

ええ、私は笑いに笑ったわ。そのことをその日のうちに、何人かに繰り返し話した。ジャックの前でガッシーを笑いものにした。一人か二人のよその人たちにも、彼女のことを茶化して話したかもしれない。しかし結局のところ、彼女は先の時代の波に乗っていたのだ。無知なのは私の方だった。彼女の乗っている波は、私の海には影も形もなかった。

実際の話、私はこの場所で、自らのさざ波と潮に搦《から》め取られている。あなたは力強く立ち上がり、時代や自己の枠を超えたいと思っているのではありませんか？　誰しもきっとそれを目指すはずだ。でも結局のところ足を滑らせ、今いる場所に倒れ込んで、範囲の狭い言語を口にするだけに終わってしまう。話題としているのは、世界をいかに救うか（それも早急に）というような壮大なものであるにもかかわらず。

じゃあね、トレッドウェル、と私は悲しげに言った。私はこれから野菜を少し買っていくから。

八百屋の主人は野菜にホースで水をかけていた。レタスを実際よりも新鮮に見せかけようとしていたのだ。ブロッコリの頭のところに小さな水滴がついていた。それはまわりにある小さな緑のつぶつぶと、だいたい同じくらいの大きさだった。

オーランドー、と私は言った。ジャックは先週午前二時に犬を散歩させた。私は朝の七時に家を出た。そしてあなたはどちらのときもここにいた。

そのとおり。あたしはここにいたよ。

オーランドー、そんなやり方でどうして仕事になるわけ？　どうして食べていけるわけ？　子供や奥さんの顔を見る暇はあるの？

そんな暇はないよ。会えるのは週に一度くらいさ。

それで大丈夫なの？

ああ。彼はホースを下に置き、私の手を取った。だってね、こんなに素晴らしい仕事なんだもの。これは食品なんだよ。あたしはね、食品に関することが好きでたまらないんだ。あたしは幸運な人間だ。彼は私の手を離して、赤キャベツをとんとんと叩いた。ごらんの通り、あたしがやっているのは小さな商売だ。あっちにはA&Pストアがあるし、その向かいには「ボハック」もある。向こうのブロックには洒落た「インターナショナル」があって、チーズや鰊《にしん》がきれいに並んでいる。一日十六時間働かなかったら、あたしは今頃きっと飢え死にしているさ。でもね、ミセスA、あちらの棚をちょっとごらんなさいよ。豆がある。そこのコーナーにはパセリがあり、ルッコラがあり、ディルがある。なんと美しいじゃありませんかね？

ええ、そうね、と私は言った。ほんとに。でも私がいちばん素敵だと思うのは、小さなクレッソンの束よ。それを人参の箱と揃えて並べている感じがね。

ほんとだね、ミセスA、そのとおりだ。よくぞ見てくれました。美しい限りだ！と彼は言った。そして歩いて行って、見栄えの良くない苺を三つばかり、その完璧なボックスから取り去った。二年ばかりあとのことだが――現在の時点で、それについてまだ語ってはいない（しかしやがて語るだろう）――私は彼とチリ産のプラムのことで言い争いをした。†そして我々は袂《たもと》を分かった。その結果、私はよくある普通のスーパーマー

†訳注――一九七三年のチリ陸軍によるクーデターに抗議して、チリ産品に対するボイコット運動があった。

ケットで、とくに面白みもない買い物客に混じって買い物することを余儀なくされた。そこでは誰もつけを頼まないし、そんなものはきかない。しかしその時点においては、我々は友好的にやっていた。それはつまり、私は彼に二百七十五ドルの借りがあり、彼はそれを受け入れてくれていたということだ。

オーケー、とジャックは言った。君とオーランドーとがそんなに親しいのなら、どうして君の買ってくる苺はみんなちゃんと熟していないんだろう？　彼はまだ青い、いたんだものも一個は選んでいるみたいじゃないか。私は文化人類学的な答えを思いついた。いいこと、オーランドーの父親は老人なのよ。オーランドーの文化が父親の老齢期に向けて提供することのできる仕事のひとつは、苺を選り分けてパイント箱とクォート箱に詰めること。彼は公正を期するために、それぞれの箱に一個か二個の未熟の苺を滑り込ませなくてはならない。

そろそろ僕は寝るよ、とジャックは言った。

私としては『ソーシャル・オージャー』誌の第三号に彼が書いた記事を補完したに過ぎないのだが。それは「食品販売」あるいは「誰が強欲な顧客を作りだしたか」という記事だった。私は彼にそのことを思い出させた。

彼は礼儀正しく言った。ああ……

それはあまりに長い一日で、「新しい若き父親たち」について、あるいはまた薬剤師のザグラウスキーに出会ったことについて、まだ一言も口にしていなかった。それについてはまた朝食の席で論じてもいいかも、と私は思った。

だから私たちは眠りに就いた。彼の腕は優しく私の身体に回されていた。おそらくは長い一日のあとで、前の奥さんのそばでそうやって眠りに就いていたのと同じように（そして私もまた以前の何やかやとそうしていたのと同じように）。私はとても気持ちがよかった。私たちの敷いているマットレスの素敵さと、私たちの心持ちの素敵さが、とてもうまく組み合わさっていたので、私は友人のルーシーが十年ほど前に作ったある歌のことを思い出した。時代や場所や私たちのことをからかった歌だ。

夫婦で共にするベッド、夫婦の寝床
それより素敵なものがあるだろうか
日夜を重ね、歳月を重ね
あなたは愛する人のそばに身を置く
腕は互いを抱きしめる
脚がひとつに絡みつく
定められた暗黒の日まで
恋人はやってきて、あなたを連れて行くのだ
彼方へ　彼方へ　彼方へ

夜中の三時頃に、ジャックは恐怖の叫び声をあげた。大丈夫よ、坊や、と私は言った。そういうのは、あなただけのことじゃないんだから。誰もが限りある命を生きている。私はソフトになりつつある自分の強さを、そっくり彼の痩せた背中にもたせかけた。それから私は以下のような夢を見た。テクニカラーのジオラマみたいな感じの取り留めのない夢だった。子供たちがみんなすっかり大人になってしまった夢だった。一人は別の地区に移動していったし、もう一人は遠い異国に移動していった。この子とはもう二度と会うことはできない、と夢は解説する。なぜなら彼はとても悪質な銀行を爆破してしまったからだ。そしてその夢の中では、彼にそうするように命じたのはこの私なのだ。その夢は続いた——いや、それは同じところをぐるぐるまわっていた。私の老齢にまで範囲を広げながら。それから彼が消えたことによって、映画のテクニックに影響を受けた例の典型的な錐揉《きりも》み降下が生じた。その到達できない底で、彼らの少年期は戦争ごっこをし、冗談を言った。

私は目を覚ました。水のグラスはどこ、と私は叫んだ。あなたに言いたいことがあるのよ、ジャック。

なんだって？　なんだって？　彼は私のきっぱりと目覚めた目を見た。彼は身体を起こした。なんだって？

ジャック、私、子供がほしい。

ははは、と彼は言った。そいつは無理だ。もう遅すぎる。二年ばかり遅すぎたね、と彼は言った。そしてまた横になった。それから彼は口を開いた。それに、もしそいつがうまくいったとしよう。つまり奇跡がおこったとしよう。子供はとても頭がよくて、マサチューセッツ工科大学の奨学金をもらうかもしれない。そしてむずかしい問題に頭を悩ませ、その問題が解かれちまうことで、僕らみたいなおいぼれには想像もつかないような何かとんでもなく恐ろしい結果が生まれるってことになるかもしれないんだぜ。それから彼は眠り込み、いびきをかいた。

私はベッドの下から「旧約聖書」を引っ張り出した。ベッドで読むための本のおおかたはそこに突っ込まれている。余分の枕を首の後ろにぎゅうぎゅう詰めて、身体をまっすぐに立て、アブラハムとサラの物語を読む。行間までも読み取ろうと頭を働かせて。ジャックの口にしたことには多くの意味が含まれている。彼はしばしば分別のある、思考を啓発する発言をする。そう、なぜなら、あの大昔の物語がどのような終わり方をするか、みなさんはご存じのはずだから！　そこにいるのは、親分風をふかせて戦争に明け暮れる、三人の一神教の騎手たち。キリスト教、ユダヤ教、イスラム教。

そうはいっても、と私は安らかないびきをかいているジャックに向かって言った。すべてのよく知られた悪なるものが世界に入り込んでくる前に、まず最初に小さな赤ん坊のイサクがいた。私の言わんとすることはわかるわよね。その子は、私たち自身のかつての赤ん坊たちがそうしていたのとちょうど同じように、サラを見ていた。子供たちがその小さな五感の練習をしていたことを思い出して。ねえ、ジャック、サラの子供であるイサクは大きくなって、喉を掻き切られるべく父親に連れ出されるまでは、そのへんに寝かされて、にこにこ笑いながら二重母音をやっとこ口にして、耳を澄ませていたはずよ。そして女たちは彼のために歌を歌い、美しい布地でその身体をくるんでやったのよ。そうよね？

眠りの中でジャックは——彼は眠っているときも、目覚めているときと同じくらい議論好きなのだ——そのとおりと言う。でも彼には許されるべきじゃなかった。ありったけの砂を兄に向かって投げつけることはね。

あなたは正しい。あなたは正しい。私はあなたと一緒にそこにいる、と私は言った。今あなたのなすべきことは、私と一緒にいることだけ。

This Is a Story about My Friend George, the Toy Inventor

これは玩具考案者である私の友人、ジョージのお話

彼は外国人の両親のもとに生まれた。彼は愛の波にみまわれ、塩混じりの涙で目を満たした。そのような波の攻撃を受けた浜辺は、往々にして彼の子供たちだった。しかしこれは彼の子供たちの話ではない。

ある日、ジョージは失敗をした。彼は過去に数多くの成功を収めてきたので、それは一生を台無しにするような失敗ではなかった。ただ半年ぶんの仕事の失敗に過ぎなかったが、失敗がしばしばそうであるように、収入の重大な損失を含んでいた。

彼は一台のピンボール・マシンを考案した。それを目にしたとき私たちは言った。ジョージ！　これはただのピンボール・マシンじゃない。これはまさにピンボール・マシンの詩《うた》だ。繊細に具体化されたエッセンスだ。などなど。

それはこのようなものだった。普通のピンボール・マシンでは、金属製のボールがボックスの中に飛び出してくる。豪華に点滅するライトや、照明で彩られた運動選手や、惑星なんかの飾りの中に。ところがそのかわりに、彼のマシンでは青い水の詰まったボールがボックスの中にはじき出されるのだ。そして青い水が破れて、いろんな大きさの水滴となってはじけ飛ぶ。そのアクションは素速い。スカイブルーの水滴はするする滑って、マグネットの効いた白い基板の上でまたひとつにまとまる。スコアに加算されるナンバーのついた休み場所がいくつかある。

それは本当に美しい機械で、時代にずっと先行していた。だから商品として採用されなくても、私たちはとくに驚きはしなかった。それが不採用になったあと、ジョージは、自分の失敗の原因をつきとめるために、何台かの普通のピンボール・マシンを借り受けてきた（彼は真摯《しんし》な人であり、発明家であり、アーティストだったから）。そして屋根裏にある息子たちの遊戯室に置いた。家族は何週間かそれをプレイし、探求した。それから、まことに残念ながら、驚きをもって納得せざるをえなかった。

自分がピンボール・マシンを——時代を経て改良に改良を重ねられたその複雑な機械を——大きく改革できるなんて、どうしてそんな厚かましいことを考えついたのだろう？　彼が提供したのは、ちょっとした新奇な思いつきに過ぎないのだ。

美！　私たちはそう言った。そして私たちの政治理論をありったけそこに注ぎ込んだ。私たちは言った。すべてを取り込んでしまう資本主義の日和見主義的生活の中では、たとえ美からだって、金をしっかりむしり取らなくちゃ。

ノー、とジョージは言った。君たちはわかってない。ピンボール・マシンというのは——そのへんのどこのゲームセンターに置いてあるものだって——文句なく見事なものだ。限りなく緻密に組み立てられたものだ。それは既にもう、必要にして十分な針金と連結部と可能性が、とことんビューティフルに結び合わされたものなんだ。

ノー、ノー、とジョージは言った。会社には悪いところはない。より優れたピンボール・マシンを作るために、彼らは六ヶ月の余裕を僕にくれた。彼らの姿勢は公正なものだった。そんなことが自分にできると考えたりした僕の方が、ただただ傲慢《ごうまん》だったんだ。いや、彼らは公正だったよ。それはちょうど、ヴァイオリンを発明できると思うのと同じようなものだったんだから。

Zagrowsky Tells

ザグラウスキーが語る

私は公園のその樹木の下に立っていた。それは「ハンギング・エルム（首つりの楡《にれ》の木）」と呼ばれていた。遥か昔のことだが、その樹木はあらゆる種類の無法者たちを厳しく矯正したものだった。今でもときとしてそういうことが……いや、それはない。そしてその女性が私の方に歩いてやってくる。その顔には微笑みはない。私は孫に言った、ああ、ほら、エマニュエル、女の人がこちらにやってくるだろう。彼女はかつては、私が経営していた薬局によく来る美しい女性だったんだよ。薬局はおまえにも見せたね。

エマニュエルは言う、誰なの、おじいちゃん？

今でも顔立ちはいい。でももうそれほどホットじゃない。でも仕方ないね。時は女性からものすごく多くのものを奪っていくものだから。

イズ、その黒人の子供と何をしているの？　それが彼女にとっての「ハロー」なのだ。

それから彼女は言う、その子は誰なの？　どうしてあなたはその子にぴったり付き添っているわけ？　彼女はまるで裁きを下す神のような目で私を見る。そういう目は有名な絵の中でよく見かける。それから彼女は言う、どうしてそのかわいそうな子供に向かって、そんなに怒鳴りつけてるわけ？

怒鳴りつけるだって？　この公園の歴史を教えていたんですよ。この木はガイドブックにも載っている。ところであなたはお元気ですか、ミス……、ミス……私は当惑してしまった。どうしても名前が思い出せなかったのだ。

で、その子は誰なの？　ずいぶん怯《おび》えているみたいだけど。

怯えている？　馬鹿を言っちゃいけない。この子は私の孫ですよ。こんにちはを言いなさい、エマニュエル、そんなお芝居をするんじゃない。

エマニュエルは私により密着するために、私のポケットに手を突っ込んだ。おまえは口を開くのか、それとも開かないのか、イエスかノーで答えなさい。

彼女は言う、あなたの孫ですって？　本当なの、イズ、本当にあなたの孫なの？　どういう意味よ、この子があなたの孫って？

エマニュエルは両目をしっかりと閉じる。あなたは子供がすっかり困惑してしまったのを目にしたことがあるだろうか？　何か耳にしたくないことを聞かされたとき、彼らはぎゅっと目をつぶるのだ。多くの子供たちがそうする。

さあ、よくお聞き、エマニュエル、幼稚園でいちばん賢い子は誰だね？　このレディーに教えてあげなさい。

一言もない。

まったくもう、目を開けるんだ。こんなことってなかったんですよ。この奥さんに、誰がいちばん賢い子か、言ってあげなさい。この子はまだ五歳だが、一人で本を一冊しっかり読むことができるんですよ。

彼はじっとそこに立っている。考えているのだ。その小さな可愛らしい頭が何を考えているのか、私にはわかる。それから、ぴょんぴょん飛び跳ねながら叫ぶ。僕だよ、僕だよ、僕だよ。そしてささやかなダンスを踊る。彼の祖母はそれを「賢い子ダンス」と呼ぶ。私の他の孫たちも（三人とももう大きくなっているが）とても賢い子供たちでした。しかしこの子には及びませんね。その機会があれば、私はこの子をシティーに連れて行くつもりです。ハンターで英才クラスのテストを受けさせるために。

しかしこのミス……ミス……名前を思い出せない女性には、まだ疑問が残っている。気になってしかたないのだ。この子はいったい誰なの？　養子にとったか何かしたわけ？

養子にとった？　この歳で？　これはシシーの子供ですよ。うちのシシーを知っていますか？　彼女は何かを知っているように見える。知っていておかしくない、私は人相手に仕事をしていたのだ。不思議はない。

もちろんシシーのことは覚えているわ。彼女はそう言う、その顔は少し落ちついてきた。

それで、うちのシシーは、覚えておられるかもしれませんが、けっこう神経質な子供でして。

たしかにそうでしょうとも。

そういうのはまっとうな答えの返し方だろうか？　シシーは神経質だった……その神経質さは、疑いの余地なくミセスZの家系に血として流れているものだ。流れているというか、駆け抜けているというか……ぱかぱかぱかと。

私たちがまだ若かった時分、私はよくそのうちを訪れたものだ。そして私と、彼女の兄と、叔父さんたちとでピノクルをして遊んでいるあいだ、台所では三人の叔母さんたちが座って紅茶を飲んでいたものだ。彼女たちはことあるごとに「オイ！　オイ！　オイ！」と嘆き叫んだ。どうしてだ？　何を嘆く必要がある？……彼女たちの夫はみんなひとかどの人々だ。一人は実業家で、あとの二人は立派な専門職に就いている。彼女たちはただ習慣でそう言っているだけなのだ。だから私はミセスZに言った。もしおまえの口から「オイ」という言葉が一度でも出るようなことがあれば、私はすぐに離婚するからね。

あなたの奥さんのこともとてもよく覚えているわ、とその御婦人は言う。とてもよくね。彼女は前と同じような顔つきになる。口は前よりも小さくなっている。あなたの奥さんはきれいな人だわね。

つまり……私は雑種犬と結婚したと？

でも彼女は正しい。私のネッティーは若い頃は、見事なばかりの金髪だった。ポーランド系ユダヤ人にときどき見受けられる金髪だ。彼女の曾祖母が、どこかの大きな金髪の農夫にポグロムの際に強姦された、というようなこともあり得る。

だから私は彼女に答えた。ええ、そうです、とても美人だった。今でもそんなに悪くはありませんが、ただしいささか愚痴っぽくなっています。

オーケー、と彼女は大きなため息をつく。まるで私が救いがたい人間であるかのように。それでシシーにいったい何が起こったわけ？

エマニュエル、あっちに行って他の子供たちと遊んでいなさい。駄目？　いいから、行きなさい。

要するにですな、それは遺伝子の問題なんです。遺伝子というのが何より重要なことなのです。環境ももちろん重要だが、やはり遺伝子……そこにはすべての物語が記されています。学校教育ももちろん大事なものではありますが。彼女はどちらかといえば芸術家の傾向が強いんです。あなたのご主人のように。たしかそうでしたよな？　子供の頃の彼女をご覧になるべきでした。今でもなかなかの美人です。たとえ発作に襲われたときでも。しかし当時の彼女はそりゃたいしたものでした。夏には家族みんなで山に出

†訳注——Oi は怒りや嘆きの感情と共に吐かれる不満の叫び。

かけたものです。私たちは踊りに行きました。私と彼女とで。素晴らしい踊り手でしたよ。みんなが目を見張ったものです。ときには午前二時まで踊っていることもありました。

それはあまり良いこととは言えないわね、と彼女は言う。私は息子と踊り明かしたりはしないわ……

もちろんです、あなたは母親だから。でも何が「良いこと」かなんて誰にわかるんでしょう？　医者にならわかるかもしれませんがね。ところで、私は医者になることもできたんです。実業家である彼女の義兄が私を援助してくれたことでしょう。でも医者になったりしたら、そりゃ大変です。時間がなくなってしまう。昼夜を問わず、電話がかかってきます。私は一日で、一人の医者が一週間かけて治療するよりたくさんの人を治療しました。たくさんのお医者が私に電話をかけてきて、言いました。ザグラウスキー、先月発表されたパーク＝デイヴィス式の薬物投与は効果があるかな、それとも紛《まが》い物かな……。私は実地の体験をしていますし、そしてそれを人に教えてやらないというような偉ぶった人間でもありません。

ええ、イズ、そうだわ、と彼女は言った。彼女は本気でそう言っているように見える。でもそう言いながら悲しげに見える。私にどうしてそれがわかるだろう？　おまえは長年にわたって店に立って観察している。しっかりものを見ている。顧客は常に正しい。でも多くの場合、相手が間違っており、ひどく愚かしくもあるということが、おまえにはわかる。

突然、私は彼女がどういう人だったかを思い出した。そして自らに向かって問いかけた。イズ、なんだっておまえはこの女性と一緒にここに立っているんだ、と。私は彼女の顔をまっすぐに見て、言った。フェイスさん、でしたね？　そうですね？　よく聞いて下さい。私には、あなたにうかがいたいことがある。どんなに遅くあなたが電話をかけてきても、たとえそのときに店仕舞いの支度をしていても、私はペニシリンだかテトラサイクリンだかをあなたのお宅まで届けました。それに間違いありませんね？　お宅はビルの四階にあって、階段を歩いて登らなくちゃならなかった。あなたのお友だちは、なんていう名前だったか、スーザンでしたっけね、三人の娘さんがいて、お隣の部屋に住んでいた。はっきりと覚えていますよ。あなたは泣きはらした顔をしていて、お子さんは四〇度の熱を出していた。あるいはもっと高熱だったかもしれない。身体は焼けるように熱かった。あなたは赤ん坊をベビーベッドに、泣き叫ぶままに置きっぱなしにしておきたくなかった。あなたは暗い廊下に立っていた。あなたは一人で暮らしていた。まだとても若かった。あなたのご主人もまだ若かった。よく覚えていますよ。神経質そうな人で、出入りが激しく、一晩中外を歩き回っていた。酒飲みだったのかな？　きっとそうだね。アイルランド系？　いろんなことがうまくいかなくなって離婚したんでしょうね。わかりきったことです。若いうちはそういうこともある。

彼女は私の問いには返事もかえさない。彼女は言う……彼女の言ったことを知りたいかな？　彼女は言う、ああ、そうだ！　それから言う、もちろん、覚えているわ。そうよ、うちのリッチーが病気だったの！　どうもありがとう、と彼女は言う。ほんとにほんとにありがとう。

私は既に別のことを考えていた。心というのは勝手に動いていくものだ。彼女がさっき寄ってきたとき、私は誰だか思い出せなかった。彼女のことをよく知ってはいたが、でもどこでだったか？　そして突然、たくさんのことが頭に浮かんできた。何かのひとこと、あるいはおそらくその偉そうな顔つき（並外れて丸い顔だ、ちょっと普通ではない）、彼女の住んでいた薄暗いアパートメント、四階分の階段、ほかの娘たち——みんなかつては若く生き生きしていた……晴れた日には、彼女たちが歩いている姿を目にすることができた。二人ばかりの子供の手を引いたり、乳母車や自転車に乗せたりして。美しい娘たち。でも一日中疲れた顔をしている。大方は離婚していて、家に帰ってもそこには誰もいないのだろうか？　恋人はいるのだろうか？　そういうタイプの女性がどのように生きているのか、誰に分かるだろう？　私は彼女たちに対して、大いに好意的な評価を下していた。ときどき五時になると私は戸口に立って、彼女たちを見ていた。彼女たちはたいていモデルのようなかっこうをしていた。痩せているという意味ではない。丸々としている。小さなクッションと大きなクッションでできているみたいに（小さいか大きいかは、どこを見るかで変わってくる）。若い母親たち。私は彼女たちに向かって大声で二言三言呼びかけ、彼女たちも大声で叫び返した。私はとくに彼女の友だちのルーシーのことをよく覚えている。彼女には二人の娘がいた。どちらもお下げの黒髪をここまで垂らしていた。私は彼女に言った。ねえルーシー、あと二年ほどすれば、あんたはたいした美人さんたちを手元に置くことになるよ。しっかり見張っておかなくちゃね。当時の女性たちはいつだって機嫌良く返事をかえしてくれたものだ。微笑みを浮かべることを怖れずにね。こんな風に彼女たちは言ったよ。ほんとにそう思うわけ？　ありがとう、イズ。

でもそんなことはみんなもう昔話で、そしてそこには良いことばかりではなく、よろしくないことだってある。そしてこの女性については特別、ひとつ言いたいことがある。私は彼女によくしたのに、彼女の方は私に対して必ずしも好意的ではなかったということだ。

とにかく私たちはしばらくそこに立っていた。エマニュエルは言う、おじいちゃん、ブランコに乗りに行こうよ。一人で行って来なさい。遠くないし、お友だちもいるだろう。ここから見えるよ。いやだよ、と彼は言う。そしてまた手を私のポケットに突っ込む。じゃあ、行かないでいい。ああ、素敵な日ですね、と私は言った。蕾《つぼみ》やら、何やかや。彼女は言う、そこにあるのはキササゲの木よ。あ、そうなんですか、と私は言う。あの木をあなたはなんと呼びます？　一枚の葉も残していないあの木を？　ハリエンジュ、と彼女は言う。二本のハリエンジュ、と私は言う。

それから私は深く息を吸い込む。オーケー、もう少し話していいですかね？　ひとつうかがいたいことがある。もし私があなたに対して、あなたの赤ん坊の命を救うというようなことをも含めて、たくさんの良いことをしていたとしたら、どうしてあんなことができたんですか？　私が何のことを言っているのか、ご存じのはずだ。とてもきれいに晴れ上がった日だった。私が薬局の窓の外に目をやると、四人の馴染み客の姿が見えた。そのうちの少なくとも二人は、夜中にバスローブ姿で、私の前で泣きはらしていた女性たちだった。助けて、助けてと叫んで。彼女たちはプラカードを掲げてそこに立っていた。「ザグラウスキーは人種差別主義者。ローザ・パークス事件†から何年も経って、ザグラウスキーは黒人客を拒否している」。その文句はまだここに刻み込まれています。私は自分の心臓を指さす。それがどこにあるか、私にはよくわかっている。

　私がそう言うと、彼女は当然ながらとても居心地が悪そうな顔をする。でもね、と彼女は言う、私たちは正しかった。

　私はエマニュエルの手をぎゅっと握る。あなたたちが正しかった？

　ええ、私たちはまずあなたに手紙を書いた。あなたはそれに返事をしたかしら？　私たちはあなたに言ったのよ、ザグラウスキー、道理をわきまえなさいって。ルーシーがその手紙を書いた。あなたとそのことについて語り合いたいと、私たちは言った。私たちはあなたの出方を見ていたのよ。少なくとも四度にわたって、あなたはミセス・グリーンとジョージーを、私たちの友人であるジョージーを（彼女はスペイン系の黒人で、同じアパートの一階に住んでいたんだけど）、後回しにして、長い時間待たせておいた。

他のお客の用件が全部終わってしまうまでね。そのあともあなたは無礼だった。つまり意地悪く振る舞った。あなたはときどきとんでもなく意地悪くなるのよね、イズ。それでジョージーは店を出ていった。あなたをかなり汚い言葉で罵《のの》ってね。それは覚えている？

いや、そのことは覚えていないね。店では叫び声は珍しくなかったからね。人はみんな本当に苦しんでいたんだ。彼らはコデインをくれとか、母親が死にかけているからなんとかしてとか叫びながら店にやってきた。それが私の覚えていることだ。頭のおかしいスペイン系のご婦人が何を叫んだかまでは覚えていない。

でもよく聴いて、と彼女は言う――それはみんな私の目の前で起こったことではなく、過去なんて庭に落ちている一枚の紙切れに過ぎないというみたいに――あなたはまだシシーの話を終えていない。

終える？　あなたは私の商売をほとんど終えさせてしまったんだ。それでシシーがそのことを私に持ち出さなかったと思っているのかね？　後日、彼女が重い病気にかかったときに。

それから私は思った。どうして私はこの女性と話をしなくちゃならないんだ？　私は自分の姿を目にする。その大昔のある日に、そこに立っていたことを。カウンターの後

†訳注――アラバマでバスの人種分離に抵抗した黒人女性。

ろで馬鹿みたいにお客が来るのを待っていたことを。みんながピケット・ラインの背後から店を覗き込んでいた。ピケット・ラインを目にしたら、客の半数は店に入ってこない。そういう地域なのだ。この人たちにはそうする権利があると警官は言う。人の商売を潰す権利があると言うのだ。私は頭に来て、でも通りに出て行く。そこにいる女性たちとは顔見知りの仲だ。私は説明しようとする。フェイス、ルーシー、ミセス・クラット——知らない顔の客が店に入ってくる。当然のことながら、私は先に古くからのお客の相手をしなくちゃならないでしょう。誰だって同じことをするはずだ。なにしろ黒やら茶色やら、実に様々な色合いの肌の人たちがやってくる。そして正直な話、うちの店がそういう人たちのための安物の品を置いているみたいには、見られたくないんですよ。そういう連中がどんどんこの地域に入り込んできている……私はみんながやっているのと同じことをやっているだけだ。そういう人たちをとくに侮辱するつもりはありません。諸手《もろて》をあげて歓迎はしないってだけのこと。あんた方は歓迎されているわけじゃないってことをわかってもらうだけです。ここのみんながおとなしくしているから、そういう連中が入り込んでくるんだ。

ああ、そうですよ。みんなはうちのエマニュエルを目にして言う。ねえ、この子の顔はどうみても白人じゃない。いったいどういうことなんだね？ 教えてあげよう。人生は勝手に進んでいくんだ。あなたは自分の意見を持っている。私は自分の意見を持っている。でも人生は意見なんて持っちゃいない。

私はこのフェイスという女性から離れた。彼女の近くにいたくなかったから。私はベンチに腰を下ろした。私は春のニワトリじゃない。コケコッコーと雄叫びをあげることは、もうたまにしかない。私は疲れている。エマニュエルの面倒を見ることはおおむね私の役目だ。ミセスZは家にいる。両脚が腫れ上がっているせいだ。かわいそうに。

地下鉄に乗っているとき一度、彼女は降りるべき駅で降りることができなかった。ドアは開いたのだが、席から立ち上がれなかったのだ。懸命に立ち上がろうとしたのだが（少しばかり体重が重すぎるということはあるにしても）。彼女はノートブックを手にした大きな男に向かって言う。大きな黒人の男だ。手を貸して立ち上がらせてくれませんか、と。彼は彼女に言う。あんたがたはおれたちを三百年にわたってしゃがみこませてきた。あんたはあと十分ほどそこにしゃがんでいるがいい。私は彼女に言った。なあ、ネッティー、私たちはコーヒー豆みたいな黒い肌の子供を育てている。そのことを相手に言ってやらなかったのかい？　でも彼の言っていることは正しいのよ、とネッティーは言う。私たちはそういうことをやってきたのよ。私たちは長いあいだ彼らをしゃがみこませてきたのよ。

私たち？　我々？　私の二人の姉妹と父親は、一九四四年にヒトラーの夕食のためにこんがり焼かれちまったんだぞ。それでもあんたは、私たちなんて言うのかね？

ネッティーは腰を下ろす。私にお茶をちょうだい。そうよ、イズ、私は言うわ。私たちって。

私は水を薬罐《やかん》に入れることすらできない。それくらい頭に来ていた。なあ、おまえは頭がどうかしているぞ、ミセスZ。おまえの三人の叔母さんに負けず劣らずクレイジーだ。うちのシシーと同じくらいクレイジーだ。おまえたちの遺伝子のおかげで、あの子には勝ち目なんてまるでなかったのさ。ネッティーは私を見る。アイ、アイ……と彼女は言う。彼女はオイ、オイとは言わない。アメリカ社会に同化したから、アイ、アイ……と言うのだ。そんなだからこそ彼女は、「私たち」がそれをやったなんて口にするわけだ。私は彼女に言う、自分をロバート・E・リー†に同化させたからといって、それでアメリカ人になれるなんて考えるんじゃないぞ。もちろんこれはジョークだ。実に笑えないジョークだけどね。

私はすっかりくたびれている、私が少しばかり震えているのを、このフェイスという女性も見て取っているかもしれない。自分がどうするべきかを彼女は考えている。でも話し合いはまだ終わっていないと彼女は判断する。だから彼女は身体をずらせて腰掛ける。ベンチは湿っている。まだ四月なのだ。

シシーはどうしているの？　彼女は元気なの？

あの子がどうしているかなんて、あなたには関係のないことでしょう。

わかったわ。彼女は行きかける。

ちょっと待って！　あなたが若くてきれいだった頃、ナイトガウン姿のあなたを二度ばかり目にしたことがある……彼女は今度はしっかりと立ち上がる。きっとウーマンリブの一派なのだろう。そういう女たちはナイトガウンについて何か言われることを好まない。バスローブならかまわない。行かせればいい。好きにすればいい……しかし彼女は戻ってくる。彼女は言う、これで最後よ、下らないことは言わないで、イズ。私は本当に知りたいの。シシーはどうしているの？

知りたいなら教えてあげよう。彼女は元気にしているよ。ネッティーと私と一緒に暮らしている。彼女は植物の世話をしている。一日がかりの仕事なんだよ。

でもどうしてこのまま、彼女を無罪放免してやらなくちゃならないんだ？　そうとも、フェイス、私はひとこと言わなくちゃならない。あんたたちが私をどんな目にあわせたかについて！　そしてあんたは知りたがっている。シシーが今どうしているかについて。いい、あんたが！　どうしてだ？　いいとも。覚えているかね？　あんたたちは一週間か二週間でそのピケット・ラインを切り上げた。どうしてか、私にはわからない。疲れたから？　たぶん夏だから、どこかに行かなくちゃならなかったんだろう。浜辺で一騒ぎするためにね。でも私は店に釘付けになっている。冷房装置なんてものがそこにあっただろうか？　そこで突然、私はシシーの姿を外に目にする。彼女もプラカードを持っている。彼女はたぶんあんた方に考えを吹き込まれたのだろう。大きなサンドイッチ型のボードを身につけて行き来している。誰かに話しかけられても、口をしっかり閉ざしてい

†訳注――南北戦争時の南軍の将軍。

る。

　そのことは覚えていないわ、とフェイスは言う。

　もちろんさ。あんたはその頃にはもうロング・アイランドかケープ・コッドに行っていたからね。あるいはジャージーの海岸か。

　いいえ、と彼女は言う、そんなことはない。私はそんなことはしていない（それが彼女にとって大きな侮辱であることが、私には見て取れる。夏の休暇にどこかにでかけるということが）。

　それから私は思った。落ち着くんだ、ザグラウスキー。おまえは実際、彼女に行ってしまってほしくないと思っているのだから。いったん語り始めたことは、すべて語ってしまわなくてはならないのだから。私は何かを自分の内に抱え込めるような人間ではない。語ってしまうのだ！　それで胸のつかえは少し取れるかもしれない。胸は呼吸をするためのものであって、秘密を抱え込むための場所ではない。妻は決して語ったりしない。彼女はただ咳をするだけだ。一晩中、眠ることはない。アイ、イズ、窓を開けてちょうだい。息ができないわ。哀れな女だ。しっかり呼吸をするには、語るしかないんだよ。

　だから私はフェイスにそのことを話した。シシーがどうしているか、今から話してあげよう。しかしあんたは、私たちがどれくらい苦しんだかという話を、そっくり聞かされることになるよ。私は思った、いいさ、知ったことか！　彼女はあとで仲間の女たちに電話をかけて、話を触れまわることだろう。自分たちのやったことが何をもたらしたのか、連中は知るべきなのだ。

どうやって私たちが娘のシシーをここからあちらへ、いちばん偉い医師のところまで連れて行ったか。薬局を通してうまくコネを見つけられたのだ。ドクター・フランシス・オコンネル、病院勤めの体格の良いアイルランド人だ。彼は忙しい合間を縫って、二時間ばかり私とミセスZと面談してくれる。これはいちばん深い謎のひとつなのですと。誰も確かなことはわかりません。この分野においては、最も聡明な医師さえ間抜けも同然なのです。それでもこういう仕事をしていると、こんな治療法もある、あんなのもあるという話が耳に入ってくる。だから私たちは彼女の頭のてっぺんからつま先まで、五十回ほどマッサージをした。誰かがそうするといいと言ったように。また彼女をビタミンとミネラル漬けにする。このアイデアは一人の本物の医師によって指示された。

もし彼女がビタミンを呑もうとしてくれたら、ということです。あの子はときどき口をぴたりと閉じてしまいました。彼女は母親に向かって汚い言葉を口にした。私たちはそういう言葉には慣れていなかった。その一方で、家の前を毎朝、彼女は歩いて行ったり来たりした。あまりにも規則的だったから、彼女は最低賃金をもらうことだってできたでしょうね。彼女の午後の仕事は、うちの妻のあとを街角から街角へとついてまわり、まだ子供の頃、うちの妻が彼女をどれほどひどい目にあわせたかを語ることだった。それから二ヶ月ほど経って、出し抜けに彼女は歌を歌い始める。とても美しい声を持っており、有名な人からレッスンを受けた。クリスマスの週、彼女はうちの薬局の前でヘンデルの「メサイア」を半分歌った。ご存じですか？　それは素敵じゃないか、とあなたは思うでしょうね。ええ、たしかに美しかった。しかし彼女がコートを着ていなかったことに目を留めなかったとは言わせませんよ。彼女がソックスが脱げ落ちた状態で行ったり来たりしていたのを、あなたは目にしなかったとでも言うんですか？　彼女の顔と両手は、まるで地下室の管理人のようだった。彼女は歌った！　彼女は歌った！　とりわけ二つの曲を彼女はよく歌いました。ひとつは異教徒《ジェンタイル》が光を目にするだろうという歌で、もうひとつは、見よ！　処女が受胎するであろうという歌でした。うちの妻は言います、ええ、それは当然よね、あの子は他のみんなと同じように、自分が結婚した女であればいいのにと願っているのよ。たわごとだ。彼女はそうしようと思えばできたんです。デートの相手は山ほどいました。山ほどね。彼女は歌い、頭の悪い連中は拍手をし、たちの悪い連中は大声ではやしたてます。ゴー、シシー、ゴー。ゴーって、いったいどこに行けばいいんですか？　日によっては、彼女はただ叫ぶだけです。

叫ぶって、何を？

ああ、あなたのことを忘れていました。なんだって叫ぶんです。人種差別主義者！　この男は毒入りのクスリを売っている！　この男はみっともない踊り手で、左足が三本もある！（そんなことは出鱈目です。みんなの前でただ私を侮辱したいだけなんです。

馬鹿げたことです）。人々はそれを聞いて笑います。今彼女はなんて言ったの？　人によってはよく聞こえないんです。彼女は叫びます。おまえは女を買いに行く。これも嘘だ。彼女は一度私が女性と一緒にいたところを目にしました。でもその女性は実は、イスラエルからやってきた私の遠縁にあたる人でした。すべては彼女が頭の中で勝手にこしらえたことなんです。頭がまるでゴミ缶のようになっている。

ある日、母親が彼女に言います。シッシル、ねえ、お願いだから髪を梳《と》かしてちょうだい。これを聞いて、彼女は母親の顔を殴りつけます。私は帰宅して、もうまったく若くはない女性が両方の目を黒くして、鼻血を出しているのを目にします。医者は言います、娘さんが良くなる見込みがないとは言いませんが、まずはもっと悪くなるでしょう。医者に分かるのはそれくらいのことだ。彼は私たちを美しい場所に連れて行く。市の境界線の近くにある病院だ。ウェストチェスターだかブロンクスだか、私にはわからない。しかしありがたいことに、そこには地下鉄で通える。私はその病院の費用をまかなうために、これまでせっせと貯金をしてきたようなものだ。いずれ引退してフロリダに引っ込み、平日の昼間に椰子の木の下をのんびり散歩しようと考えていた。でもそうはいかない。貯金は美しいシシーのために使われる。彼女が感じの良いホームで、頭のおかしい人々と共に暮らせるようにね。

そのようにして徐々に彼女は落ち着きを取り戻してくる。私たちは彼女を訪問することができる。彼女は私たちにキャンディー・ストアを見せる。私たちは彼女に二ドルを渡す。そういうのが私たちの生活になる。週に三度、私の妻は面会に行く。おいしいものを持って（砂糖の入っているものはだめ。彼らは糖分を悪とみなしている）、地下鉄に乗って。妻はまた何か素敵なものを持って行く。ブラウスとかネッカチーフとか。わかるでしょう、愛情を示すために。そして私は週に一度訪問する。でも彼女は私の顔を見ようともしない。かつて私たちは恋人同士のように仲が良かったというのに。私がどんな気持ちになるか、想像できるでしょう。ああ、あなたにもお子さんはいるから、気持ちはわかりますよね。小さな子供たちは小さなトラブルをもたらし、大きな子供たちは大きなトラブルをもたらす。これはイディッシュ語の格言です。たぶん中国にも同じような格言があったと思うけど。

ああ、イズ、どうしてそんなことになってしまったの？　突然そうなったの、何の徴候もなく？

このフェイスはいったいどうしたのだろう？　目にいっぱい涙を溜めている。感じやすい性格なのだろう。彼女が何を考えているのか、私には見て取れる。自分にも十代の子供たちがいて、今のところはうまく行っている。でもこの先、何が起こるかはわからない。人々は自分の身に合わせてものを考える。それが人間の性《さが》だ。少なくとも彼女はそれは私の、あるいは私の妻の手落ちのせいだとは言わない。私は何かひどいことをしたのだ！　私は自分の子供を愛していた。人々がどんなことを考えるか、私にはわかっている。私は心理学のことをとてもよく知っている。このことが自分の身に起こってからは、その方面について数多くの本を読んできたのだ。

ああ、イズ……

彼女は私の膝に手を置く。私は彼女の顔を見る。この女はちょっと頭がおかしいのかもしれない。あるいは私のことをただの年寄りと思っているのかもしれない（ほとんどそのとおりなのだが）。そう、そのことは前にも言った。頭については神様に感謝したい。頭の中は、通常の場所がぼろぼろになっても、人が唯一若々しくなることのできる場所だ。どうしてかはわからないが、彼女は私の頰にキスをしてくれる。風変わりな人だ。

フェイス、私にはまだよくわからないんだ。どうしてあんたがた女性たちは、私にあんなにひどいことができたんだね？

でも私たちは正しかったのよ。

それからその「正義の女王」は私にちょっとした訓告を垂れる。私のシシーが汚い言葉を叫びながらそこを行き来していたことを、彼女は覚えていない。しかしこのことは覚えている。ミセス・ケンドリックスの太った生意気なメイドが、ケンドリックスのアレルギーの注文品を手に出て行ったとき、私は顔をしかめて言った。ほうほう、たいした奥様気取りじゃないか！　それのどこがいけない？　白人と黒人の男女のカップルがブロックを通りかかるたびに、ああ、ムカムカするね、と私が口にしていたと彼女は言う。ああいうのは断じて許せないことだ！　彼女は私がそう口にするのを何度か聞いたと言う。だからなんだと言うんだ？　どう考えるかは個人の自由じゃないか。それから彼女は再びジョージーのことを言う。たぶんプエルトリコ人だ。私が後回しにした客だ。それから彼女は言う、そうよ、イズ、それでエマニュエルの話はいったいどうなったの？

エマニュエルを見るな、と私は言った。あの子を見るんじゃない。あの子はこの話には何の関係もないんだ。

彼女は目をくりくりと回す。二度ばかり。言いたいことが他にもあるのだ。私が女性たちに向かって口にする言葉も、彼女には気に入らない。彼女は言う、私がミセスZを灰色熊と呼んだことが何度かあると。だってそれは私の女房じゃないか？　それから若い娘たちに意味ありげにウィンクしたり、目配せしたり、何度かつねったりもした。それは嘘だ……とんとんと軽く叩いたことはあったかもしれないが、つねったことは一度もない。それに私は知っている。中にはそういうことをされるのが好きな娘がいることを。彼女は言う、そうじゃない。そんなことをされるのが好きな女性なんていているわけない。誰一人。みんな我慢をしているだけなのよ。叫び声をあげることが、まだ歴史の中に定着していないから（アメリカ生まれの娘たちは歴史なんていう言葉を平気で口にできるのだ）。

でもね、イズ、と彼女は言う。そんなことはみんな忘れましょう。あなたがすごくたくさん問題を抱えていることはとても気の毒だと思う。ほんとに気の毒だと思っている。

しかし次の瞬間には彼女は考えを変えている。もう同情してはいない。手は引っ込められる。口は小さく丸くすぼめられている。

エマニュエルは私の膝の上にあがってくる。私の顔をぱたぱたと叩く。悲しい顔をしないで、おじいちゃん、と彼は言う。人が顔に涙を浮かべているのが、彼には耐えられないのだ。それがたとえ見知らぬ人であったとしても。もし彼の母親が険悪な顔をしていたなら、この子は頭がいいから、彼女のところにはもう近づかないでしょう。この子は私の妻のところに来て、おばあちゃん、僕のママはとても悲しいんだよ、と言います。私の妻はびっくりして、飛んでいきます。心配で、不安で。シシーはちゃんとお薬を飲んでいるかしら？　いったい何が起こっているのかしら？　一度この子はシシーのところに行って、こう言いました。ママ、どうして泣いているの？　そしてこの幼い子供のその質問に対する答えはこういうものでした。彼女はまっすぐに立って、壁に頭を叩きつけ始めたのです。激しく。

僕のママが！　とこの子は金切り声を上げました。幸いなことに私はそのとき家にいました。それ以来、この子は何か問題があると、まっすぐ祖母のところに行くようになりました。でも先はどうなるでしょう？　もう私たちは若くはありません。私の長男はとても良い暮らしをしています。ただし、ロックランド・カウンティーの排他的な高級住宅地に住んでいます。もう一人の息子は、好き勝手な生活を送っています。彼はそういう世代に属しているのです。どこかに出て行ってしまいました。

彼女は、このフェイスという女性は、じっと私を見る。何も言うことができない。ただそこに座っている。彼女はほとんど口を開けかける。彼女が何を知りたがっているのか、私にはわかっている。エマニュエルがどのようにこの話に入り込んでくるのか？そしていつ？

それから彼女は言う。まったくそのとおりの言葉で。それで、エマニュエルは話のどこに収まるのかしら？

彼はちゃんと収まるのだ。収まるべくして収まる。ナセルからの黄金の贈り物のようにね。

ナセル？

オーケー、エジプトだよ、ナセルじゃなく。彼はイサクのもう一人の息子から来ているんだよ。わかるかね？　近親だ。私はある日、座って考えていた。なぜだ？　なぜだ？　答えはこうだった。我々に思い出させるためなんだ。それこそが大抵の物事の目的なのだ。

それはアブラハムよ、と彼女は私の話を遮《さえぎ》る。彼には二人の息子がいる。イサクとイシュマエル。神は彼に約束する。汝は幾世代もの父となるであろうと。彼は実際にそうなった。でもあなたも知っての通り、と彼女は言う、彼は二人の幼い息子に対してあまり良い父親ではなかった。珍しいことではないけれど、と彼女は付け加えないわけにはいかない。

ほらね！　その手の女たちが聖書から引き出すのはそういうものなんだ。彼女たちは男たちに恨みを持っているのだ。もちろん私はアブラハムのことを言っていた。アブラハム。イサクって言ったかね？　ときとして私も認めないわけにはいかなかった。彼女も何かしら正しいことを口にするということを。覚えているだろう、彼は一人の息子を完全に家から出してしまう。そして頭の中で「さあ、首を刎《は》ねよ！」と雑音が聞こえ次第、もう一人の息子の首を刎ねてしまう気でいる。

しかし質問は、どこでエマニュエルが話に加わってくるのかということだ。いいとも、話してあげよう。私は話したかった。私はそれを既に説明したということを。

それはこんな風に始まる。ある日、私の妻はシシーの入院している病院のオフィスに行って、こう言う。いったいここはどういう病院なんですか？　私はたった今娘に会ってきました。目の見えない人にだってはっきりわかることです。うちの娘はしっかり妊娠している。ここで夜中にいったい何が持ち上がっているのですか？　責任者は誰です？　今どこにいるんですか？

妊娠している？　彼らはそんな話は耳にしたこともないという感じで言う。それから彼らは走り回り、正式な医者がやってきてこう言う、ええ、そうですね、確かに妊娠しています。知らせはそれだけ？　と私の妻は言う。そしてそれから、週に一度やってくる精神科医と、毎日顔を合わせる心理学者と、神経医と、ソーシャルワーカーと、主任看護師と、看護師助手が一堂に会し、話し合いが行われる。私の妻は言う、シシーにはわかっているんです。彼女は智恵遅れではありません。ただ頭が混乱して、鬱になっているだけです。彼女は自分の身体の中に、子宮の内部に子供がいることを知っています。普通の女性と同じように。彼女はそのことを嬉しく思っています、と私の妻は言った。娘は実際、こう口にしたのだ。ママ、私は子供を産むのよ、そして彼女は私の妻にキスをした。この二年ほどのあいだで初めてするキスだった。たいしたことじゃありませんか?

その一方で、彼らは徹底した調査をおこなった。相手が黒人であることがわかった。庭師の一人だった。しかし彼は二ヶ月ほど前に西海岸に行ってしまった。何が起こったか想像はつく。シシーはいつだって植物が好きだった。まだ小さな子供の頃、暇さえあれば種子を蒔き、一日中植木鉢の前に座り込んで、小さな花が割れて種が出てくるのをじっと待っていた。だからあの子はきっとその男のことを、いつもいつもじっと見つめていたに違いない。彼は地面を掘る。そして種子を植える。彼女はそれを見つめる。

病院側は陳謝した。陳謝?　ただの事故だ。責任者はその週、休暇をとっていた。こっちは百万ドルを請求して訴訟を起こすことだってできた。弁護士とその話をしなかったわけではない。そのとき、話の筋がわかったとき、相手の男を捜してもらうように探偵社にも連絡をした。その男を殺してやるというのが私の考えだった。手脚を引きちぎってやる。そしてそのあとにすることも。それから病院側は全員を招集した。精神科医、心理学者、ただ看護師助手だけは除外された。

彼女が施設にいるのではなく、半ば通常に近い人生を送れる唯一の希望、それは子供を出産することだ。臨月までしっかりお腹に子供を入れて。ノー、と私は言う。そんなことは耐えられない。私はそんな提案を拒否する。黄金のように美しいシシーのお腹から、黒い子供が生まれてくるなんて。そこで心理学者が言う、狭量な考えはおよしなさい。なんたる言いぐさだ！　やがて少しずつ、私の妻が良い案を思いついていく。オーケー、わかりました。その子が生まれたら、すぐに養子に出しましょう。シシーはその子の姿を目にする必要もありません。

あなたはどうやら誤った解釈のもとにおられるようだ、とその施設のボスは言う。彼らはそういうものの言い方をするのだ。彼が言わんとするのはこういうことだ。我々はその子供を家に引き取らなくてはならない、そしてもし我々がシシーを愛しているのなら……。それから彼はその子供に関して、我々に高説を垂れる。その子供こそが、シシーが生きることの鍵になるのだ。それからまた、シシーはその庭師にぞっこんだった。そのろくでなしの野郎と。緑の親指を持った†黒人と。

そう、私にもささやかなジョークが言えるんですよ。なにしろこんな可愛い子がいるんだから。私はここに、いちばんの小さな友人を持っています。私が行くところ、この子はついてきます。公園のイタリア系の側に行って、年寄り仲間たちと球転がしゲーム

†訳注――園芸の才を持った。

をするときにだってついてきます。スーパーマーケットで私を見かけると、彼らは誘ってくれます。よう、イズ！　トニーが具合悪いんだ。代わりにやってくれないか。いいだろ？　私の妻は言います、エマニュエルを連れていきなさい。男たちが遊んでいるところを、この子も目にしなくては。私は子供を連れて行く。年寄り連中もこれまでいろんなことを目にしてきました。彼らは私が何か慈善行為をしているのだと思っています。それに彼らの多くは無知な人たちだ。彼らはユダヤ人にはもともと少しばかり黒い血が入っているのだと思い込んでいます。だからそんなにいつまでも、彼をじろじろと見ていたりはしません。この子はブランコに乗りに行って、みんなは彼のことなんか目にしなかったというふりをしています。

　私はその話題から外れるつもりはなかった。話題ってなんだ？　どのようにして私たちがこの子を持つようになったかという話題だ。私の妻であるミセスZ、ネッティーが私にそうさせたのです。彼女は言いました。私たちはこの子を引き取らなくてはならない。私はここを出て、シシーと一緒に団地に入り、福祉手当で暮らします。イズ、あなたも覚悟を決めた方がいいわ。彼女の兄も、ソーシャルワーカーの偉い人なんだが、彼女の考えを支援した。彼はコミュニストでもあると私は思う。この二十年か三十年、話し方を聞いているとね……

　彼は言う、いずれ慣れるよ、イズ。なにしろそれは赤ん坊なんだ。その子にはあんたの血も入っている。もちろんあそこに朽ち果てるまでシシーを入れておきたいと思うのなら話は別だ。しかしあそこに入れておくだけの資力が、いつまで続くだろうか。お金が尽きるかもしれない。そうなったら、あの子はベルヴュー病院かセントラル・アイスリップ中央病院か、そういうところに移される。まずゾンビみたいになり、やがては植物人間になる。それがあんたの望んでいることなのか、イズ？

その会話のあと、私は具合が悪くなってしまう。仕事に行くこともできなくなる。その一方で、ネッティーは毎晩のように泣いている。朝になっても服を着替えない。箒《ほうき》を手にただうろうろ歩き回っている。掃き掃除もできない。箒を使い始めても、すぐに涙に暮れてしまうからだ。スープを火にかけておいて、そのまま寝室に駆け込み、横になってしまう。彼女も早晩、頭がおかしくなってしまうかもしれない。

私は白旗を揚げる。

話の聴き手は私に言う、そうよ、イズ、あなたは正しいことをしたのよ。それ以外に方法はなかったわ。

その女をひっぱたいてやりたいと思う。私は暴力的な人間ではない。ただ興奮しやすいだけだ。誰もその女に答えを求めたわけではないのだ。そうよ、イズ。彼女はそこに座って私を見ている。その正しさを確認するように首を縦に振っている。エマニュエルは今では遊び場にいる。彼がブランコを熱心に揺らしているのが見える。彼は二時間くらいブランコに乗っていることができる。ブランコが好きなのだ。いつもいつもブランコに乗っている。

まあ、これで話のいちばんきつい部分は終わり。ここからは良い部分です。赤ん坊に名前をつける。どんな名前をつければいいか？　小さな茶色の赤ん坊。あいだをとったような色合い。見事な異邦人《ストレンジャー》。

産科病棟で、ほらつまり、母親たちが新生児と横になっているところで、ネッティーは言う。シシー、可愛いシッシル、私の何より大事な娘（そういうのが、私の妻が娘に語りかけるときの口調だ。まるで相手が黄金でできているみたいに。あるいは卵の殻でできているみたいに）、ねえおまえ、その子供にどういう名前をつけたらいいんだろうね？

シシーは子供に乳をやっている。彼女の白い肌の上に、小さな黒い巻き毛の頭がある。シシーは即座に言う。エマニュエル。間髪を入れずに。それを聞いたときに私は言う、馬鹿げている。小さな赤ん坊にそんな長いユダヤ系の名前なんて、馬鹿げているじゃないか。私の年寄りの叔父たちがそういう名前をつけられていた。そして彼らはみんなマニーと呼ばれるようになる。マニー叔父さん。もう一度彼女は言う——エマニュエルよ！

デイヴィッドでいいじゃないか、と私は優しい声で提案する。それはおまえの亡くなったおじいさんの名前だよ。マイケルだって悪くないわ、と私の妻が言う。ジョシュアも素敵な名前よ。最近の子供たちの多くは、そういう感じの良い名前をつけられているのよ。そういう名前が今風になっている。そういう名前を人々は好むようになっているのよ。

ノー、と娘は言う、エマニュエル。それから彼女は金切り声を上げ始める。エマニュエル。エマニュエル。こうなると余分な薬を飲ませなくてはならなくなりそうだ。しかし母乳のことがあるから、注意しなくてはならない。投薬のせいで、母乳に影響が出るかもしれない。

わかった、とみんなが叫んだ。オーケー、落ち着きなさい、シシー。わかった、エマニュエルだ。出生証明書を持ってくる。そこに書き込む。名前を書き込む。彼女にそれを見せる。エマニュエル……数日後にラビがやってきた。彼は何度か眉を吊り上げた。それから職務をこなした。つまり割礼をしたわけだ。† そうすることによって、その子はイスラエルの男になる。それがみんなの使う表現だ。彼が最初の黒人の子供というわけではない。遠い昔には我々はみんなだいたい黒い色合いだったと言われた。また、こうなってみると、イスラエルに行ってみるのも悪くないかなと思う。たくさんの黒人のユダヤ人がいるという話だ。当地ではまったく珍しくもないことなのだ。彼らはそのことをもっと広く喧伝するべきだ。というのは、その子をどこに住まわせるかを、私は考えなくてはならないから。ここにこのまま置いておくのは、あまり良いことではないかもしれない。なぜなら私の息子の立派な考え方としては……ああ、この話はもういい。

†訳注――生後八日目に行うのがユダヤ教の伝統。

あの建物はどうなっているの、おたくの近所は。あなたは今もあそこに住んでいるのかしら？　そのコミュニティーには黒人も含まれているかしら？

ああ、そうだよ。でもあの連中はとても気取っている。どうしてそんなに気取っているのか、私にもよくわからないが。

なぜなら、と彼女は言う、彼は自分と同じ肌の友だちを持たなくてはならないからよ。学校であの子がただ一人の黒人というのでは、心の負担が大きすぎる。

いいかね、ここはニューヨークなんだ。ウィスコンシン州オシュコシュじゃないよ。しかし彼女は話し続ける。彼女の話を止めることは誰にもできない。

結局のところ。と彼女は言う、彼はやはり自分と同じ肌の子供たちと仲間にならなくてはならない。彼らと生活を共にする必要があるのよ。それがあなたにとって問題になるだろうことはよくわかるわ、イズ。それはわかっているけど、やはりそうしないわけにはいかない。私の友だちの一人も同じような状況に直面して、もっと人種融合の進んだ地域に越していった。

それは本当のことなのかね？　私は言う、どこの地域だろう？

ええ、そういうところが……

私は彼女にこう切り出しかける。ちょっと待ってくれ、私たちはもう三十五年もこのアパートメントに暮らしているんだ、と。でも私には語ることができない。私はしばらくのあいだじっと静かにそこに座っている。私は考えに考える。私は自分に向かって言う、ヒンズー教徒のようになるんだ、イズ。どこまでも冷静になるんだ。しかしこれはあまりのことだ。ちょっと待って、ミス、ミス・フェイス、お願いだから私に教えを垂れないでください。

あなたに教えを垂れてなんかいないわ、イズ。私はただ……

私が何かを言うたびに、それに対して答えを返すのをよしてくれませんか。しゃべってしゃべって、しゃべりまくって。それは真実だ。でも何のために？　誰に対して？　なぜ？　ネッティーの言うとおりだ。これは私たちの問題なんだ。この女はエマニュエルの人生について私に説いている。

あんたはそのことについては何も知らないじゃないか、と私は怒鳴る。どこかに行って、ピケット・ラインを張っていなさい。私に講釈を垂れないで。

彼女は立ち上がり、私の顔を見る。いくらか怯えたみたいに。気を静めなさいよ、イズ。

エマニュエルがやってくる。私の声が聞こえたのだ。子供は心配そうな顔をしている。彼女は手をまっすぐ突き出して、彼を優しく撫でる。おじいちゃんはなんだか大きな声で叫んでいる。

でも私はそういうのに耐えられない。手をどかすんだ、と私は怒鳴る。その子はあんたの子供じゃない。その子の身体に触るんじゃない。そして私は子供の肩をつかみ、押すようにして公園を抜けていく。遊び場を通り過ぎ、有名な大きなアーチを通り過ぎる。

彼女は少しのあいだ私のあとを追って走ってくる。それから彼女は二人ばかりの友だちを目にする。これで話題ができたわけだ。三人だか四人だかの女性たち。それだけの女性が集まれば、盛大に話の花が咲く。彼女たちは振り向いてこちらを見る。一人は私に手を振る。こんちは、イズ。

この公園は喧噪に満ちている。誰もが隣にいる人に向かって語るべき何かを持っている。音楽を演奏したり、逆立ちをしたり、ジャグリングをしたり。なんとピアノを持ち込んでいるものまでいる。信じがたいことだ。大変な手間じゃないか。

四年前に薬局を売った。もうそれ以上仕事をすることができなかったのだ。でも私はエマニュエルに自分の薬局を見せたいと思った。それはなんて美しい場所だっただろう。その薬局のおかげで三人の子供を大学にまでやれたし、二つばかり命を救うことができたのだ。想像してごらんなさい。一軒の店でだよ！

子供のためにも気持ちを落ち着けようと試みた。アイスクリームはほしいかい、エマニュエル？　ここに一ドルある。ひとつ買っておいで。あそこに売っているおじさんがいるだろう。お釣りをもらうのを忘れるんじゃないよ。私は身を屈めて彼にキスをする。女性に向かって怒鳴り声をあげているところを、その子に聞かれたくはなかった。そして私の手はまだぶるぶる震えている。彼は何歩か走ってから振り向き、私がまだじっとそこにいることを確認する。

私も子供から目をはなさない。彼はチョコレートのアイスキャンディーを私に向かって振る。その色は彼の肌の色より少し濃い。狂乱の人混みの中から一人の若い男が私の方にやってくる。男は赤ん坊をストラップで背中に負っている。そういうのが当世の流行りなのだ。彼はエマニュエルを指さしながら、ごく当たり前のフレンドリーな質問という感じで私に尋ねる。やあ、ずいぶんキュートな子ですね。誰のお子さんですか？私は返事をしない。彼はもう一度繰り返す。ほんとに可愛いじゃないですか。

私は黙って彼の顔を見る。この男は何を求めているのだ？　私の一代記でも聞きたいというのか？　そんなものを語るつもりはない。私は既に語りすぎるほど語ってきた。だから私はとても大きな声で言った——他の誰も私の邪魔をしたりしないように——それはあんたの知ったこっちゃないだろう、ミスター。誰の子だとあんたは思うんだね？ところであんたが背中に背負っているのは誰の子供なんだね？　あんたとは顔が似てないようだが。

彼は言う、ねえ、いいから、ちょっと落ち着いて。クールになりましょう。べつにとくに意味はないんだから（あなたは最近、何か意味のあることを口にする人に出会ったことがあるだろうか？）。私が怒鳴り声をあげると、彼はそろそろと後ずさりを始める。女たちは銅像の脇で小さな一群となって、何かおしゃべりをしている。かなり遠くの方だが、幸運なことに彼女たちはレーダーを具《そな》えている。彼女たちは小鳥のように鋭く向きを変えて、その男の方に飛んでいく。そしてすごくソフトな声で話しかける。あなたはどうしてあの老人にちょっかいを出すの？　彼はもう十分トラブルを抱え込んでいるんだから。そっとしておいてあげなさい。

男は言う。べつにちょっかいを出したつもりなんてないんです。ただちょっと質問をしただけで。

そうかもしれないけどね、あの人にとってはそれは余計なお世話なのよ、とフェイスは言う。

それから彼女の友だちである四十歳くらいの女性が、ひどく腹を立てて、声を荒げる。あなたはね、黙って自分の子供の面倒をみていればいいの。娘さんは泣いているじゃないの。耳は聞こえるんでしょう？ 当然のことながら、自分だけ取り残されないように、三人目の女性も口を開く。彼女は男を、そのジャケットの上からとんとんと叩く。あなたは前にもここで見かけたことがあるわ。あまりいい気にならないようにね。男は後ろ向きになったまま、そろそろと彼女たちから遠ざかっていく。女たちは握手をする。

それからフェイスという女性が私のところに戻ってくる。満面の笑みを浮かべながら。彼女は言う。ほんと、世の中には余計なことをする人間が多いわよね、イズ。よく言い含めておいてやったから。そして彼女は私に軽くキスする。シシーによろしく言ってね。わかった？ 彼女は両腕を二人の友だちの身体にまわす。彼女たちは二言三言、言葉を交わす。まるで車のエンジンをかけるみたいに。それから一斉にどっと笑う。みんなでエマニュエルにさよならの手を振る。大いに笑いあいながら。じゃあね、イズ……また会いましょう。

そして私は言う、調子はどうだい、エマニュエル？　何をしていたか、おじいちゃんに話しておくれ。何か面白いことはあったかい？　私の質問に答えないのは今が初めてだ。彼は歩道に自分の名前を書く。EMANUELと大文字で書く。

そして女たちは私たちから遠ざかっていく。しゃべってしゃべって、しゃべりまくりながら。

The Expensive Moment

高価な瞬間

フェイスはジャックには話さなかった。

午後の二時に彼女はニック・ヘグストローの家を訪れた。著名な中国研究者だ。全世界的に有名というわけではないが、彼の住んでいる地域や、そこに近接する地域では名を知られている。北側も、南側も、東側でも。彼は言う、自分が中国を研究しているのは、我々みんなを距離やミステリーから解放するためなのだと。しかしながら、いくつかの愚かしい発言がたちまち公になってしまったおかげで、中国の新しい貴賓室を訪れる素晴らしい訪問団から、彼は外されてしまっていた。彼は時として自分が十分な情報を与えられていないように感じていた。漢や大同について何も知らない数多くの人々がそこを訪れ、帰ってきて、それについて記事を書いている。一人の友人は中国語を七十五語くらいしか知らないのに、三時間に及ぶドキュメンタリー映画を制作した。そう、彼は社会主義を信じることもあるし、後期唐朝しか信じないこともある。貴重にして壊れやすい工芸品について心配が念頭を去らないときに、その一方で革命の最中《さなか》にある人民や文化を支持することは困難になる。

彼は人目を引いてハンサムだった。そういう男性がたまにいるが、まるで優れた建築家がしっかり図面を引いてこしらえたような顔なのだ（顔のスペースをうまく用いている、とジャックは評した）。金物店や、地元の映画館の列で、女たちや男たちは彼の顔を見る。人々はそのあとで、私のタイプじゃないな、とかあるいは、前にこの人の顔を目にしたことがあったっけ、テレビかなんかで、とか言う。実際には彼らは、野菜市場で彼の顔を見かけたはずだ。独身の菜食主義者の中国研究者として、彼は袋いっぱいのブロッコリを買ったり、他の野菜好きに混じって、カリフォルニア産のサヤエンドウ（一ポンド四・七九ドル）を買う列に並んだりしていたのだから。

彼はあなたの愛人なわけ？

よしてよ、まさか。一夫一妻制の中にいるときには、私はかなり一夫一妻主義なの。どうして笑うのよ？

嘘をついてもわかるわよ、フェイス。彼のことはずいぶん長く描写するじゃない。あなたは普段はそんなに長々とは人を描写しない。

でもね、ただ話をするのだって楽しいわよ、ルーシー。そういうことってあるじゃない。話をするのは時として、ファックするのと同じくらい楽しいわよ。そうじゃない？あらまあ、とルーシーは言った。話すのがそんなに楽しいのなら、もうひとつの方によほど問題があるんじゃないの？

　昼食のときにジャックが言った。ルースは中華料理の調理には向いてないんだ。彼女は単語をミンチにしない†。普通のどこかの女性たちのように、気品ある動詞やら従順な述語やらをソテーしたりもしない。

　フェイスは部屋をあとにする。いつかもう私は戻ってこないかもしれない、と彼女は言った。

　でもジャックのそういう話し方って、私は好きだな、とルースは言った。あの人は私たちと同じように、本物のおしゃべり好きなのよ。そしてもうひとつ。レイチェルのことをいまだに私に尋ねるのは彼くらいだもの。

　彼を真に受けちゃだめよ、とフェイスは言った。

　フェイスがばたんとドアを閉めて出て行ったあと、ジャックはパイプを買いに行くことにした。日が暮れてゆっくり考え事ができるように。新しい犬か、新しい子供か、新しい妻が手に入るといいんだがな、と彼は思った。彼はそれらを何ひとつ手にしていな

†訳注――ずけずけものを言うの意味。

かった。というのは、彼は十日に一度そういう思いをふと抱くだけだったし、それはだいたい五分しか続かなかったからだ。恒常的なショッピングや求愛に対する関心は、もう彼の元を去ってしまっていた。なにしろ多忙な人だった。昼間は治安の良くない地域でバーゲン品の家具を売り、夜遅くまで本を浴びるほど読み、世界を終末に導く悪しき政治についてあれこれ考えたり、書いたり、悲嘆に暮れたりした。そのようにして人生の後半部をせっせと使い果たしつつあった。ああ、帰ってきてくれよ、帰ってきてくれよ、と彼は叫んだ。フェイス！ 少なくとも夕ご飯には。

まさにこの午後にニック（中国研究者だ）は言った、君の子供たちはどうしているね？ 元気よ、と彼女は言った。トントは恋をしているし、リチャードは革命青年連盟に正式に加入した。

おお、とニックは言った。革青連（ＬＲＹ）ね。先月彼らの集まりで話をしたよ。ピザパイの半分を投げつけられたな。

どうして？ あなたは何を言ったわけ？ 何かまずいことを言ったの？ それはひょっとして新左翼のパイ投げ派と、旧左翼のトマト投げ派の、反年齢差別共闘派だったんじゃないの？

これはジョークじゃないんだよ、と彼は言った。そして笑いごとでもない。そしてまたそれは僕が話したい話題でもないんだ。それから彼は毛沢東の「大躍進」や文化大革命に対する反対意見を口にした。彼は歩いて行ったり来たりしながら、ぶつぶつとそれを語った。間違いだ、間違いだ、間違いだ。

彼に勧められてウィリアム・ヒントンの『翻身――ある中国農村の革命の記録』を読んだばかりだったフェイスは、そのどちらをも受け入れることができた。しかし彼は偉大なる文学と芸術について案じていた。既に確立されたものから、新たなものが打ち立てられていく、そのやり方について。フェイス、座りなさい、と彼は言った。既に確立されたものは今はどうなっているの？ 若い紅衛兵《こうえいへい》たちによって、タイプライターの前から追われ、ペンから遠ざけられている。すべての若者がそうであるように、彼らはワイルドな夢に酔ってワイルドになっているんだ。

フェイスは言った、今立ちあがっているものが正しいんじゃないの？ 既に確立されたものは、もう何も必要としていないのかも。彼らは庭の椅子に座って、今そこに隆盛しつつあるものの文化をたっぷり味わっているのかも。そうすることを楽しんでさえいるかもしれないじゃない。創造の行為は、既に確立されたものにとっては、おそらく苛酷すぎるもの。なぜなら彼らは、常に優れたものと劣ったものとを選り分け、偉大なものと単に優れたものを選り分けることを要求され……

ニックはそういうシリアスなジョークには笑いもしなかった。彼はフェイスに、彼女がどれくらい間違っているかを示す、いくつかの茶化した例をあげることにした。しかしどの例も彼女を納得させることができなかった。逆にそれらは彼女の立場をより強固なものにさせただけだった。フェイスはふといぶかった。彼の所有欲強き精神は時として、貧弱な分類システムによって過《あやま》たせられたりしていないのだろうか、と。

とにかくここにその例をあげてみよう。

山西省の畑で重労働に従事しているのはジョン・キーツだ。聡明にして、結核を病んでいる。彼の白い肌に太陽がじりじりと照りつける。くるぶしまで浸かっている水は、彼の好みの温度よりは冷たい。小さな緑の新芽は、その淡い色あいこそ美しいが、慰めにはならない。彼は昨夜のことを考えている。この月夜の美しさ、みたいなことを。コミューンに戻ると、彼は知らされる。自分たちがこの地方の役所から、詩をいくつか書くように要請されていることを。キーツは落胆する。彼は考えている。この月夜の美しさ、この月夜の美しさ……。コミューンの住民の長（ブルジョワの遺物だ）は言う。ああ、何が汝を悩ませておるのか、青白き個人主義者よ？　彼は笑う。そして言う。リラックスするんだよ、同志。政治に舵をとらせておけばよろしい。キーツは言われたようにする。ほどなく彼は微笑む。悲しげな知的な微笑みだ。彼は言う、おお……

この月夜の美しさが
　山西省の地に触れる
溢れる豊穣の年に
　農民たちは地主から解き放たれ

畑に立ち
　あれやこれやの話に興じつつ
　　愛でるのだ
収穫の秋の月を

その一方で、まわりの農民たちはみんな、ただ乾いた鉛筆の先を舌で湿らせている。フェイスはそこで話を遮《さえぎ》る。鉛筆を舐めたりしたら危険だということを、誰かが彼らに教えてあげなくては。そして産業汚染についても。
よしてくれよ、とニックは言う。そして話を続ける。一人の農民は書く。

今日の朝、水田はまるで
　海みたいに見えた
満潮のおりに我らは
　米を収穫する
なんといっても毛沢東のおかげ
　彼の農民への愛が
都市の労働者の腹を満たす

もうそれで十分よ。言いたいことはわかるかい？　イエス、とフェイスは言った。こういうことでしょ？　そして歌う。

　コミュニズムへのハイウェイで
　子供たちはすももの花を
　髪に挿して踊る
　刈り入れられたばかりの小麦の上で

新たに仕込まれた記憶の中から、別の詩を彼女は思い出しかけていた。でもニックは言った。フェイス、もう三時半だぜ。そして——詩の愉しみに満ちた心をもって、二人は狭いソファベッドを十分な広さに拡張した。二人の愛の営みには特筆すべきところはないが、満足のいくものだ。その違いの意味は、ただ違っているというところに存する。もちろん、もし人が熱情溢れる思いやりをもって、誰かと人生を十全に共有していたとしたら、昼下がりに時折このような違いを手にすることでまずは事足れりとなるはずだ。

そしてそれに加えて、お茶かコーヒーを飲むために起き上がったとき、フェイスはほとんど間髪を入れずに尋ねる。ねえ、ニック、どうして彼らはこんなにもお粗末な外交政策しか持ち合わせていないのかしら？　その質問はしばらく前から彼女の中でもやもやしていたのだが、それは欲望の軽い燃え上がりの中でしばし待機していた。
彼女がこの質問をするのは初めてではなかったし、ニックがそれに返事をした最後の人間でもなかった。

ニック：やれやれ、君は政治というものについてまったく何も理解していないのかい？

リチャード：ああ、そしてなぜイスラエルはおそらく毎日のように、南アフリカと交易をしているんだろうね？

ルース（この発言は実際にはその二年ほどあとになされたものだが）：キューバはアルゼンチンとのあいだの貿易交渉を続けている。そうよね？

夕食の席での子供たち：トント（目を細めて、ソフトな声で）：チリのクーデターのあと、わずか十分で中国はピノチェト政権を認めたけど、それはどうしてだろう？

リチャード（しょうがないなあという口調で説明する）：おまえ馬鹿だな。それはね、アジェンデが革命の進め方を知らなかったからさ。わかりきってる。

ジャックは彼らに思い出させる。ソビエト連邦は、南アフリカが産する工業用ダイアモンドを喉から手が出るくらい求めているので、その国に対するイデオロギー的嫌悪を、ときには克服しなくてはならなかったみたいだということを。

フェイスは思った。しかしもしあなたが永遠にそんな風に考えているとしたら、あなたは永遠に悲しいままかもしれない。あなたはシニカルなままで、希望なんてどこにもないんだと言い回っているかもしれない。輸出や輸入がどうしたみたいなことを、一日中もそもそと呟いているかもしれない。世界銀行がどうのこうの。だから彼女はこう考えようと努めた。交易の美しさ。アフリカやアジアを横切っていく隊商《キャラバン》。グァテマラの恐ろしい密林を抜けるペルーへの道、そしてとりわけ発展途上国の村々で市が開かれる。教会の裏の広場で、天蓋やテントの下で。更にはすぐそこの角を曲ったところにあるオーランドー・マーケット。それからまた世界で本当に高くついているいわゆる自由市場。そしてジャックのディスカウント店「ジェイクの息子《サン・オブ・ジェイク》」もある。

ああ、そうだね、とリチャードは言った。交易の美しさ。あんたにはまったく驚かされるよ、ママ、交易の美しさだって。あのインディオたちは重さ一トンもの美しさを背中に担ぎ、革のはちまきを額に食い込ませながらグァテマラを抜けてくるんだぜ。美しさ、ときたね。

彼は一時間ばかり休みを取った。それから続きにかかる。あんたには実に驚かされるよ、フェイス、まさに驚きだ。二度ばかり目を見開く。ねえ、母さん、あんたは政治理論ってものを読んだことがあるのかい？　ないだろう。あんたが足を運ぶ平和集会なんて、まったくもって愚劣の極みだ。連中の語り合うことといえば、偉大なる剣を二本ばかり溶かすみたいなことでしかない。

彼の顔は真っ青になっている。

リチャード、と彼女は言った。おまえの顔はずいぶん白いよ。オレンジ・ジュースを飲むのをやめちゃったんじゃないでしょうね。

このシンプルな発言のせいで、彼は三日ばかり家に戻ってこなくなった。

しかしまず最初に、彼は嘲《あざけ》るような、がっかりしたような目でフェイスを見た。

それから、働いている頭脳は時間なんぞ跳び越えて、迅速にあちこちと連結し選択するものだから、彼女はそこでこう思った。ああ、ずいぶん昔、私はお父さんを見ていた。まったくなんていう顔をしているんだ？　と父親は言った。私は彼らの寝室の壁に寄りかかっていた。彼女は十四歳くらいだった。十五歳だっけ？　のんきなものね、と彼女は言った。巨大な戦争がドイツからやってきているというのに、父さんが口にするのはロシアのことばかり。あのろくでもないロシア。殺されるかもしれないのは私なのよ。おまえが？　と父親は答える。ははは。安全なアメリカでのうのうと暮らしている小さな女の子が殺されるんだって？　ははは！

そして世代半分ばかり昔の、別の男の子たちの見せていた顔つきはどうだろう。その顔つきを彼女はしっかり受け止めた。ルースはそれを「やってみろ、でなきゃ黙ってろ」の顔と呼んだ。彼女と何人かの友だちは「徴兵拒否を勧めます」というプラカードを掲げて、徴兵事務所のまわりをぐるぐる歩いたものだった。若者たちのあるものは物静かで清らかな顔をしていた。あるものは猛々しくむっつりした顔をしていた。でも誰一人としていい加減な顔をしてはいなかった。リチャードも同じだ。

それでもやはり、とフェイスは思った、もし歴史の手があの子を捉えてしまったらどうしよう？　ちょうどルースの娘のレイチェルが、まだりんごのようなまん丸な顔をしていたときに捉えられてしまったみたいに。歴史の中の瞬間、つまりは「高価な瞬間」。そこにあってはその年代にある誰もが召喚されるものの、良心や情熱、あるいは同世代の仲間の愛によって選ばれるものはごく僅かでしかない。そして少数者たちは、貴重なミサイルの円錐頭《ノーズコーン》を叩き割ったり（最近実際に起こったことだ）、あるいは抑圧にあてられる金や、殺人的な軍の計画書の詰まった建物を爆破したりする人々だ。しかし、ああ、もしその中に人間がいたらどうなる？　その人間たちは骨の髄まで腐っているかもしれないが、それでも生きた人間であることは確かだ。そしてもしその少数者たちが姿を消すために、亡命を余儀なくされたり、深い地下生活に入らなくてはならないとしたらどうなる？　あなたは彼らに十年以上会えないかもしれないし、その変わり果てた顔を一目見るために、キューバだかカナダだか、あるいはもっと遠くまで行かなくてはならないかもしれない。それからあなたは悲しげに思うことだろう。この子をもっとしっかりと育てあげておくこともできたのだ。かつては私のものだったこの子を。この子を聡明な経済学者に育てることだってできたのだ。大学院までやって、弁護士か医師にすることだってできたのだ。そちらの方面で、たくさんの善をなすこともできたのだ。恵まれない人々を治療したり、弁護したりすることもできたのだ。

しかしリチャードは家を出て行く前に、ドアの下から手紙を滑り込ませた。いつもの丁寧な字でこう書かれていた。「貿易。くだらない。美しいのはその製品だよ。それは美しいものだ。そしてそれを作る人も。彼らは美しい」

それが何の役に立つのよ、とルースは言った。彼女とフェイスは「アート・フーズ・デリ」で、席について大麦のスープを飲んでいた。あなたはいつだって間違っているんだから。彼女はガラス窓の外にある光を覗き込んでいた。悲しみを許容するのは、彼女にとっては珍しいことだった。フェイスは彼女の手をとり、キスした。彼女は言った、ルーシー、ダーリン。ルースはテーブル越しに身を乗り出し、ハグした。スープ・スプーンが床に落ちた。大麦とおがくずとが混じり合った。

でもこれを見てよ、とルースは言った。ジョーが会社でニュースを切り抜いておいてくれたの。ミネソタかどこかそのへんの新聞記事なの。「昨夜、ダコタ州立刑務所のまわりの電柱に、赤と緑の輪がいくつもアクリル塗料で描かれた。赤と緑の集団が何らかの破壊活動を計画していると考えられる。それらの輪は最後にアリゾナで目にされている。そこでは一週間のうちに二人の囚人が刑務所から脱走した。彼らの監房には赤と緑の輪がステンシルで描き残されていた。これらのしるしを消すのにかかる費用は、おそらく四千三百ドルに及ぶと思われる」

いったい何のために？　とフェイスは言った。

何のため？　とルースは聞き返した。彼らは政治犯なのよ。誰かが彼らのことを覚えていなくちゃならない。緑はエコロジーの緑よ。

ここのところ、エコロジーは必須よね。

そう、当然のことよ、とルースは言った。

ルースとジョーの娘であるレイチェルは、娘から一人の女性へと成長し、行方も遠く知れなくなった。その消息は時折新聞記事になり、あるいは噂話として、間断なき待機の浜辺に立つ両親のもとに辛うじて伝わってきて、そこに個人的なささやかな波風を立てるだけだ。それを伝えるのはオフィスの郵便受けかもしれないし、十一時のニュースかもしれない。


ある日、ルースとジョーは文化的な催しに招待された。ジョーは文化的な仕事をしていたからだ。実際かつては、『ソーシャル・オージャー（社会の排泄物）』という定期刊行物の発行人で、ジャックが書く記事を残らずそこに掲載していた。彼とルースは中国を訪れたこともあり、その結果四人組についてのいささか寛大な見解を掲載することになって、なかなかその過去を振り切ることができずにいた。それでもルースはまだ、悪しき政策と江青の奔放な生活が、少なくとも一世代にわたって、すべての中国の女性を罰するための口実に使われるだろうと確信していた。

でも、そういうのってどこでも同じことじゃないの、とフェイスは言った。もしあなたが単純なこと、たとえば「下院にはたった八人の女性議員しかいない」みたいなことを口にすれば、あるいは「父権社会」みたいな言葉を口にすれば、誰かがきっとこう言うわ。そうかね？　マーガレット・サッチャーがいるじゃないか。ゴルダ・メイアがいるじゃないかってね。

私、ゴルダ・メイアは好きよ。

ほんとに？　あら、まあ、とフェイスは言った。

でもその夜は、まだ存命中に名誉回復された中国人画家や作家のための夜だった。あらゆる分野の文化的職業についているアメリカ人たちが招待された。中には自分のことをそんな風に言われて笑うものもいた。彼らは「夢想家・詩人・リアリスト・ポストモダニスト」と呼ばれることに馴れていたのだ。彼らはあるいは「文化的夢想家」と呼ばれることを好んだかもしれない。しかしまだ誰もそんなことを思いついてはいなかった。

中国のアーティストたち（その多くは男性だったが、女性も何人か混じっていた）はアメリカの東西の海岸のあいだをずいぶん何度も飛行機で行き来していた（時折アイオワ・シティーに立ち寄った）から、窓側の席を取ることにもう興味がなく、通路側の席かあるいは、アームレストを調整できる真ん中のゆったりした席で睡眠をとった。その優しく震えるジェット機の下では、峻険なロッキー山脈や、インディアン・ブラック・ヒルズや、バッドランドや、果てしなく広がる大平原がゆっくりと西に向けて流れていったのだが。そして飛行機が着陸進入路に入って、ニューヨークの上空で周回し、街の明かりが灯って、空を消し去っているところを目にしても、いちいち窓に殺到したりすることもなくなった。

ルースはニックを個人的にパーティーに連れて行くつもりだと言った。中国側はまだ彼を招待することに難色を示していたからだ。彼女のようなお気楽な旅行者が出席できて、彼のような（オブセッションの詩句がポケットからこぼれ落ちているような）人が排除されるというのは、公正なこととは言えないではないか。

それはいいのよ、ルース、彼に尋ねる必要はないわよ、とフェイスは言った。私のために気を遣ってくれる必要はない。今はもう彼にはあまり会っていないから。

どうしてまた？

わからないわ。彼の何かの意見を私が気に入るたびに、彼はそれを変えるの。そして彼は私の意見を、何によらず決して好きにならない。それにまた、あなたにそれについて話すことができない。だからいろんなことがしっかりとまとまってこない。私が言っているのは基本構造みたいなもののことよ。とにかくそれはニックのせいではなかったのだと、彼女は認識した。彼は悪くない。しかし彼女が求めていたのは、どこか別のところに旅することだったのだ。遥か想像の世界の、未知なる性的昂揚。

性的？　とルースは言った。彼女は唇を嚙む。ねえ、もしどこかずっと遠くで、レイチェルが子供を産もうとしているとしたら、それは興味を惹かれることだと思わない？

ええ、そりゃ、もちろんよ！　素晴らしいことじゃない！　ああ、ルーシー！　フェイスはそう言って、赤ん坊たちのことを思い出した。丸々として、じっとこちらを見つめる、若き日々の、昼夜を通して寄り添っていた自分の片割れ。

それで、とフェイスは尋ねる、彼はどんな感じだったの、ニック？　詩人の艾青《がいせい》（一九一〇—一九九六）は？　彼はどんなことを語ったの？

彼はとても大きな頭を持っていた、とニックは言った。偉大な詩人は追放生活から復活した。

丁玲《ていれい》（一九〇四—一九八六）はそこにいたの？　驚くべき女性にしてストーリーテラーの丁玲は？

名誉回復はまだ彼女には及んでいない、とニックは言った。たぶん来年のことになるだろう。

それで、卞之琳《べんしりん》（一九一〇—二〇〇〇）はなんて言ったの？　とフェイスは尋ねる。教えてよ、ニック。

そうだね、彼はとても小さな人だった。年取ったときのうちの父と見かけがよく似ていたな。

ええ、でも彼らはなんて言ったの？

ほかに何か質問はあるのかな？　と彼は言った。僕は今ほかに考えなくちゃならないことがあるんだ。彼は自分の小さな本に何かを書き込んでいた——考え、コメント、あるいはそれは中国の近代化のための新しい歌であるかもしれない。できあがり次第、彼はそれを早々に出版するつもりだった。そのときにそれをフェイスは読めばいい、と彼は考えた。

ようやく彼は言った。彼らは自分の筋肉を僕に見せてくれたよ。他の詩人たちもそこにいた。彼らはいくつかジョークを口にしたが、それは僕らを攻撃するものではなかった。みんなで笑って、互いを肘でつつきあった。みんな中国語をしゃべっていた。どうして彼らがそれほど楽しそうなのか、僕にはわからん。彼らはこう言い続けた。私たちが共産主義者であることをやめたとは思わないでください。私たちは共産主義者です。彼らは恨みをもってはいなかった。誰もが心を開き、そして幸福そうだった。

ルーシー、とフェイスは言った。教えてよ。彼らはなんて言っていたの？

そうね、フェイス、私たちと同じくらいの年齢の女性がいて、彼女もやはり同じようなことを口にしていた。田舎の農民たちは自分を助けてくれた、と彼女は言った。でも兵隊たちはたちが悪かった。農民たちは彼女に親切にしてくれたって。彼女が孤独で怯えていることを、農民たちは知っていた。私は中国の農民たちを愛しています、と彼女は言った。これは彼女が口にしたそのままの言葉よ。ささやかなスピーチみたいにね。私がそれを忘れることはありませんし、中国の農民たちをずっと愛し続けるでしょう。その点については毛沢東は正しかった。そしてもちろん彼は良き詩人でもあった。でもね、と彼女は言った、きっとあなたにはおわかりでしょう——彼女は言った、子供たち……職場全体が石を掘り返すために田舎に移されたとき、彼女は自分の娘たちを母親に預けていかなくてはならなかった。そして彼女の母親は女の子たちについてはとりわけ旧弊な考え方をする人だった。自分自身が強くなることは、それほど困難ではなかったのだけれど。

数ヶ月あとのことだが、国連の支援を受けた女性の政府機関の会合で、フェイスはまさにその女性と顔を合わせた。ルースが話をしたという中国人の女性だ。彼女はルースのことをよく覚えていた。そう、自分の娘さんに八年間も会うことができないでいる女性ですね。ああ、なんという悲しみでしょう。誰にそんな女性のことが忘れられるでしょう？　そういう人を何人か知ってはいますが。私の名前はシェ・フェン（Xie Feng）といいます。さあ、口にしてみてください。

二人の女性はお互いのへんてこな名前を口にして、笑い合う。中国人の女性は言った、フェイス（Faith）って、何に対する信頼《フェイス》なのですか？　それから彼女は、この国に手を届かせるために必要なあらゆる強さと前向きさをかき集めた。そして恥じらいという礼儀を付け加え、深く息を吸い込み、こう言った。あなたがどういうところに住んでいるのか、私は見てみたいのです。私は毎日のように、次々にいろんな会合に出てきました。しかしみんなはどんな家に住んでいるのでしょう？　どんな風に暮らしているのでしょう？

フェイスは言った、私が？　私の家が？　あなたは私の家を見たいの？　その夜、鏡の前で歯を磨きながら、彼女は自分の笑顔に向けて微笑みかける。彼女は地球のほとんど裏側に住んでいる女性から、客にしてくれないかと誘いを受けたのだ。その女性はただ遠い国で暮らしていたというだけではなく、尋常ではない歴史をくぐり抜けてきた人なのだ。

その翌日、二人はフェイスの家のキッチンで、ルースが中国旅行から持ち帰った湯飲みで、お茶を飲んでいた。その湯飲みには霧のかかった棚田が描かれ、そのあいだに小さな油井《ゆせい》がひとつ挿入されていた。

フェイスは彼女に息子たちの寝室を見せた。その中国人の女性はポケットから小さなカメラを取り出した。写真を撮ってかまいませんか？　彼女はそう尋ねた。これがフロント・ルームです、とフェイスは言った。いわゆる居間です。これが私たちの寝室です。それがジャックの写真、「ジ・アザー・ヒストリアン（もう一人の歴史学者）」の会合で発表をしているところです。もう一枚は彼の店で若い頃からずっと働いている二人の人たちと一緒に撮った写真です。痩せた方の人はついこのあいだ、ジャックに対してストライキを組織し、要求を勝ち取りました。彼らは正しかったとジャックは言っています。

なるほど――どちらも信念を持った人たち、と中国人の女性は言った。

二人は近所の雰囲気を摑むために、二度ばかりそのブロックをぐるりと歩いて回った。二人はシュトルーデルを買うために「アート・フーズ」に立ち寄った。それは三時半だったので、ちょうど角のところで、子供たちが学校を飛び出してくる様子を目にすることができた。いちばん小さな子供たちは先生や母親の脚にどんどんとぶつかった。あちこちで父親が、違法駐車した誰かの車にもたれて長身を休めていた。彼女たちはりんごを二つばかり買うために立ち寄った。この人は私の友人で、中国から来たの、とフェイスは肉屋のエディーに言った。エディーは昼過ぎの休憩をとって葉巻をふかしていたが、ぺっと唾を吐き、陽光に向かってにっこり微笑んだ。とてもたくさんの桃と、とてもたくさんのオレンジ、と女性はエディーに向かって賞賛するように言った。

二人は西に向かってハドソン河まで歩いた。この河はノース・リヴァーと呼ばれているけど、私たちにとってはまさに「堂々たるハドソン」なのよ。これは素敵な河ね、でもずいぶん静かだこと、とその中国人の女性は、突堤に足を踏み出して、対岸のニュージャージーを眺めながら言った。それは美しい緑の、しかし錆《さび》が浮かんでいくぶんくたびれた、そして今ではまったく使われていない突堤だった。二人は小さな家の並んだ通りを歩いて帰った。フェイスは二階にあるアパートメントを指さした。そこは彼女とジャックが初めて抱き合った場所だった。ああ、とその女性は言った。あなたはこう思いませんか？　あなたは時が経てば子供たちをより愛するようになり、男たちをより愛さないようになると。実にそのとおり！　とフェイスは言った。でもそう言ったとたんに彼女は走って家に帰り、ジャックを見つけて、そのピンク色の耳にキスし、最後に残った彼の二百四十三本の髪にキスしたくなった。そしてこう呼びかけるのだ。懐かしい人、大丈夫よ、あなたはまだ愛されているからね、と。でも彼女がそのことを口にする前に、トントが彼の優良投資物件であるメッセンジャー・バイクに乗って、飛ぶように現れた。「ハイ、ママ、ニーハオ、ニーハオ」と大声で叫びながら。彼は今週、中国人のガールフレンドを見つけたのだ。これはこんにちはってことだよ、と彼は言った。もう一人の息子は集会に出かけているんです。でもそれが革青連の定例集会だということはあえて言わなかった。「毛沢東を支持する人は車のクラクションを鳴らしてください」という集会だ。彼女は教会の地下も見せた。彼女とルースとアンとルイーズと、彼女たちのグループ（ほとんどが女性、数人の男性）がビラを作ったり、徴兵拒否者を匿《かくま》ったりしていた場所だ。おそらく彼女たちはほどなく、再び活動を開始することになるだろう。何人かの若者たちが照明スイッチパネルから顔を上げ、第三世界からの使節を目にして、平和な微笑みを浮かべた。彼らは東と南の近隣地域に歩いて行った。我々の市の、ゴミ缶と崩れた煉瓦ばかりが目につく、荒廃した地域だ。その建物の窓は焼けたり塞《ふさ》がれたりしている。ここでは、人々は困難な生活に苦しんでいます。子供たちはひとつの場所をぐるぐるとまわっているだけです。最初は美しさの中で、やがては怒りの中で成長していくのです。

そして今、私たちは家に戻っている。私の人生について語りましょう、とその中国人の女性は言った。ええ、お願いします、とフェイスはひどく自分を恥じながら言った。もちろん彼女の人生のいろんな事実といろんな場所を共有したいという欲望は、寛大な心から出たものだ。しかし同時にそれは自己中心性から生じたものでもあった。

ええ、とその中国人の女性は言った。ものごとは今では少しは良くなりました。家庭ではものごとは良くなります。少し悪くなっても、やがて改良されます。男たちは、ご存じのように、ひどく悪質だった。でも少しは良くなっています。みんなではなく、何人かは、というか少数のものはということですが。それでうかがいたいのですが、あなたの長男は世間から好ましくないと見られている政治グループに入っている。そのことをあなたは案じていますか？　彼はどのような仕事に就くつもりなのでしょう？　大学には行くのでしょうか？　うちの上の娘はいまだに何の技能も身につけていません。彼女が学生であった頃は、ちょうど大いなる混乱の時代にあたっており、ただ走り回っていたばかりでした。下の娘はよく勉強をしています。ああ、と彼女は立ち上がりながら言った。ヘロー。グッド・アフタヌーン。

ルースが戸口に立っていた。フェイスの友だち、よく聴き、よく答える人。彼女がそこで耳を澄ませていた。

私たちはお話をしていました、とその中国人の女性は言った。子供たちについて、どうやって育てるかについて。私のいちばん下の妹は今年、子供を産む許可を与えられました。そして私たちはそのことについて、しばしば考えを巡らせ、語り合います。私たちはこのようなことを考えます。私たちは子供たちをまっすぐ素直にものを考え、名誉を重んじ、親切で勇敢で、おそらく抜け目なくて、少しは自己の利益を考える人に育てるべきでしょうか？　どうすればこの現実社会の中で、もっともうまく彼らを助けてやれるのでしょう？　最良の道はまだみつかりません。誰しも子供たちを酷い人間にはしたくありません。自分で自分を賢く守ることができる人間に育てたいと思っています。私自身の子供たちはもうほとんど大人になっています。おそらくもう遅すぎます。私は愚かだったのでしょうか？　でもあの時代に自分が何をすればよかったのか、私にはわからなかったのです。

ええ、ええ、とフェイスは言った。あなたの言っていることはよくわかります。そうよね、ルーシー？

ルースは何も言わなかった。

フェイスは数秒のあいだ待った。それからその中国人の女性の方を向いた。ああ、シェ・フェン、私にもそれはわからなかった。

Listening

聴くこと

私はリーフレットを両腕にいっぱい抱えて、教会の地下室から上がってきた。その昔、といっても二十五年から三十年くらい前のことだが、若い男女がその地下室に集まってボウリングをして、またそこでピンポンをしたり、ホット・チョコレートを飲んだりしていた。そしてこの神によって分かたれた世界にあって、彼らがどのようにして互いを知り合うことができるかについて考えを巡らせていた。今日では私たちは、政治的パンフレットをボウリング・レーンのあいだで謄写版《とうしゃばん》印刷し、ページを揃えている。私の記憶によれば、私が抱えていたリーフレットは「合衆国はジュネーヴ協定を守れ」と声高に訴えていた。（合衆国は絶対にジュネーヴ協定を遵守はしないだろうとジャックは考えている。ああ、それでは悲しみは東南アジアの悲しみばかりか、合衆国の悲しみであり、全世界の悲しみであることになる。）

それから私は思った。コーヒー！　あなたは「アート・フーズ・デリ」のことを覚えているかしら？　スダースキー家の人々がその店を経営していた。私たちのために調理し、給仕し、ヨーロッパやイスラエルやロシアやイスラムの情勢を論じ、夜も遅くなるとキッチンのいちばん近くにあるテーブルでチェスをし、そして私たちの共感と正義感に訴えるべく、彼が若き日を過ごした恐怖の町、ダッハウの思い出話を語った。

コーヒーと一緒に私はサンドイッチを注文した。数ブロック先に住んでいた隣人の名前を冠したサンドイッチだ（すべてのサンドイッチにはそのような名前がつけられていた）。私はそのときに頼んだ「メアリ・アン・ブルーアー」というのが好みだったが、実はいちばん好きなのは「セリーナ＆マックス・リテロフ」だった。でもそれはちょっと値段が高かった。エビはそれほど細かく刻まれていなかったし、卵も入っていて、パプリカも少し添えられていた。セリーナとマックスは離婚したばかりだったが、彼らの名を冠したサンドイッチの方は、たぶんあと二、三年は持ちこたえられるだろう。

私のテーブルの隣では、一人の若い男が前屈みになっている。彼は年上の男に向かって話しかけている。若い男は軍服を着ている。彼が席を立つときか、あるいは私が先に席を立つときに、リーフレットを渡そうと、私は思った。そんなことをしたくはなかったが、たぶんそうすることになるだろう。それから私は思った。気の毒な若い人、彼がどのような体験をしたのか、それは神のみぞ知るところだ。彼の心は、もし彼がそれを知っていれば、きっとジュネーヴ協定を守ることだろう。しかしアメリカ合衆国が再び間違いを犯しており、自分も知らないうちにその悪事の道具になっているという知らせを更に耳にすることで、おそらく彼の心は傷つけられるだろう。おそらくそれを個人的なこととして受け取るだろう。とはいえ、母親であり、恋人であった私たちは、私たち全員は知っている。百もの世代にわたり、どの時代にあっても、無数の若者たちが強制的に「兵隊」というものにされてきたことを。

スタン叔父さん、と若い兵隊は話している。だからさ、僕らはそのときにでかい結婚式をしなくちゃならなかったんだ。ママサンもパパサンも、とにかく全員がそこにいた。それから僕は配属換えになったんだ。僕は彼女に手紙を書いた。手紙を書かなかったなんて思わないでよ。彼女はとってもかわいい女の子を産んだ。あそこに戻ったら、もちろん僕は彼女に会いにいくさ。でもね、スタン、どっちかっていうと僕はそろそろ落ち着きたいんだ。僕は既に一度再志願しているからね。建築関係の労働者になれるといいなと考えているんだ。叔父さんには誰か知り合いはいない？　トミーの知り合いみたいな人が？　そういう知り合いがいるといいんだけどな？　港湾でも空港でも、そういうところならどこでもかまわない。この一、二年はときどきあっちとこっちを行ったり来たりするさ。彼女はこっちに来たいというわけじゃないから。ここに彼女の写真があるよ、ほら。彼女はおばあさんにくっついている。みんなにっこり笑っているでしょ。僕は彼女を傷つけたくはないけど、でも僕としては素敵な見かけの、ほら、まっとうなアメリカ娘を見つけたいんだ。そして恋に落ちて、所帯を持つ。だって、ほら、僕はもう二十四歳になるしね。

スタン叔父さんは言った。二十四歳だって、ほう？　それから彼は勘定を頼む。コーヒーが二杯に、ヘレンなんたらいうサンドイッチを二つ。ウェイトレスがその計算をしているあいだに、私は思いきって、よせばいいのに、リーフレットを一枚、その若者に手渡した。若者は立ち上がった。彼はそれを見た。そして私の顔を見た。彼は壁を見て、ため息をついた。ああ、よしてくれよ！　片手でそのリーフレットをくしゃくしゃに丸めた。そしてもう一度私の顔を見た。彼は言った、ああ、悪かったね。そしてリーフレットをテーブルの上に置き、しわを伸ばした。

さあ、行くぞ、とスタン叔父さんが言った。

私は昼食を既に終えていた。しかし「アート・フーズ」は、食事時間というものはそもそも身体の都合によって決められるものであり、急《せ》かしてはいけないという考えのもとに運営されている店である。私の背後のブース席では二人の男が話をしていた。

男の一人が言った。私には既に子供が一人いる。この子が二十歳かそこらになるまで、私は自殺もできない。だからローズマリーが、ねえ、デイヴ、赤ん坊は？　と言ったとき、こう言わないわけにはいかなかった。ローズマリー、君には子供を持つ資格がある。そうとも、君は若い女性だからね。でも答えはノーだ。私の息子（ルーシーの産んだ子）は今十二歳になっている。だからものごとがうまく運ばなくなったら、もし人生が何かしらの意味を示さなくなったら（なにしろイミだぜ）、たとえばもし私が酒をやめられなかったら、もし私がひどい酒飲みになって、酒をやめなくちゃならんのにそれができなかったとしたら、そのようにして自殺をする必要ができたとして、八年か九年くらいならなんとか待てると思う。しかしもう一人子供ができたとしたら、それがあと二十年にまで延びることになる。そこまでは待てないよ。そんな状況に自分を置きたくはないんだ。

もう一人の男が言った。僕もそういう権限は手にしておきたいな。いつでも好きなときに自殺できる自由をね。あと十年か二十年のうちに自殺をしたくなるんじゃないかと、僕も思うよ。とはいえ、僕は自分の経営する店に責任がある。そこでは何人か人も使っているし。片付けなくちゃならない大事な仕事も残っているし。僕を自殺に駆り立てるような深刻な問題があるとしたら、それはきっと健康に関することだろうな。癌とか心臓病とか、その手のものだよ。僕はベッドに寝たっきりになって、面倒を見られたりするのはごめんだし、好きなときに、しかるべきときにこの世を去ることができる権利を保持しておきたい。

男たちは自分たちの非感傷的な考え、冷静さを賞賛しあった。二人はほとんど同時に口にした。君の言うとおりだ、実に君の言うとおりだ、と。私は振り返って男たちを見た。彼らの唇の端には小さな笑みが浮かんでいた。私はブースの後ろからリーフレットを彼らに差し出した。こちらに目を向けることもせず、彼らはそれを読み始めた。

私は朝早くの朝食の席で、その二つのささやかな話を持ち出した。そしてね、ジャック、と私は言った。その中の一人はあなただったのよ。

ああ、と彼は言った、僕だってことはわかってたさ。わざわざ思い出させてくれるには及ばない。君が僕らの方を見ていることは知っていた。聞き耳を立てていることも知っていた。僕が当事者である物語を僕に話して聞かせる必要はないよ。それにだね、それらの話はすべて男性に関する物語だ。知ってのとおり、僕は女性たちの方により興味がある。女性たちによる女性たちの物語を、どうして君は僕に語ってくれないのだろう？

それらはあまりにプライベートな話なの。

なぜ僕にそういうのを話しちゃいけないのかな、と彼は残念そうに言った。

ねえ、ジャック、あなたには手持ちの女性に関するお話がいっぱいあるじゃないの。ほら、わかるでしょ、「僕はこんな女たちと恋に落ちた」みたいなお話。朝鮮戦争時代にフランス人の女性と恋に落ちたお話、あなたの「こんな素晴らしい女性たち」のお話、あなたの「若くてきれいな新妻」物語、あなたの「政治的同志にして、とびっきり美人なんだ」のお話……

沈黙——ささやかな真実がもたらす思いやりの欠如に続く空白。

やがてジャックは尋ねる。君は赤ん坊を産むのをあきらめることに心を決めたのかい、フェイス？

いいえ、私はそれについて考えようと心を決めたばかりなの。でもそのことをまだあきらめてはいない。

そこで、長年にわたる甘き友愛の赦《ゆる》し合う心をもって、彼は私の手をとった。マイ・ディア、と彼は言った、君はもう一度若くなりたいと望んでいるだけなんじゃないかな。僕だってそうさ。店には多くの若者がやってくる。「希望」と書かれた旗を盛大に振りながらね。つまり僕が思うに、彼らのポケットには、誰かのクレジット・カードがいっぱい収まっているということだが。新しいトースター！ 新品のカーテン！ ソファ・ベッド！ デンマーク製のグラス！

「ジェイクの息子《サン・オブ・ジェイク》」なんていう名前のディスカウント店で買う家具が、何かの始まりの歌になるなんて、私はそれまで考えもしなかった。でも実際にはそうなのかもしれない。春先の鳥の巣には麦わらだって必要とされるのだ。

いいかい、僕の話を聞いてくれ、と彼は言った。そして私たちは、真剣さが気安さを押しやりそうになったときに人々がよくそうするように、相手に向かってゆっくりと丁寧な口調で語りかけた。そこでは形式張ったダンスのようなものが必要とされるのだ。

いいかい、聞いてくれ、と彼は言った。僕らの大きな子供たちはもう成人しかけている。なのにどうして新しい子供が必要なんだ？ 僕らは話し合って、合意してきたじゃないか。人生は短く悲しみに満ちていることは、今や誰の目にも明白だって、僕らは語り合っていたじゃないか。僕らは「いなくなる《ゴーン》」とか「どこかへ《ホエア》」とかいった言葉を口にしていたじゃないか。この数年間は僕らは「恐ろしい《テリブル》」という言葉を口にしていたし、僕らは意図的にそこに「恐怖《テラー》」という言葉をも含めていただろう。誰だって人生がそういうものだと承知している。もちろん人生に対する讃歌をいまだに歌い続けている愚か者も少しはいるがね。

でも彼らは正しいわ、と話す番がまわってきたときに私は言った。そう、それはね、私たちの年若い子供たちを勇気づけるためのものなのよ。だって私たちは彼らをこの世界に送り出してきたんだもの、見捨てるわけにはいかないでしょう。私たちは指し示し続けなくちゃならないのよ、と私は言った。シンプルで意義を持ついくつかの風景を。たとえば田舎の風景。春の明るい緑の中で、あるいは冬の純白の中で、重なりあうように続く尾根とか、ときには真っ青な色に染まり、ときには複雑な雲の組み合わせを見せてくれる、常に私たちをあっと驚かせてくれる空とか（雲が空の息吹に従ってそのどこまでも柔らかな部分を前に進ませ、かたちや方向や密度をどんどん変えていくその様子ったら）。そして私たちのこの愛すべき都市についてはあえて語るべくもない。夜となく昼となく、街は労働者たちや、買い物客や、歩行者で混み合っている。多くの人たちが怖がる地下鉄の車両だけど、そこにはピンク色の顔から、濃いめのダークブラウンの顔までがきれいに並び、そこに黄褐色と黄色が入り混じっている。若い人々と顔を合わせるときに、善きものや美しきものを強調するのはとても大事なことなのよ。世界に向かってしっかり目を向け始めたばかりの若い人たちに向かって、そんなに陰鬱きわまりない顔を見せるわけにはいかないでしょう。

なるほど、とジャックは言った。

それから彼は言った。あのね、僕は君が口にするパラグラフを、君の口にするセンテンスより気に入っているんだ。このコメントは、その二つを敵対させるためのものではなかった（と私にはわかった）。それはまだダンスの一部なのだ。セオリーを実践に移すための、不器用だけど重要な二つばかりのステップなのだ。

たぶん僕らが朝のセックスを始めたら、と彼は言った、君の肉体は感銘を受け、僕の内なる変化によって活性化し、その結果、かつてのホルモン活動をまた開始するんじゃないかな。分泌とか、子宮掃除とか、卵作りとか。

さあ、どうかしら、と私は言った。ご存じのように私は忙しいの。やることがすごくいっぱいあるし。

私が言わんとするのは、早朝の時間、普通なら私たちには、昨夜の新聞を読んだり、いくつかの行動の是非についてあれこれ意見を交わしたり、子供たちを起こさなくてはならなかったり（目覚まし時計が鳴るというのがいったい何を意味するのか、母親がいちいち翻訳してやらなくても、もうわかっていてもいいはずの年齢になっているのに）、やるべきことが詰まっているということだ。そしてまた私たちはかつて、モラル的見地から、あるいは実用的見地から、頭脳労働は朝の早い時間になさなくてはならないものだと考えていた。それは愛の行為に先行するべきものだし、さもないとその湿ったリアリティーの重い残滓《ざんし》によって駄目にされてしまうものなのだ。

でもジャックは言った、ねえ、いいじゃないか。そして自分のシャツのボタンを外した。私の顔は、彼の白髪の入った茶色の胸毛を前にして、思わずにんまりした。ありがとう、と私は言った、でもそううまくはいかないんじゃないかな。奇跡なんて起こらないし、もし起こったとしても、それがどういうものだかカンペキに説明がついちゃう。彼の顔ぜんたいがとても深いバラ色に染まっていった。男性の顔にそういうことが起こるのって、なかなか素敵な現象だ。それは赤面と呼ばれるものとはちょっとばかり違う。赤面とはシャイさの表現であり、それと同時に女性の性的興奮の表現でもある。でも男性の場合のそれは、血液が定められた方向に活発に行動していることを示している。

考える考える、しゃべるしゃべる、君はそればっかりだ。いい加減にしろよ！　さあこっちにおいで、と彼は言った。私の膝を、腿を、胸を、すべての愛の外郭を触りながら。そして私たちは子供をつくるべく寄り添って横になった。人生も後半に入った人間の慎みをもって。多くの過去の歴史もあり、エロティックな知識もあるのだが、常にそれを用いるというのでもなく。

そうでなくして、すべてを拒否するゼウスと、嫉妬深い妻のヘーラーから、どのようにして新しい人間を引き出すことができよう？　参ったな、とジャックは言った、これまで君は、ベッドの中でギリシャの神々の名前なんて持ち出したことはなかったぜ。持ち出す機会がなかったからよ、と私は言った。

あとで彼は店に電話をかけ、自分がいないあいだにあまりたくさんのキッチン・セットを売るんじゃないぞと店員に言った。彼にはそれだけのコミッションを大盤振る舞いする余裕はないのだ。そんなことを言ったら、店員にうるさがられるんじゃないの？ ジャックは言う、男同士がどんな風に話し合うか、それは君には理解できないさ。

私のとても大きくてハンサムな息子のリチャードが姿を見せたとき、私はコーヒーを淹れ始めたばかりだった。彼はお節介な耳で世に広く知られている。どうしてまだパジャマのままなの、と私は尋ねた。彼は答えた。ねえ母さん、いったいなんだいその、人生は短くておぞましいなんて馬鹿話は？ なんたる形而上的アホくささ。あんたたちインテリゲンチアはいつもいつも、そんな病的なことしか話せないのかい？

私たちは最初にこう言った。インテリゲンチア！ それ、私たちのこと？ そんな言葉は何十年ものあいだ、どこかでおとなしく眠っていたのに、「休むことなき採掘労働者組合」のみなさんの不眠症が高じて、そういうものまで掘り出してきたわけね。それは若者たちにとっては鋭い凶器となるかもしれないけど、私たちにとってはノスタルジアの花でしかないの。私たちのお母さんの異国風庭園に咲いていたような花。うちのお母さんはこんな風に言っていたわ。ダーリン、おまえは昨夜タウンホールに来るべきだったわ。すべてのインテリゲンチアがそこに勢揃いしていたもの。私の叔父さんはぴしゃりとこう言った。インテリゲンチアは決してそんなことを認めんぞ！

そう言って私は笑った。でもジャックは言った、リチャード、お母さんに向かってそんな口をきくものじゃない！　ねえ母さん、とリチャードは言った、この人の脳味噌を酢漬けの瓶から出しといた方がいいぜ。これは侮辱なんかじゃないよ。誰もが知っていることだよ。インテリゲンチアは火花を散らさなくてはならないんだ。なればこそ連中はこれからも長いあいだにわたって、あちらこちらで火花を散らし、重要な役割を担っていくことだろうよ。

もちろん、と彼は説明した。革命の火は労働者階級の手によって前に進められ、制御され、生産的に役立てられなくてはならない。だからね、ジャック、インテリゲンチアはそのことを自覚した方がいい。それからもうひとつ、「お母さんに向かってそんな口をきくものじゃない」みたいなアホな台詞を、あんたはどこで仕入れてきたのかな？　僕は母さんのことをあんたより前から知っているんだ。だいたい十八年くらい前から、僕は母さんとこうやって話をしてきたんだ。この家にあんたが住むようになったのは、せいぜい三年くらい前のことだろう。

悪かったよ、リチャード、昨夜テレビの番組を見ていて、一人の人物が全くその通りの台詞を口にしたんだ。「お母さんに向かってそんな口をきくものじゃないぞ」ってね。昨夜、ちょっと用事があってアンナに会いに行ったんだが、僕が部屋に入ったちょうどそのときに彼女はテレビをつけた。

すげえ！　マジで？　それって、僕にもまったく同じことがおこったんだよ。僕は昨夜ケイトリンに会いに行ったんだ。ケイトリンのこと、知ってるよね？　角を曲ったところに住んでいる医者の娘だよ。彼女の弟は二年ほど前に、尼さんの服に火をつけようとした。でさ、僕が入っていったとたんに、彼女はテレビのスイッチをつけたんだ。ほう！　どちらもが互いに直接は知らないその娘とその女性が、それぞれに対してまったく同じ行動をとったことに、二人は驚いていた。リチャードはジャックに煙草を勧め、台所のテーブルに座った。コーヒーを、母さん、と彼は言った。

それからジャックが尋ねた。ひとつ聞きたいんだが、君の小さい頃に、お父さんが子供たちを棄てて家を出て行ったことについて、君にはお父さんを赦すつもりはあるのかな？

僕は彼を赦さないけれど、赦さないと言うつもりもないよ。僕はね、個人的憎悪みたいなものに人生を費やしているわけにはいかないんだ。このように資本主義が第三世界を激しく圧迫している時代にあって……

ああ……とジャックは言った。そして瞼を二度ばかりしばたたかせた。それは泣くのが苦手な人がよく見せる仕草だった。リチャード、知っていたかな、僕の父親は古物の行商人をしていたんだ。手押し車を一台もっていて、それを押しながらイディッシュ語で「古着買いますよ！　古着買いますよ！」って怒鳴っていた。僕は彼と一緒に歩いて、建物の五階まで品物を取りに歩いて上がらなくちゃならなかった。僕らはブロンクスの、文字どおりすべての通りをそうやってうろつきまわったと思う……古着買いますよ……古着買いますよ……って声を上げながらね。

へえ！　とリチャードは言った。

君はどう思うかな、とジャックは尋ねた。なあ、リッチ、僕の娘が。つまりキミーが、いつかは僕に電話をかけてきて、「大丈夫よ、お父さん」って言ってくれるかな？

そうだねえ、とリチャードは言った。肯《うなず》いて、肩をすくめながら。

さあ、私はもう仕事にでかけなくちゃ、と私は言った。私は自分の経営する店で働いているわけじゃないものね。それから、今夜はミーティングがあって帰りが遅くなるから。オーケー？

二人の男たちは肯いた。彼らは静かに一緒にそこに座って、その肺の組織の隅々に至るまでしっかりと煙を送り込んでいた。危険きわまりなく大きく息を吸い込み、大きく息を吐いて。

それから、物語においてはしばしば起こることだが、話は突然その数年あとに飛ぶ。ジャックはアリゾナに一年ばかり行ってしまう。肺と鼻腔をクリーンにするために、そしてうまくいけば最後の情事を完遂するために。その情事には、大いなる渇望とか、打ち勝つことのできない魅力とか、その手のものがたっぷりと含まれていることだろう。私にはそのことをからかうつもりはない。しかしまた、それに対するリアクションがこちらに生じるのは自然なことである。幸運を祈るわ、ジャック、でも落ち込んだ顔をしてここに戻ってはこないでね。息子たちは別の地域にいて、自分の人生にふさわしい歌を見つけようと努めている。彼らはそれぞれ二人ばかり女性を見つけており、だからときどきしか夕食の席に顔を出さない。息子たちは私が一人きりであることを心配し、髪型を変えてみたらとか忠告してくれる。

もちろん、毒性にむかつきながら我々の手からこぼれ落ちていくこの惑星のおかげで、私はほとんど家にいることがない。先日、長いミーティングのあと、ウェストサイドのブロードウェイを車で走っているとき、赤信号に停められた。人生のまさに真っ盛りにあると思える男性が通りを横切っていた。蓄積されつつある孤独さの故に、私は彼の歩きっぷりに、また彼が二人のちゃらちゃらした十代の娘たちを舐め回すように眺める視線に心を乱された。彼のナイスな、しかしとくに立派とも言えない服は、裸の男をかろうじてくるんでいるだけの被いのように見えた。

私は思った。ああ、男、人生の今まさにど真ん中にいて、肌にもぴんと張りがある男。両腕はたぶん柔らかなコットンのシャツに包まれ、そのシャツは古いツイードの上着に包まれ、性器はズボンの脚の右側だか左側だかの腿に寄り添っている（どちらかまで見て取ることはできないが）。男、あなたはなぜ、私のセンチメンタルで肉欲的な腕の中からすり抜けていってしまったのか？

すてきな男だと思わない？　私は友だちのキャシーに言った。

そうかも、と彼女は言った。でもね、フェイス、と彼女は言った、結局のところ、ただの帰宅途中のブルジョワじゃないの。

日々の生活の中に帰って行く、と私は言った。マイルドなホームシックのため息を交えて。

誰の日々の生活の中によ、と彼女は言った。いったい誰のよ？

彼女は私の方に向き直った。それはバケットシートにシートベルトで固定されている場合にはかなり困難な動作になるのだが。ねえフェイス、どうしてあなたは私の話を書いてくれないの？　あなたって、みんなの話は書いているのに、私の話だけは書かない。私の話をそっくり全部書いてくれって言っているわけじゃないのよ。それは私の仕事だから。それはまあ無理な相談だと思う。でもね、あなたは私がそこにいたはずの他の物語からも、私を排除しちゃっている。レストランでも列車の中でも、私はちゃんとそこにいたのよ。キャシーはどこにいるの？　私の人生はどこにあるの？　いつだってそこには女たちがいて男たちがいて、女たちと男たちがいて、ファックして、またファックして。まったくもう、私の「女と女の関係」はいったいどこに出てくるのかしら？　女性を愛する人生はどこにあるわけ？　そしてそれは理屈にも合わない。なぜなら私たちは友だちだからよ。私たちは一緒に仕事もしている。そしてあなたは少なくともルーシーやルイーズやアンに対するのと同じくらいは、私のことも大事に思ってくれている。それなのになぜ、あなたは彼女たちをいつも日々の生活の中に招き入れておきながら、私だけはしっかり排除しているの？　それって、ずいぶん変じゃない？

私は深いため息をつき、車を道ばたに停める。私は運転することができない。我々はそこに二十分ばかりじっと座っていた。私はときどき「マイ・ゴッド！」とか、「クライスト・オールマイティー！」とか言う。神の名もキリストの名も、普段はまず口にしないのだけれど。でも彼女はじっと厳しい顔をして、まったく口を開こうとはしなかった。キャシー、と私はようやく言った。私にもそれはわからない。でもそれは真実ね。あなたの言っていることはわかる。あなたにはきっと自分自身がぽっかりと不在であるように感じられるのでしょうね。どうして私にそんなことができたのかしら？　でもそれは私だけのことじゃないのよ。それらは彼女たちのことでもある。私は彼女が何かを言うのを待った。ああ、でもそれはたしかに私の落ち度だわ。ああ、でもなぜあなたはずっとそのことを黙っていたの？　あなたにはどうして私のことが許せるのかしら？

あなたを許すですって？　彼女は笑った。しかし彼女はクラッチ越しに腕を伸ばしてきた。手で私の顔を自分の方に向けて、私の目と彼女の目がまっすぐ合うようにした。あなたは私の友だちよ、フェイス、私はそれを知っている。でもこれだけは言っておく、私はあなたを許したりはしない、と彼女は言った。今日を境として、私はあなたを鷹のように見張っている。私はあなたを許したりはしない。

Traveling

旅行しているとき

——エッセイ

私の母と姉は南部を旅していた。一九二七年のことだ。出発した場所はニューヨークだ。私の兄を訪ねるのが二人の目的だった。兄はヴァージニアのサウス・メディカル・カレッジという医科大学で学んでいた。二人の乗ったバスは急行だったので、途中で停まったのはフィラデルフィアとウィルミントンだけ、そして今はワシントンに着いた。フィラデルフィアやニューヨークで乗車した肌の黒い人たちは、ここで席から立ち上がった。そして手持ちの鞄や箱を手にして、バスの後部席に移った。ワシントンで乗車した人々は、自分がどこに座るべきかを最初から承知していた。そういうことがおこなわれているということを、母は耳にしていた。姉もそれを耳にしたことがあった。彼女たちには経験のないことだった。肌の色による席の並べ替えは、無言のうちになされた。母と姉はそのまま同じ席に座り続けていた。それは前から四分の三くらいのところだった。

すべての人が席に落ち着いたとき、運転手が切符を集めにやってきた。彼がやってくるのを姉は目にした。彼女は母をつねった。母さん！　見て！　もちろん母も彼の姿を目にしていた。姉を怯えさせたのは静けさだった。前の方に座った白人たち、後ろの方に座った黒人たち——そこにある沈黙。

運転手はため息をつき、言った。奥さん、そこに座ることはできません。そこは連中のための席です。そして彼は、二人のまわりを囲むように座っている黒人たちを肩で示した。どうか移動してください。

母は言った、ノー。

彼は言った、あなたはわかってないみたいだが、それは法律に反しています。前の方にあなたは移動しなくちゃなりません。

母は言った、ノー。

私が最初にこの話を書こうと思ったとき、私は母がこう言うだろうと想像した。いいんです、ミスター、私たちはここで気持ち良く落ち着いていますから。そんなにしょっちゅう席を移動することはできません。私はその自分がつくった文章を姉に読んで聞かせた。いいえ、そんなのじゃまったくなかった、と姉は言った。母にはフレンドリーなところは皆無だったし、適当にとぼけようというつもりもなかった。姉が沈黙の中で震えているとなりで、母は同じ言葉を静かに、三度目に繰り返した。ノー、と。

なんとかようやく二人はリッチモンドに到着した。そこで私の兄が、たくさんのアメリカ人の学生たちとともに勉強していた。ハグのあとで、そして母が自分の年若い息子をしげしげと点検したあとで、姉が言った。ねえ、ヴィック、母さんが何をしたと思う？

兄はそのときこう思ったことを覚えている。何だって？　へえ、席を移動しなかったんだ。彼には、彼と同じユダヤ系のクラスメートがいた。ただその男はヴァージニアの出身だった。彼は人前で黒人の男と口論になったことがあった。彼はその相手を思いきり殴りつけ、ノックダウンした。兄はその話を聞いて、とても信じられなかった。あっけにとられてしまった。ユダヤ人の若者が誰かをノックダウンしたいと思うなんて、彼には想像もできないことだった。彼自身はそんなことを考えたことすらない。しかし思い返してみると、自分はほとんど地縁のない場所にやってきて、仕事をし、勉強をしていて、そこになんとか同化しなくてはならなかったのだ。それから兄は第二次大戦中の話をしてくれた。その時期、ドイツ人の戦時捕虜たちは白人として前の席に座り、黒人の兵隊たちはその背後に押しやられていた。それは黒人兵士にとって実に屈辱的な仕打ちだった。兄はそのことにショックを受け、恥ずべきことだと思った。

その十五年ほど後、一九四三年のことだが、夏の初めに、私はバスに乗ってニューヨークからマイアミ・ビーチまで行った。三日がかりの旅だった。マイアミには私の夫がいて、汗ばんだ戦闘服に身を包み、他の何百人という仲間の若者たちと共に、通りやビーチをてくてくと歩かされていた。そして戦争に備えていた。

長い二日目の午後遅くに、我々は本格的に南部に入った。リッチモンドを通り過ぎ、サウス・カロライナかジョージアに入っていた。旅行をして広い世界に出ていくことの興奮は、突然襲ってきた恐怖のためにいささか損なわれていた。私はもうジェスを見分けられないのではないか、ジェスはもう私を見分けられないのではないかという恐怖だ。私たちはもう二ヶ月も会っていなかった。私はポケットから写真を取りだした。そして思った。大丈夫、ちゃんと見分けられる。

私は眠り、目覚め、本を読み、書き物をし、うとうとし、また目覚めた。すごく長い時間だ。乗客の動きはまるで潮の満ち干のようだった。あるときは引き、そして今は騒がしく寄せていた。私の座っている通路側の席のわきを通り抜けていく、新しい乗客たちの物音で私は目を覚ました。顔を上げると、赤ん坊を抱えた黒人の女性の姿があった。その大きな赤ん坊は、母親の首にしがみつくようにして深く眠り込んでおり、その重みで母親の首は垂れていた。私はあたりを見回し、自分が白人席の最後尾に座っていることに気づいた。車中は乗客で混み合っていて、彼女はそれ以上後ろに下がることができないようだった。彼女はとても疲れているように見えた。その一方で私はもう少なくとも一日半のあいだ、ずっと座席に座りっぱなしだった。何も考えずに、というかあるいは考えることを拒否して、私は彼女に席を譲ろうとした。

彼女は可能な限り、右と左に目をやった。そして小さな声で言った、ああ、駄目です。そこで私はようやくすっかり目を覚ました。白人の男が彼女の隣に立っていた。でもそのあいだには目には見えないけれどはっきりとした、人種の境界線があった。もちろん彼女は私の席に座ることはできなかった。彼女の眠っている赤ん坊は、無慈悲なまでに重く彼女の首にしがみついていた。彼女はその重荷のバランスをとるために、身体の位置を少し変えた。彼女は小さな声で、独り言を言うように言った。どうしていいかわからないわ。そこで私は言った。じゃあ、赤ん坊だけでも預からせて。最初彼女は身体の向きを変えて、ほんのちらりと隣の男の顔を見た。彼は動かなかった。そして驚いたことには、でも要するによほどくたびれ果てていたのだろう、彼女は赤ん坊を首からはずし、私の膝の上に置いた。赤ん坊はおそろしく深く眠っていた。赤ん坊は身体をむずむずと揺すったが、私にとっても子供にとってもたいしたことではなく、そのまままた眠ってしまった。子供を抱いているのは素敵だった。赤ん坊と、二十歳の私の、若い女性の身体がひとつに寄り添っていた。私は先のことを思い浮かべた。もしこの戦争が終わるようなことがあれば、こうして赤ん坊を抱き、その子と一緒に合わせて呼吸をすることが、私の人生においても起こりうるのだと。

　その子の素敵な重みの下で、私はとても心地よくなって、ほんの少しのあいだ目を閉じていた。でも突然目が覚めて、視線を上げると、そこに一人の白人の男の顔があった。彼は大きな声で私に向かって何かを語りかけていた。お嬢さん、私ならそんなものは肉《にく》鉤《かぎ》の先でだって触りませんね。

私は思った、ああ、この世界は氷の中で終わってしまうんだわ、と。彼の目をまっすぐ睨んでいるしか、私にできることはなかった。私はそのまま視線をそらせなかった。それから赤ん坊を少しだけ強く抱きしめた、彼の縮れ毛の頭にキスをした。それからもっと強く抱きしめたので、赤ん坊はもぞもぞとし始めた。でもずいぶん眠かったらしく、私の腕の中で姿勢を変えただけだった。赤ん坊の母親はその危険な境界線から、少しでも後ろに下がろうと試みた。最初のうちは怯えて身体がまったく動かせないほどだった。数分の後、彼女は少し前屈みになり、片手を赤ん坊の頭に置いた。そして次の停留所までその手をどかさなかった。目を上げてその母親としての彼女の顔を見ることが、私にはできなかった。

私が今こうしてその思い出を書いているのは、それから五十年以上後のことだ。私はその母親と子供のことを思い出している。彼女はなんと若かったことだろう。赤ん坊の頭に置かれた彼女の手はとても小さかった。でも彼女はその手をいっぱいに開いて、白人の男から、その赤ん坊を少しでも護ろうとしていた。でも私が今この手に抱いている子供の、私に向けられているその小さな顔は、私自身の孫の褐色の顔だ。その子は私の娘の息子だ。眠そうに開かれた口、ふっくらした唇、子供らしい厚みをもった小さな身体。彼は庭の端から端までを駆け抜け、危険な高みから馴れた動作で飛び降りる。来たるべき現実に対して、身体を鍛え、心を鍛えているのだ。

言うまでもなく、母と姉がリッチモンドから戻ってきたとき、家族たちは知りたがる。ヴィックは異教徒だらけの学校でうまくやっているのか？　長いバス旅行は苦痛だったか？　反ユダヤ主義の傾向は強かったか、それとも普通だったか？　バスでどんなことがあったか？　私はたぶんその食卓の席にいただろう。熱心な聞き手としての、またすぐに私の血肉となるはずの情報を片端から忘れていく人間としての私が。

昨年のことだが、私の姉が老齢という網を打って（その網からは最近の出来事がするするとこぼれ落ちていく）、その古い話をすくいあげた。最初私は腹を立てた。ママとバス旅行をした話を、どうして今までしてくれなかったのよ、と。そんなの、大昔の話じゃないの。

さあ、どうしてかしらね、と彼女は言った。何にしてもおまえはそのときまだたしか四歳だったよ。それに実際、私はたしかおまえにもその話をしたはずだけどね。

私は兄に尋ねた。どうして私たちはその話をこれまで一度もしなかったのかしら？　そうだな、そのことは今にして思えば、僕に大きな影響を与えたんだよ。僕はそのことの意味を解き明かそうと、何年ものあいだずっと考えていた。でもそうするうちに、人生が家庭が仕事が始まった。それで私は、彼の立場を推測する。まだ本当の若者だ。一九二七年、ブロンクス生まれの男の子がヴァージニアに行った。そこでは彼自身が異邦人のようなものだったのだ。

それから二週間ばかり、私たちはずっと母親の話をしていた。彼女がいかに原則を貫き、意志堅固で、そしてそれと同時にシャイな人であったか。ほかにどんなことを私たちは思い出せるだろう……ねえ、私にもそういうバスに関する経験があるのよ。そして私は彼らに話をする。同じようなバス旅行で、まだ私がずいぶん若いときに、どういう風にそれが起こったか。そこで私は初めて、私の孫と巡り会ったのよ。初めて彼をしっかりと抱いた。でも五十年前には、私はその子をたった二十分くらいしか守ることができなかった。

Clearing Her Throat: An Interview with Grace Paley
Joan Lidoff / 1981

喉をクリアにすること
——ジョーン・リドフによるインタビュー

一九八一年の四月にグレイス・ペイリーはテキサス州立大学オースティン校を訪れた。朗読会を開き、クラスで教え、学生たちと話をするために。このインタビューは我々の私的な会話と、女性作家を研究する私のクラス、また他の創作科のクラスにおけるディスカッションを合成したものである。

グレイス・ペイリーの文章が持つヴォイスの多くの資質は、彼女が語る声にも共鳴している。聴衆に対する彼女の関心と敬意は、彼女の小説の語り手たちの登場人物たちに対する敬意、そして彼女の短編小説における作家と読者とのあいだの協力と感応の精神と、響きを共にしている。彼女との会話は、彼女のフィクションと同じように常に、抽象的なるものに具体的な形を与える。大きな問題を回避するのではなく、それをユーモアと機転とで個別化していくのだ。彼女にとって、人生と文学はひとつのものだ。作家であることは、母親であり、隣人であり、友人であり、恋人であり、政治的な人間であることと切り離せないのだ。そのようなわけで当然のことながら、彼女はここで、彼女の人生とそのストーリー・テリングの技術とを一緒にして語っている。寛容さと、ユーモアと、抜け目のない分別と、その人間的・文学的双方のスタイルの優雅さを示しながら。

(訳者からのひとこと・このインタビューでは story という言葉が頻繁に使われるが、英語においては story は「お話」でもあり、また「短編小説」でもある。ペイリーはその二つの意味合いを、きっちりとは峻別《しゅんべつ》できないものとして扱っている。それが彼女の基本的な立場だ。しかし日本語ではその二つを便宜的に区別しないと、文意が通じなくなってしまう。だから訳文の中で「お話」と「短編小説」という言葉が出てきたときは、それらは同じ story のことなのだと置き換えて読んでいただけるとありがたい)

ストーリー・テラーとストーリー・ヒアラー

L　昨夜の朗読会であなたは、すべてのストーリー・テラーは、良き聞き手でもあるとおっしゃっていました。そのことについてもう少し詳しく語っていただけますか?

P　もしあなたが人の話に十分な注意を払わなかったり、きちんと耳を傾けない人であるとしたら、あなたは作家になることはできません。ストーリー・テラーにだってなれないでしょう。いやしくも作家になるような人々はおそらく、幼い頃からものすごく熱心に集中して、人の話に耳を傾ける子供であったはずです。近所の他の子供たちが聴いていないようなものごとを、しっかり聴き取ることができたはずです。自分ではそんなことに気づかなかったかもしれません。六歳の子供が「ああ、今日はなんて面白い話を聴いたんだろう！」みたいなことを言い回ったりはしませんから。しかしあなたは学校から、他の子供たちよりたくさんのお話をもって、家に帰ってきたはずです。そしてお母さんや、それが誰であれ、放課後の聞き手たちに向かってその話をしたはずです。そういう人たちがそばにいれば、またその相手がちゃんと耳を傾けてくれる人であれば、あなたはとても饒舌《じょうぜつ》な子供であったはずです。あなたはまたとびっきり良き聞き手でもあった。でもみんなはそれがよくわからなくて、いつもあなたに「ちゃんと聞いているの？」と尋ねていた。あなたは自分が他の人の四倍くらいよく話を聞いているとわかっているのに。

もしあなたの話を聞いてくれる人が一人もいなかったとしても、あなたはやはりいろんな話に耳を傾けていたはずです。自分の中に情報をせっせと溜め込んでいるだけというのはつまらないな、と思いながらも。そういう例として、チェーホフの書いたとても素晴らしい短編小説があります。一人の男の息子が亡くなります。その男は御者で、あちこちまわって、人の顔を見るたびに「私の息子が死んでしまったんです」と言います。そしてその一部始終を話して聞かせます。でも誰一人彼の話に耳を傾けようとはしません。最後には彼は自分の馬をつかまえて、馬に向かってその話を聞かせます。世の中には、誰にも話を聞いてもらえないたくさんのストーリー・ヒアラー（話を聞き取る人）がいるのでしょうね。誰もその人たちの語る話には耳を傾けません。語るべきことはいっぱいあるのに、それを誰にも聞いてもらえない。そういう人たちで世の中は満ちているのです。そしてその一方で、私は思うのですが、何ひとつ語ろうとはしない人たちがいます。ある瞬間に向けて自分の中に話を溜め込む人たちが。

L　あなたの家族の中には誰かストーリー・テラーと言えるような人はいましたか？あなたに影響を与えたような人は。

P　私がストーリー・ヒアラーと言うとき、私はそれを「ただ誰かの話を聞く人」という意味で言っているのではありません。ときとしてあなたは、相手から話を積極的に引き出す人でもあるのです。「何が起こったの？」とあなたは尋ねる。すると相手は言います。「べつに何も」と。多くの家庭の中でそういうことがしばしば起こります。家族からいろんな話を引き出すのに、長い歳月を要することもあります。でも、ええ、私の父はとても上手な話し手でした。そしてその結果、私の母はどちらかといえばもの静かな人になりました。父はとにかく語りがうまく、たくさんの話を上手に語ってくれました。他にもたくさんの人々が話をしてくれました。祖母や、叔母たちや、母や、姉が。彼らは自分たちのことをストーリー・テラーとは思っていなかったはずです。まあ実際、自分はストーリー・テラーだと思っている人はあまりいないでしょうが。しかしこの部屋にいる人たちの、このクラスにいる人たちのほとんど全員はストーリー・テラーですね。あなた方は常に物語を語っています。それは実を言えば、ほとんど誰にだってできることなんです。それはすごく自然なことなんです。私には小さな孫がいますが、片言がなんとか話せるようになったときからもう、ちょっとしたお話を語ろうとしています。既に何か冗談を言おうとしているのです。世界の至る所で人々はお話を語っているのです。私とあなたがこうして腰を下ろして一緒にコーヒーを飲んでいるあいだに、私たちはたぶん十四個くらいのお話をしたはずです。

L　あなたの書かれるものの中には、キッチン・テーブルを囲んで人々が話しあっているヴォイスのようなものが感じられます。

P　ああ、それは素敵ですね。それを聴いて嬉しいわ。私たちの家庭には、みんなでテーブルを囲んで話をしたり聞いたり、という生活がありました。父親は暇があれば、とにかくよく話をしていました。叔母さんたちも話をしました。人々はだいたい年をとってくると、いろんな意味で自分の人生を弁護しようとするものです。自分はこれまで何をしてきたか、なぜそんなことをしたのか、彼らはそういうことを話します。私の叔母はとにかく自分の人生を終始弁護して生きていました。その手の話を人々はするものです。何が起こったか。それはなぜ起こったか、どのようにして起こったか。

私はそのような話を聞いて育ちました。それから路上で聞かされる話です。当時のブロンクスには、とても活発なストリート・ライフがあったんです。そういう家庭も孫子の代になると、私たちがかつてどれくらい路上で時を過ごし、路上で遊びまわっていたか、もうたぶん理解できないでしょうね。年上の人たちも路上に出ていました。私の友だちの親たちも、みんな路上に腰を下ろしていたものです。誰もが空き箱やら折りたたみ式の椅子やらに座っておしゃべりをしていました。そしてそれは私にとってすごく心そそられることであり、別の世界のことだったんです。そこで話されているのは、義理の親戚のことであり、子供や夫や妻のことであり、なにしろありとあらゆる話でした。子供にしてみれば、そういうのってものすごく聞きたいことであり、興味がかきたてられることでした。聞き耳を立ててさえいれば、いろんなものごとが目の前で次々にひもとかれていくわけですから。

L　あなた自身のストーリー・テリングにおける、固有の特性について考えると、あなたの文章的ヴォイスには、イディッシュ語のリズムが聞き取れるのではないでしょうか？

P　ええ、私の書くものにはアクセントがあります。子供の頃、私のまわりでは三つの言語が話されていました。英語とロシア語とイディッシュ語です。それらが私にとっての言語です。それは私の耳の中に入って、私のエウスタキオ管だかなんだかそういうものを通って喉に入ってきたんです。いろんな病気もそれと一緒に入ってきましたが。

L　あなたの家庭から、あなたがとくに影響を受けたというものは、何か他にありますか？　あなたは以前に「旧約聖書」について語っておられたと思うのですが。

P　私の父は無神論者でしたが、旧約聖書はとても好きでした。私のまわりには聖書の物語が溢れていました。私はそれを声に出して読むのが好きでした。今の子供たちがラジオを大きな音で聴くのと同じように。私たちの頃もやはり、同じくらい大きな音でクラシック音楽を聴いたものです。そういうものなんだと、私は思いますよ。若い世代の人たちは音楽の中に浸るのが好きなんです。それがたとえどのような音楽であれ。

影響を受けた作家たち

L　あなたはご自分が、他の作家の影響を受けているとお考えになりますか？　それともご自分の人生で実際に起こったいろんなものごとの方が、あなたに大きな影響を及ぼしているのでしょうか？

P　二つ目の方ね。私が今知っていて、親しくしている人たちに作家たちは何人かいますが、彼らが私に影響を及ぼしたということはありません。ほとんどありません。たとえばティリー・オルセン〔361ページ参照〕とかドナルド・バーセルミは私が愛する作家だけど、二人の作風はずいぶん違っています。しかし私が影響を受けたというのは、もっとずっと以前のことです。イサーク・バーベリ、私は当時彼の作品を読んだことがありませんでした。だから彼は私に影響を及ぼさなかった。しかし今、彼の作品を読むと、我々が同じ祖父母を持っていたことがわかります。そして彼はロシアで彼の祖父母の影響を受け、私はここで私の祖父母の影響を受けたのです。しかし私は、自分の最初の本を出したずっとあとまで、彼の作品を読んだことがありませんでした。でも私は彼の本を愛していますし、強く動かされもします。

L　過去において、他にどんな作家があなたの一部だったのでしょう？

P　英語文学におけるすべての偉大な作品。私たちは大の読書好きだったし、なんだって読みました。ジョイスにおいては、短編小説のひとつのあり方を学びました。ガートルード・スタインの三つの短編小説〔『三人の女』のこと〕は、私にとってとても大事なものになっていると思います。短編小説というものについて考えると、彼らのそのようなフォームが私にはとても興味深く感じられます。しかしそれを別にすれば私は、普通の本好きが読みそうな本を片端から読みまくってきました。まっとうな中産階級の一般的な本好きが読みそうな本をね。

L　短編小説のフォームとなると、ジョイスやスタインに行き着くわけですか？

P　私は詩を書いている時代に、彼らの作品を読んだんです。読んだのは十代の頃です。彼らの本は役に立ちました。私はたくさんの詩集を読みましたが、私が読んだ詩集は、私の書く詩に良い影響を及ぼしませんでした（たぶん良い影響を及ぼさなかったと思います。というのは私の書く詩はなにしろひどいものでしたから）。それらの詩は文学的だったんですね。その時代には詩はとても文学的だったのです。しかしその一方で、ジョイスの『ダブリン市民』は、またスタインの短編小説は、決して文学的ではありません。そして同じような意味合いにおいて、長編小説もしばしば文学的というのではありません。私はロシア人の作家の本をいっぱい読みました。多くの作品を愛好し、それでフォームに関して、いろいろと考えるようになったのかもしれません。たとえばアイヴィー・コンプトン＝バーネットみたいな。しかし私は彼女のような書き方をしたことはありません。もちろん、何かの切れ端がときおり舞い込んでくるようなことはあるわけですが。でも私が文学的影響を受けたのは、主に家庭内の言語スタイルからであり、交わされる会話からだったと思います。でも小さい頃からたくさん詩を読んでいたせいで、私は「読書耳」を使って自分の詩を書いていました（一年ほど、私はオーデンそっくりの書き方をしたものです。彼の英国風のアクセントまで真似て）。短編小説を書くことに関して言えば、私は自分のヴォイスではなく、他人のヴォイスに耳を澄ませることからそれを始めました。そのようにして、私は自分自身の喉をクリアにすることができるようになったのです。

L　どのようにして書き始められたのですか？

P　私は小学校でも、中学校でも、どの学校でもいつも文才を発揮していました。とにかく暇さえあれば文章を書いていました。でも小説を書くようになったのは、三十歳を過ぎてからです。三十三歳くらいからだったかしら。

L　どうして詩の代わりに小説を書くようになったのですか？

P　それはさっきも話していたことだけど、まずだいいちに、私の夫が書くことを勧めてくれたからです。それは確かね。彼が後押ししてくれたんです。しかしもっと大きな原因としては、私がいろんなことにものすごく動転し、また深く心を悩ませていたからだと思います。女たちについて、男たちについて、子供たちについて、そういうあらゆるものについて。私はとりわけ女たちや子供たちの生活について、とても深く興味を持つようになっていました。女たちや子供たちが男たちから離れて生きていることについて。そのことがずっと頭から離れませんでした。第二次大戦のあいだ、私は陸軍基地の中で男たちと一緒に暮らしていて……

L　ご主人は陸軍に入っていたのですか？

P　ええ、彼は兵隊でした。当時、夫と名のつくものはみんな兵隊だったんです。なにしろ大きな戦争でしたからね。でもそのことは私の心をとても悩ませました。私たち二人のあいだにとくに問題があったわけじゃありません。私の友人たちのあいだに問題があったんです。そして突然の覚醒がありました。フェミニストとしての覚醒とは言いたくありません。私はそういうことについてあまりよく知らなかったからです。それはなんと言えばいいのかしら、女性としての、あるいは「女性性」としての、あるいは女としての覚醒……

L　それはあなたのまわりの人々からもたらされたものですか？

P　私はただ、自分をその女性の集団の一部として感じたのです。私たちの生活は共通したものであり、重要な意味を持つものなのだと。その多くはＰＴＡとかその他の組織で、他の女性たちと一緒に仕事をしたことによってもたらされました。初期のウーマン・リブの人たちがさんざん馬鹿にしたり笑いものにしたりしたものから。

私が詩を書いていたとき、そこにはたくさんの「私は感じる」という部分がありました。そのような類いの一般化をおこなっていたわけです。詩を書いているときの私自身の、いくぶん不正確な定義づけがあったのです。この私が世界に向けて語りかけているのよ、みたいな。そして短編小説を書いているときには、世界をして私に向けて語りかけさせている、みたいなことになります。でも今では詩の世界でも、たくさんの人々が同じことをしています。このご大層な「私は、私は、私は」というところから抜け出しているのです。その「私は、私は、私は」というのが、もう長いあいだこの国全体の基調をなしていたのですが。もし私たちがそういうところから抜け出せれば、詩も自ずと変わってくるでしょうね。しかしもう本当に長いあいだ、詩においては、詩の領域が、その生活域がどんどん狭くなっていくにつれて、それ以外のことができにくくなっていました。というのは、ほかのすべての表現様式がそれ以外のいろんな領域をカバーするようになったからです。映画は叙事詩のようになり、長編小説が物語《ナラティブ》の領域をそっくり引き受けてしまった。おかげで詩はただ一人のひとと共に取り残されてしまったのです。

私が若い頃には、もし書こうと思っても、とても短編小説なんて書けなかったでしょうね。

突然の「ブレークスルー」

L　どうやって書き方を学ばれたのですか？

P　それは突然降って湧いたのです。あなたは「ブレークスルー」という言葉を耳にしたことがあるでしょう。まさにそのブレークスルーでした。私は当時すごく落ち込んでいました。私が書こうとしていたものごとについてです。友情やら、上の階にいる男たちのことやら、ますます親しみを覚えるようになっていた女性の友だちのことやら、そんないろいろについて。この世界における人々の生き方、人間関係……そんな何もかも——そういうことを私は詩という形式ではとても扱いきれなくなっていました。そしておそろしいほどのプレッシャーを私は感じていました。私が最初に書いたのは、実質的には「コンテスト」という短編です。どうしてかというと、私は男たちがみんないったい何に動かされて生きているのか、まったくはかりかねていたからです。二階に住んでいるその男はとりわけそうでした。私はとにかく最善を尽くしました。その男の頭の中に入り込み、いわばそこに腰をどっかり据えて、こう言ったのです。「さあ、この物語を書かなくちゃ」と。その次に書いたのが「さよなら、グッドラック」です。

それらの短編小説を書く前には、私はすっかり自分のヴォイスにはまり込んでしまっていました。そこで私はようやく他人のヴォイスを使うことができるようになったのです。他人のヴォイスが耳に届くようになったのです。それはそれまでの人生で、私がずっと耳にしてきたヴォイスであったのですが。要するに私は「自分が、自分が、自分が」という語り方しかしてこなかったのですね。そういう自分中心の語り方をしていたあいだは、私にはそのような小説を書くことはできませんでした。そして他人のヴォイスに意識して入っていけるようになってからは、また自分が耳にした話をうまく使えるようになり、そこで「ストーリー・ヒアラー」になってからは、それを契機にして、嘘のように突然小説が書けるようになったのです。それはまさしくブレークスルーでした。私がその前に短編小説を書いたのは八年前のことです。そしてその前は十六歳くらいのときです。それ以外に小説を書こうとしたことはありませんでした。どうしてこんなに急に小説が書けるようになったのだろうと、今でもずいぶん首をひねってしまいます。そのようなわけで、次に自分の身にいったいどんなことが起こるのだろうと、私はいつだって心待ちにしています。何が起こるのかはわかりませんが、きっと何かが起こるのでしょう。それともそんな突然の出来事は、私たちの人生においてたった一度しか起こらないものなのでしょうか。

L　小説を構想する上で夢というものはすごく重要な役割を果たしますか？

P　いいえ。夢が何かの役に立ったという覚えはありません。夢から生まれた詩をいくつか書いたことはあります。そしてまたその多くは父と繋がりのあるものです。つまり、私は夢に関連した四つの詩を書きました――そのことに今ここではっと思い当たったのですが。わかりきったことだし、もっと前に思い当たってもよかったのですが、そんなことを考えもしませんでしたね。でもとにかく、それらの詩は父と関係のあるものです。

編集者との偶然の出会い

L　どのようなきっかけで短編小説を発表するようになったのですか？

P　まったくの幸運によるものでした。というのは私は三つの短編小説を書いて、それを数人の友人たちに読ませたんです。彼らはそれを気に入ってくれました。ああよかった、と私は思いました。もうそれだけで幸福だった。

L　どの短編ですか？

P　「コンテスト」「さよなら、グッドラック」「若くても、若くなくても、女性というものは」です。同じブロックに女性の友だちが住んでいて、うちの子供たちはそこの子供たちと一緒によくテレビを見ていました。彼女のご主人は、もう離婚していたんですが、編集者でした。その友だちは常に彼に厄介な仕事を押しつけようと試みていました。彼女はある日、とても頭にきて、こう言ったんです。「さあ、せめてグレイスの書いた小説を読んでよね」。彼は日曜日にやってきて（その日曜日は彼が子供を送り迎えする日にあたっていました）、そこに座って、子供たちのプログラムが終わるのを待っていました。そのようにして彼は私の短編小説を読み、それを気に入りました。そして言いました。あと七つ短編小説を書いてくれたら、それを出版しようって。彼はダブルデイの編集部長だったんです。本当に幸運だったと思いますよ。ただとても興味深いことなのですが、私は作品をひとつ書くごとに、それをいくつかの雑誌社に送っていたんです。でもどれひとつ採用されませんでした。だからもし彼に会わなかったら、私は小説を書くことなんてそこでやめていたかもしれませんね。ですから『人生のちょっとした煩《わずら》い』という作品集に入っている作品はすべて、ひとつ残らず、出版社から送り返されてきたものなんです。まったくひとつ残らずですよ。それからようやく二つの作品だけが、『アクセント』という雑誌に掲載されました。イリノイ大学が出版している雑誌です。しかしあとになって私に寄稿を依頼してきたような雑誌も、最初のうちは私の作品をことごとく不採用にして、送り返してきたのです。自分が書いたものを送り続け、それが次々に送り返されてくるというのはずいぶんきついものです。作品がそのうちに本として出るんだとわかっていたことは、私にとって実に幸運なことでした。だから書き続けることができたんです。もしそういう見通しがなかったなら、自分が小説を書き続けることができたかどうか、あまり自信はありません。誰かが認めて支持してくれるというのは、とても大切なことなんです。

L　追加の七編を書くのにどれくらいの期間がかかりましたか？

P　おおよそ二年です。

L　今では当時よりもっとたくさんの支持があるのでしょうね。

P　ええ、そうです。私はものを書いている人を他にまったく知りませんでした。本当のことを言えば、ものを書いている人と知り合いになりたいとも思わなかったんです。本当にそう思いませんでした。私は文芸的な人々や、文芸的な生活みたいなものを、とても怖がっていました。私はずっと詩を書いていました。だから文学のことなんてぜんぜん考えもしなかった、というわけではありません。実際私はずいぶん文学のことを考えて生きてきました。文学は私にとってとても大事な意味を持つことでした。しかし他の作家と知り合いになりたいとはまったく思いませんでした。私が知り合いたいと思うのは、近所に住む人々でした。

L　その思いは今では変化しましたか？

P　そうねえ、今ではたくさんの作家を知っています。それは確かです。そんな風になるとは思いもしなかったのですが、いつの間にか知り合うようになりました。そして私が知り合いになりたいと思っていた、同じブロックに住む人々の中には、たくさんの作家がいることがわかりました。そして私は今ではPENの「文章を書く自由のための委員会（the Freedom to Write Committee）」と、「ニューヨーク・フェミニスト作家ギルド」の仕事をしています。そしてそこで会う人たちはみんな作家です。

L　ニューヨーク以外の場所に住んだことはありますか？

P　短い期間ならありますが、住んだというほどではありません。ヴァーモントには長く住んできました。丸三年そこに住みました。丸一年ずつ、全部で三年住んだということですが。

L　あなたがフィクションについて語るとき、あなたはそれを自分の人生の経験にとても密接に結びつけます。クリスティナ・ステッド〔オーストラリアの女性作家。一九〇二―一九八三〕は『ケニヨン・レビュー』の一九六八年の短編小説に関するシンポジウムのために書いたものの中で、実生活と芸術との関係性についてこのように述べています。「物語という大海」は「私たちの人生を鏡として映す無数の水滴」によって成り立っている、と。「短編小説のユニークな点は、我々は誰しもそれを語ることができるし、それを生きることができるし、またそれを書くことさえできるのだということです。ストーリーが我々の視野や感情にたっぷりと染みこんでいるということです……書き手にチャンスを与えてご覧なさい……（書き手と私が言うとき、私はすべての人を指しているのです。職業的作家だけを指しているわけではありません。かつて自分の身に起こった何かしらを人に告げたいという切実な欲求を抱いているすべての人のことです）ストーリーにも、ストーリーが運ぶものにも、終わりはありません。それがストーリーを生命溢れるものとし、正真正銘の経験とし、パーソナルな視点たらしめているのです……私たちにとって不可欠なのは誠実さであり、紛れなく真正なものです……それが短編小説の最も優れた点です。それはすべての人にとってリアルな人生なのです。そして誰にだってそれを語ることができるのです」

P　それ以上うまく述べることは、私にはとてもできませんね。私は創作のクラスを持ったときには、まずそこから始めます。私は全員に、みなさんはすべてストーリー・テラーなのです、と言うことにしています。だって本当にそうなのですから。更に話を進めて、短編小説から離れますと（だっていつもいつも短編小説だけに関わっているわけにはいきませんから）、そこにはフィクションとノンフィクションという区別があります。それって実は、ストーリーなのに、ストーリーじゃなくて、ノンフィクションなのだと言い立てているんです。そういうことが実際にあるのです。考えてもみてください。『チャイナタウンの女武者』みたいな本を、これはノンフィクションだと言うのですよ。そうしておいた方が本が売れるだろうと思って。それがまさに彼らのやったことなのです。私はマキシン・ホン・キングストン（中国系アメリカ人の女性作家。一九四〇年生まれ）に言いました。出版社はどうしてそんなひどいことができたの？　どうしてこれをストーリー・テリングじゃないなんて言えるのって。

「フェイスもの」の始まり

L　あなたの短編小説の多くにおいて、それも優れた作品において、よく同じキャラクターが出てきますね。とくにフェイスという語り手が。彼らの登場する長編小説を書きたいとお考えになったことはありますか？

P　書こうと思えば書けます。でも書こうとは思いません。フェイスが登場する短編小説は、それらが収められている本の一部になっているのです。ある本の一部を使って、器用にうまく別の本をつくることは、やろうと思えばできます。でも私としては既にある本の統一性みたいなものを崩したくはありません。

L　フェイスには強い一体感を感じますか？

P　ええ、まあある程度は。私が最初にフェイスという人物を登場させたとき、彼女はぜんぜん私ではありませんでした。彼女は実を言えば、私の友だちだったのです。私はそのとき彼女の家を訪れました。友人のシビルの家を訪ねていったんです。そうしたらシビルが座っていて、「そこには卵料理に失望した二人の夫がいた」わけです。つまり、小説そのとおりのことがあったわけです。彼女の現在の夫と、前の夫が二人でそこに座っていて、どちらも彼女の作った朝食にがっかりして、文句を言っていました。そしてそれが私の書いた短編小説の出だしの一行になったのです。「卵のことで気落ちした二人の夫がいた」と〔「中古品の子供たちを育てる人々」という作品〕。そしてそれがいわゆる「フェイスもの」の始まりになりました。でもそれからあとは、彼女はシビルとも違ってきました。彼女は私の（少なくとも）四人の友人たちを集めたキャラクターになりました。フェイスは私とは少し違っています。彼女は私たち全部なんです。彼女は集合的な「私たち」なんです。しかしとりあえず彼女は、私の友だちのシビルとして始まりました。シビルには子供が一人いて、私には二人いました。私の方は女の子と男の子です。だからそこには二人の男の子がいたわけです。フェイスはそんな風にして、言うなれば、何あろう私の友だちみたいな存在になったのです。彼女は決して「複合体」ではありません。というのは、四人の友だちを集めてそこから一人の人物をつくりあげるなんて、そんなことは不可能だからです。それは難しすぎます。それじゃまるで料理を作るみたいですよね。彼女は、私が知っている女性たちの多くが置かれているのと同じような環境を生きている、「創られた人格」なんです。それは私の置かれている環境とはいくぶん違っています。しかしそこにあるのはまさに、私たちが小さな子供たちを育てていた時代の、私が知っている女性たちの生き方なのです。そして当時、小さな子供たちを抱えている多くの女性たちみんなと、私はとても親密な間柄でした。

L　つまりあなたの物語は、実際の人々から生まれてきていたわけですね。実際の人物からではなく。

P　ええ、そういう部分もあります。ただ、あるときにはそれはまったくの創作です。たとえば「さよなら、グッドラック」みたいに。彼女はまったく創作された人間です。ただ彼女はその世代の人々を体現しているわけですが。

子供たちを書く

L　あなた自身の子供たちはあなたのフィクションの中に登場しますか？

P　話の中に登場する子供たちは多かれ少なかれ、私の子供たちを反映しています。

一人の母親として、私は自分の子供たちの素敵な発言のひとつかふたつを、作品の中に織り込まないわけにはいきませんでした。でも子供たちの多くは、うちのまわりにいたくさんの他の子供たちでもあります。

L　あなたには娘さんと息子さんが一人ずついます。しかしフェイスには二人の息子がいます。リチャードとトント。そういう風に設定したことには、何か理由があるのでしょうか？

P　あります。その理由はたぶんこういうことだと思います。私はまずいろんな理由から、フェイスに一人は男の子を持ってもらいたかったのです。もうひとつには、そのとき私はとても不安に思っていたのです。もしフェイスに娘がいたなら、私は自分の最初の子供であるノラをそのまま描いてしまうのではないか。そう、ノラは私の最初の子供でしたから、彼女とはいちばん多く話していましたし、彼女の声は今でもありありと私の耳に残っています。私としては、その子に過度に頼りたくありませんでした。でも私はとても恐れていた、というのが本当の理由でしょうね。ただただ単純に恐れていたのです。話があまりに切実になりすぎてしまうことを。

このあいだあなたとお話をしていて、どうしてフェイスには二人の息子がいて、娘がいないのかお尋ねになったとき、私はそれについてあらためて考え込んでしまいました。自分ではその理由はちゃんとわかっていたのですが、実際にこれまでそれについて語ったことはありませんでした。でも別に秘密にしているわけではありません。私には娘が

います し、彼女が私にとっての最初の子供でした。そして人は最初の子供に対しては、すごく密着するものです。子供を欲しいと思って生まれてきた場合にはなおさらです。生後四ヶ月くらいから会話が活発に始まります。いっぱいいろんな話をして、間柄はものすごく密接になります。だからといって、息子との関係が密接ではなかったというのではまったくありませんよ。しかしもし私がその娘を話の中に引き入れたら、私は彼女を活用しすぎるのではないかと感じたのです。ノラを目いっぱい使ってしまうことになるのではないかと。というのは彼女はとても弁の立つ子供でしたし、言語能力に優れていたからです。私はきっとその子の口にしたとおりのことを文章にしたでしょうし、そんなことになったら彼女はきっと真剣に腹を立てたはずです。それはきっとまた私のイマジネーションを制約し、損なったことでしょう。私には最初の娘と言えば、ノラよりほかに想像のしようもありませんでした。小説の中での最初の子供であるリチャードに関しては、女の子ではなかったけれど、とても密接な関係を持つことができました。今述べているようなことを、当時こんな風に筋道立てて考えたわけではありませんでした。ただそう感じただけです。私はただ自分の長女を、あまり話の中に引き込みたくなかったんです。

L　最近のフェミニスト心理学の理論の中には、母と娘は、互いが混ざり合っているという持続的感覚のようなものをしばしば経験すると指摘するものもあります。そのような内的なヴォイスが告げるところによれば、母と娘との分離は明確に線引きができるものではないと。

P　まあ、それは個々に違うものでしょうね。でもそういうのは最初の女の子との間に言えるものではないでしょうか。私と母とのあいだにはそういう密接な関係はありませんでした。母と姉とは実に極端なくらい密接な関係をもっていましたが。でもそのことは私にはまったく気になりませんでした。そのことで嫉妬したりとか、そういうことはまったくなかったということです。私はずっと年下でしたし、私には結局二人の母親がいたようなものですから。実際には三人の母親ですね。というのは祖母がいて、叔母がいましたから。ということは、四人の母親ですね。それからもう一人ほかに叔母がいて、彼女は半分母親みたいなものでした。つまり私には全部で四人半の母親がいたことになります。だから私は母親に不足するということがありませんでした。しかし姉のジーンは、本当にぴったりと母親に密着していました。それは二人にとって素晴らしいことだったと思いますよ。でも私はそのことがまったく気になりませんでした。

L　それと同じ理論はこのようにも指摘しています。女性には大人になっても自分たちのことを集合的に捉える傾向があるのではないかと。きっちりと分離された個人としてよりは、他の人々との繋がりの中で自分を捉えるというか。それは文学においては、あなたの小説「ともだち」における、いわば「集合的ヒロイン」みたいなものに繋がっていくのではないかと思うのですが。

P　それは素敵なことですね。それが実際にそうなのかどうか、私にはわかりませんが、そう言われると、そう考えてみたくなります。「ともだち」という短編小説の中で、女性たちは、私たちは、とても親密でした。公園に集まって、みんなで時を過ごすようになります。しかし私たちはとても数多くの政治的なものごとを共にします。ですから、ある意味においては、私たちは集合的存在であるわけです。そして反戦運動の中では、私たちはほかの人たちとは少し毛色の違う、年齢の高い人々のグループでした。でも私たちは子供たちをずいぶん一緒に育てましたし、そして当時は政治的な時代の始まりだったのです。今ではそのようにして暮らしている人たちがたくさんいます。そういう人たちのことを、きちんと承認されたかたちで代弁できたらなと思います。

L　あなたの小説の中にはしばしば、もう一人の暗黙のキャラクターが登場します。つまり読者です。「あなた」と呼ばれる、言うなれば小説の語られ手です。

P　ストーリー・テリングは多くの場合「私はあなたにこの話を語りたいのです」というところから始まります。ほとんどすべての小説がそこから出発すると言ってもいいかもしれません。そもそもの最初の時点から、人はある家の中に入っていって、このように言います。「わたしにはあなたに語りたい話があります」と。この「ともだち」という小説は、実際に私の友人たちのために書きました。その人たちに読んでもらいたいと思ったのです。私は彼女たちに向けてこれを書いたし、彼女たちからこれを書かせてもらったのです。

L　そうではなく、誰か特定の人を頭に置いて小説の中で「あなた」という呼び名を使うことはありますか？

Ｐ　そうですね。ときどきそういうことはあります。その相手は私がその小説の中で描いている人です。たとえば「移民の話」みたいな。私はその話をずっと書いてみたかったのです。というのは、私はいつだってそういう年取った人々のことを考えていたからです。そして私の友人が、彼らに対してひどい態度をとっていたことについても。私はいつだって何らかの方法で、彼らのことを語りたいと思っていたのです。暗闇の中にあるもののために芸術が召喚されます。隠されているものこそ、我々が光を当てたいと思うものなのです。でも私たちが「これが起こったことなのだ」「もし私があなたに語らなかったら、あなたはこのことを知らないままに終わっただろう」などと言うとき、それはもちろん真実ではありません。私たちが語らなくても、誰か他の人が語ることになるでしょうから。

「日常なるもの」について

Ｌ　あなたの小説はなんというか、「日常なるもの（everydayness）」について多くを語っているように思えるのですが。

Ｐ　そうね、それが私の関心を惹くことなのです。彼女はヒロインなのですか、と質問されることがありますが、私は本当にそういうことには興味が持てないのです。そういう意味で私が「普通ではない」人に興味を持つことはありません。もちろんすべての人は私にとってはある部分「普通ではない」人だという言い方もできるわけですが。しかし日々の生活をどのように生きるかということこそが、私にとってはミステリーなのです。そして人は自分にとってミステリーであるものごとについて書きます。それはどういうことなのか？　なぜ人々はそのように行動するのだろう？　毎日、朝に目覚めて、それから……

L　あなたの政治性とあなたのフィクションはどのように合致するのでしょう？

P　答えるのがむずかしい問題ですね。それらは合致するのかしないのか。人々は自分が書くべき領域を選択します。たとえばマージ・ピアシー〔アメリカ人の女性作家。一九三六年生まれ。熱心なフェミニズム活動家でもある〕は若い、そして年齢を重ねつつある政治活動家たちの、特定の生活を年代記として記します。それは普通の人の日常というのではありません。しかしなくてはならないものです。私は何も自分が書いている題材が唯一重要な意味を持っている、と主張するつもりはありません。私は数多くの政治的な人々を知っていますし、彼らと共にたくさんの仕事をしています。でも私は彼らのことをなぜか書かないみたいですね。ときには書くべきなのかもしれない。なかなか興味深い作業になるかもしれませんから。私が彼らのことを書かないのは、それがむずかしすぎる作業だからでしょうか？　それとも彼らは私にとってはあまり興味を惹かれない、それほどミステリアスには感じられない人々だからでしょうか？　とにかくそういう政治的な世界は、私にはなんだかとても平板なものに見えるのです。どうもあまり興味が持てないものに。

L　あなたがお書きになっているような人々の生活の方に、より多くのミステリーが含まれていると？

P　そうです。

L　あなたの小説の中には、とりわけたくさんの子供たちが出てきますね。

P　そうです。子供たちはなんといっても私の関心を惹くのです。女性たちと子供たち、彼らが本当に描かれる機会のなんと少ないことでしょう。あなたはまた、自分が本の中で読む機会の少ないものごとについて、自分で書くことができます。自分が読みたいと思うものごとは、自分で書けばいいのです。そしてまた私は子供たちが大好きなんです。

L　そして文学作品の中に子供たちが描かれることが少ないとお考えなのですね？

P　ある階級の女性たちが描かれるとき、その子供たちは乳母《ナニー》の手でどこかよそにやられています。文学作品の中には子供を持っている女性たちがあふれていますが、子供たちはいつもどこかにやられています。

L　ティリー・オルセンが言っているように、過去において、自分が母親であることを前面に出した作家はほとんどいませんでした。子供を持って、そのことを書いた女性作家は。

Ｐ　そのとおりね。男性作家の方がむしろ、子供たちについて多く書いています。しかし彼らはしばしば、話の中で子供たちをどこかにやってしまいます。子供たちに夢中になっているくせにね。ロシア人が良い例だけど。

まわりにいる女性たちを書く

Ｌ　あなたのフィクションにおいては女性たちと子供たちが、話の核心をなしていると私は考えてきました。男たちはもちろん重要です。しかし男女のあいだの絆というのは、女性と子供とのあいだの絆とか、女性同士の長く続く友情なんかに比べると、それほど持続的ではないというような。

Ｐ　そうですね、私が小説を書き始めたとき、私が書いたのは私のまわりにいる女性たちでした。私自身は結婚していましたし、二十五年ほど結婚生活を続けていましたが、私が知っている女性たちの多くは、その頃から既に子連れのシングルでした。今ではずいぶん当たり前のことになっているみたいですね。でも私の近辺では、当時からそれは当たり前のことだったのです。そしてまた子供たちはデイケアみたいなところには預けられていませんでした。だから女性たちは子供たちを通して、公園で仲良くなったのです。公園で私たちは互いをよく知るようになり、友だちになりました。

Ｌ　あなたがたは家族のようなものだったのですね。

P　ええ、もちろんそうです。みんながみんなそうではありませんが。このあいだ私の息子が彼の赤ん坊（私の孫娘です）を連れて公園の遊び場に行こうとしました。それを聞いて私はとても興奮しました。そして一緒について行ったんです。そうしたら、なんということでしょう。私の友だちのエリカの息子のトミーが、小さな男の子をそこに連れてきていたのです。二人の子供はボールの投げっこをして遊びました。私は走って家に帰って、エリカに電話をかけました。ねえ、エリカ、私たちの孫たちがキャッチボールをしているんだよって！

L　世代がそっくり交代したわけですね。

P　そうです。そしてそれは親戚とも違うんです。そこには束縛みたいなものはありませんからね。女性同士の友情は新しいものだという説はおかしなものに私には思えます。理解できないわ。とても聡明な、立派な女性たちがそんなことを書いています。女性同士の絆は新しく登場したものだと。まさか、そんな。私の母だって、その他すべての女性、うちの叔母たち、彼女たちはみんな土曜日ごとに集まって、話をしていました。みんなで楽しく仲良く、お互い支えあって。……メアリ・デイリー〔アメリカの急進的フェミニスト。一九二八―二〇一〇。自分の持つ大学のクラスに男子学生が加わるのを拒否したことで有名〕のような人は、本当の人の生活がどんなものか知りもしません。しかし他の女性たちまで。そういう人たちはきっと郊外住宅地みたいなところの出身なんでしょうね。そして大家族というものを知らないのでしょう。そういうのもひとつの種類の生活ではありますが、世の中の女性がみんな同じような生き方をしているわけじゃありません。

L　その一方で、メアリ・ゴードン〔アメリカの女性作家。一九四九年生まれ。『海の向こう側』『わたしはいま結婚している』などの翻訳がある〕は友情に関するエッセイを書いています。その中で彼女はこう述べています。友情というのはリアルなものだけど、愛情はただのロマンティックな概念に過ぎない、それは西欧文明においては比較的新しく登場したものなのだ、と。アリストテレスこの方、人間関係の中心にあるのは、ロマンティック・ラブよりはむしろ友情なのだ。あなたはこの説に賛同なさいますか？

P　そういう図式化に？　そういうのって、ただの言葉の遊びみたいに私には思えます。それほど意味があるとは思えません。もしあなたが誰かと結婚しようとするなら、あなたは友だちのような相手と結婚した方がいい。これに疑問の余地はありません。誰かと一緒に住むとしたら、その相手は友だちみたいな人である方がいい。そしてあなたは人生においてたくさんの恋に落ちます。次から次へ、何度となく。ロマンティック・ラブはなんといっても……楽しいものです。私はそれを簡単に退けてしまいたくありません。あとになっていろんな面倒が押し寄せてくるかもしれないし、すべては人から押しつけられた嘘かもしれません。しかし恋に落ちるのは素敵なことです。そしてもしそれがあなたの身に起こったなら、実に慶賀すべきことです。でももしそれが起こらなかったら、あなたは何があろうと、友だちにしっかりくっついていなくちゃなりません。

しかしいちばん良いのは……これはこの世界で何かをなし遂げたいと思っているすべての女性について言えることですが、相手が異性愛者であれ同性愛者であれ、そんなことは関係ありません、あなたの人生の連れ合いは、長期であれ短期であれ、友だちみたいな人であった方がいいでしょう。そしてあなたが一緒にいる相手は、あなたに主人面をしたり、あなたに男性優位性を押しつけたり、あるいは女性優位性を押しつけたり、またいかなる意味合いにおいてもあなたがあなたらしくあることを妨げるような人であってはなりません。私は友情というものをとても高く評価する人間です。しかし恋愛を貶《おとし》めるような言辞を弄《ろう》する必要を感じない人間です（ち、ちっ、と舌打ち）。まったく最近の若い人って、なんて知恵が足りないのかしら！

書けないことはあるか

L　あなたが小説の中で書くセックスって素敵ですね。それは未だに女性作家にとってはけっこうな難題になっているみたいです。「最後の瞬間のすごく大きな変化」に出てくる人物の一人は言います。あなたはセックスについて女性に向かって語るとき、彼女自身の言語で語らなくてはならないと。女性作家たちは今でも、フィクションにおいてセックスについて語るべき言語を模索し続けているように見えます。既成の言葉を拒否しながらも、それに代わる言葉を見つけることができずに。

P　どういえばいいのかしら、私は実のところそういうゲームには参加していないんです。世間には、ものごとがなんにもわかってないという人がいるみたいです。ある記事の中で、一人の作家がこんなことを書いていました。ミズ・ペイリーは初期の作品群の中で、女性たちとセクシュアリティーについて書いている。しかし今日の女性たちはセクシュアリティーの記述に関して、もうずっと先に進んでいってしまったから、彼女の書いたものは時代遅れになってしまっている、と。それを読んで私は思いました。あらまあ、何があろうと、私はそういう方向には進みたくないものだわ、と。でもどう見たって、それはずいぶん変な考え方ですよね。セクシュアリティーについて書くことは、とりもなおさずより大胆に性器について書くことであるなんて。彼女はそういうのが、人の進みたがっている方向だと考えたようです。まあ、そっちの方向に進んでいった女性作家たちも中にはいます。でもそれはおおむね男性作家のやっていることですよね。

L　あまり身近すぎてこれは書けない、というようなことはありますか？

P　そうね、ある種の家庭内の悲劇かしら。すべてがそうというのではないけれど、いくつかは……。もちろん自由に語れることもいっぱいあります。しかしこれは小説の題材として取り上げるのはまずいということも、中にはあります。たとえ題材として取り上げることはできても、書いたからにはすべてを公にするべきだとは誰にも言えないでしょう。ときとして、出版する見込みはなくても、書かなくてはならないものごとがあります。あなたが作家であるなら、あらゆるプレッシャーを紙の上にぶっつけるという習慣が身についているんです。とにかくしっかりと書いてしまう。だから書いてはみたものの、出版するつもりはないという作品が、私の手元にいくつかあります。しかしそれを友だちに読んで聴かせるぶんにはまったく問題はありません。私の書いた短編小説の中には二つばかり、それを読んだ人々がひどく、とてもひどく傷つけられるものがあります。これは誇張して言っているのではありませんよ。人が普通、これはほかの人たちにちょっと知られたくないと思っているような、ありきたりの出来事を話しているわけじゃありません。私はそういうことに過度に神経をつかう人間ではぜんぜんありません。ことによったら、あなたの家族はこんなこと言うかもしれません、「なんだって！　うちの家に離婚があったことを小説に書いたって！　そんなものを発表したら世間に知れ渡ってしまうじゃないか！」みたいな。でも私が言っているのは、そんな生やさしいことじゃない。私が言っているのは、あまりにもおぞましいことなので、何があろうとそれについて書かずにはいられなかったというようなものごとです。でも公開することはやはりはばかられるという……

L　昨年の秋に、ミラ・バンクス〔正しくはミラ・バンク。女性映画監督、プロデューサー。『Last Dance』はアカデミー賞短編ドキュメンタリー部門の候補になった。『最後の瞬間のすごく大きな変化』は一九八五年に公開された〕がここに来ました。彼女はいくつかのあなたの短編小説を映画にしていると言っていましたが。

P　ひとつの作品が既に映画になりました。本にはまだ収録されていない短編です。

「死せる言語で夢を見るもの」という題で、「午後のフェイス」に出てくるのと同じ老人ホームを、同じ登場人物が訪ねていく話です。主役の父親をつとめるのは、本当にイディッシュ語を話す老人の俳優です。そして彼はそれが「死せる言語」と呼ばれることにものすごく腹を立てていて、見ていてあまりに気の毒だったので、私たちはタイトルを変更することにしました。新しいタイトルは「ジョーク、あるいは死んだ愛」となりました。とにかく映画は作られました。原作の短編は雑誌『アメリカン・レビュー』(最終号)に掲載されています。「死せる言語で夢を見るもの」という題で。

L　その映画は気に入りましたか?

P　部分的には。子供たちが出てくるところは好きです。撮影はコニー・アイランドでおこなわれて、それはとても素敵でしたね。ボードウォークやら古い遊園地なんかがしっかりと出てきてなかなか良かった。私は気に入りましたよ。そこにあるいくつかのものごとは好きです。ただね、結局のところ、映画というのはとてもアグレッシブなメディアなんです。どんどん前にしゃしゃり出てきてしまう。それは少し注意深く扱う必要があります。私が気になったいくつかの部分がありました。また同時にある種のスタイル、人物のこととか、そこには私にとても決まり悪い思いをさせるいくつかのものごとがありました。一人のワイルドな老婦人が出てきます。彼女は車椅子を使うんだけど、とにかくしょっちゅうそれを動かして回っています。彼女はとてもおしゃべりなんだけど、話はうまいんです。とてもはっきりしていることは、なんと言えばいいのかしら……映画がやっているのは、人々を自由に行動させないことなんです。結局のところ、映画ってすごく編集の要素が大きいメディアなのね。写真は客観的だと、よく人は言います。でも映画は何もかもを編集しちゃうんです。その女性にただ好きに話をさせるってことをしません。ただ話させるだけでも十分ひどいけど。この素敵な、太っちょの老婦人がしゃべっている、そこにカメラがどんどん割り込んでいくの。こんな風に、まるで顔に押しつけるみたいに。あたかも、そこには何トンものアンダーラインが必要ですと言わんばかりに。そういうことが私には気になって仕方ないの。そして映画には、その手のことがやたら多いんです。経験ある人が作っているかどうかにはかかわりなく。私はそういうところが好きじゃありません。人々を自由に生きさせ、動き回らせたところは、好きだったけど。

L　このクラスの最初の方で、私たちはものを書くことについて話していました。そして多くの人たちが、ものを書くというのはアグレッシブな作業だという感想を口にしました。つまり誰かのことを書くとなると、それは何かを侵害することになりかねません。誰かのプライバシーとか、尊厳とか……

P　ええ、もしあなたが誰かの伝記を書くとしたら、それは間違いなく言えるでしょうね。それは確かなことです。でもあなたが短編小説を書くのだとしたら、あなたは誰かの人生を書いているということにはなりません。もし自分がそうしていると思っているとしたら、それはちょっと思い上がりというものじゃないかしら。そんなことはあなたにはできっこありません。あなたはそこまで相手のことを知らないのですから。あなたにできるのは何人かの人々の人生をくっつけ合わせ、一群の人々のために語ることです。誰か一人のためではなく。時としてあなたは、ある一人の人間を賞賛するために何かを書きたいと思うかもしれません。あるいは誰かをとっちめるために何かを書きたいと。それが正しいことだと私は思いません。私はそういうことには反対します。しかし多くの場合、あなたが何か意味のあることをなそうとすると、あるいはやむにやまれず何かをするとなると、あなたは何かの、誰かの、ひとつの事実の、隠された暗い部分を浮かび上がらせることになります。でも気をつけないと、それは場合によっては、ひどく意地の悪い、アグレッシブなおこないになりかねません。浮かび上がらせるなんて生やさしいものじゃなくて、五百個のスポットライトで煌々《こうこう》と照らし出す、みたいなことになるかもしれません。浮かび上がらせるというより、ぺしゃんこにするという方が近いかしら。それはやはり間違ったおこないです。

L　あなたは今、とてもとても短い小説を書いているのだと、先ほどおっしゃいました。短編小説にとって短すぎるということはないのでしょうか?

P　短すぎることよりは、長すぎることの方がむしろ多いのではないでしょうか。私はかつてはこう考えていました。小説が終わったとき、人々はこんな風に思うのだろうと。「これで話は終わった。これでおしまいだ」。そしてそういうのが自然な終わり方なんだろうと考えていたんです。でも私が今、ちょうど今持っているクラスに一人の女性がいて、彼女はいつもこう言うんです。お話に結末なんてないのよ、私はそのあとに何が起こるのかを知りたいのよ、と。そんなわけで、私がそれまで口にしていた定義なんて、彼女の主張によってみんなあっさり吹き飛んでしまいました。彼女の言いたいのは、物語というのは実際の人生とほとんど同じようなものだから、そのあとに何が起こるかを人は常に知りたいのだ——彼女はそう主張し続けたのです。

物語は私にとって……そうですね、しばしば「衝突（conflict）」という言葉が使われます。しかし私はその言葉がどうも好きになれません。それはたぶん私が平和主義者だからでしょう。それよりはもっとシンプルな、弁証法的なものじゃないでしょうか。私にとって物語とは、二つの出来事であり、二人の人物であり、二つの風であり、二種類の違った気候であり、二つの観念であり、なんだかそういったものです。なんでもいい、とにかくどすんとぶつかり合うものです。そこであなたが耳にするもの、それが物語です。そしてそれは、わずか二ページの小説の中でもじゅうぶん起こりうることです。

「新しい」は好きじゃない

L　短編小説を書くとき、フォームに関して、意識して何か新しい方法を試してみたりはしますか？

P　そうね、実を言うと、私は「新しい」という言葉が好きじゃないんです。というのは私がこれまで生きてきたのは、五分ごとに何もかもが新しく更新される時代でしたから。新しくなるというのはとても容易《たやす》いことだったのです。たとえば、ある日あなたは逆立ちをします。そしてあなたは、みんなが既に何年も前から逆立ちをしてきたことに、そしてそれはちっとも新しい試みじゃないんだということに、気がつきます。つまりこういうことなんです。あなたは物語を語ろうとする。でもそれは入り組んだ物語です。すべての人はストーリー・テラーです。しかし物語を語りながらも、人はしょっちゅうこう言います。「ああ、この話はうまく語れないわ。いったいどう話せばいいのかしら。死んだ叔父さんのことも話さなくちゃならないし、ホーボーケンに住んでいる人たちのことも言わなくちゃならないし」と。物語というのはいったいどう話せば、その正しいありようを人にわかってもらえるのか、という問題に人は直面します。そしてすべての物語がシンプルなわけではないのです。ある種の物語を語ろうとするとき、あなたはフォームというものを必要とします。要するにそういうことなのです。あなたはフォームを探し、それがみつかるまでは、物語を語ることはできません。フォームをどうやって手に入れるか、それは私にもわかりません。それは天から授かるものだろうと私は思います。恩寵のように。

どのように物語を語るか。その例として挙げる短編小説がひとつ、私の本の中に収められています。「移民の話」という作品です。私はその物語をもう二十五年も前から知っていました。でもそれをどのように語ればいいのかがわかりませんでした。そして私はそれを、ただ最後のパラグラフ（彼の母と父はポーランドからやってきた、みたいなこと）の観点からだけではなく、その後にやってきたすべてのものごとの観点から語らなくてはなりませんでした。そしてそれを話の冒頭に置かなくてはなりませんでした。

しかし最初のうちそのことがわからなかった。その物語の真相を正しく理解してもらえるように語る方法を見つけるまでに、二十年がかかったわけです。でもそれは「新しい」方法なんかじゃありません。それが「新しい」方法だなんて私は思いません。ある種の物語を語ろうとしているのに、その手段がわからなかったというだけのことなんです。私はそう思います。私の知る限りにおいては、その方法は私の受けた文学の教育や、私の経験したことの中には見当たりませんでした。だから私はじっと待たなくてはならなかったのです。自分が作家として十分な経験を積んで、その物語を語れるようになる日がやって来るまで。

時間の中で動く

L　あなたの短編小説「父親との会話」の中で、登場人物たちがプロットの問題について語り合います。人々はときどきあなたの小説について、「何も起こらないじゃないか」と批判します。プロットがないじゃないかと。そういうのって、ひょっとしてとりわけ女性的な小説のフォームじゃないだろうかと、私は思うことがあります。そこではたくさんのことが起こりますが、それは必ずしもプロットと呼べるものではありません。

P　そうね、あの書き方はある意味まずかったかもしれません。というのは、作品をちゃんと読んでくれる人が本当にいないから。あれらの作品の中では実は、ほとんどどれをとっても、とてもたくさんのことが起こっているんです。ときには他の人たちが書いている小説よりも遥かに多くのことが。長編小説だって書けちゃえそうなくらいたくさんのことが。「彼女はプロットのことなんてまったく気にしないで書いている」と人が言うとき、彼らは私が作品の中で述べたことをそのまま繰り返しているだけです。プロットなんて簡単なことです。プロットというのは要するに、時間内での動きというだけです。もしあなたが時間の内側で動けば、つまりあなたはプロットを持っているということになります。もしあなたが時間の中で動かなければ、そこにはプロットはありません。あなたはただそこにじっととどまっているだけです。絵画のように。もちろんそこには何か他の意味があるかもしれませんが。しかしとにかく、時間の中であなたが動きさえすれば、そこには当然プロットが生まれます。

L　あなたの短編小説は時間の中を動き回っています。まるでアインシュタインの時間性みたいに。そこには長い時間と短い時間があります。あなたは意図的に、時間を圧縮したり引き延ばしたりしているのですか？

P　それが私の考え方です。時間の中で動かなくてはならないと私は言います。しかしそれは何も、時間の中をまっすぐ前に進まなくちゃならないということじゃありません。くるりとねじ曲がってもいいんです。下の方に落ちていって、らせん状に回って外に飛び出して、また戻ってきたってかまいません。それが私の見方です。私の見るところでは、私たちはみんな時間の巨大な浴槽みたいなところで、好きに泳ぎ回っているだけです。すべてこの時間と呼ばれる大洋の中にあります。それがひとつの場所なのです。

L　記憶とか、過去の時間とかをつかまえることは、その大事な一部となっているのですか？

P　私はそれをつかかまえる、という風には考えていません。私にとってはそれはただそこに実際にあるんです。ちょっと変わった具合に。私の夫に言わせれば、そういうのはそのまま私の生き方なのだそうです。私はとにかく、自分にとって必要な事物はいつまでも手元に持っています。私の息子が八歳の時に、私の娘に宛てて書いた手紙が、今でも私の住所録の中にはさまっています。今実際に使っている住所録にです。それはつかまえるというようなものじゃないですね。ちょっと手を伸ばしたら、すぐそこにあなたの人生が実際にあるって感じです。

L　あなたの使う言語も、私にはまさにそういう感じに見えます。一つのセンテンスの中にまったく違う場所から来た形容詞と動詞が一緒に存在したりしています。それらはごく当たり前に隣り合って並んでいます。

P　ちょっとした言い回しみたいなものを、私は放棄したくないのです。それについて何かを書きたいなと思っていました。ずっと前の時代のイディオムやスラングにこだわることについて。時代に屈するんじゃなくて。自分が十七歳だった頃に忠実になるの。

L 「父親との会話」に話を戻したいのですが。

P ええ、実のところそれはいくつかのものごとについてのお話なんです。それはストーリー・テリングについての話であり、また人生に対するそれぞれの世代の向き合い方の話でもあります。そして歴史についての話でもあります。私はものごとをあまり心理学的に見ることを好みません。むしろ歴史的に見ているように思います。そしてあの小説の父親にとっては、彼の観点からすればということですが、自分はまったく正しいのです。彼は選択肢というものが存在しない世界からここにやってきたのです。そこでは四十一歳になったら、自分のキャリアを変えようなんて、まったく考えられないことなのです。そんなことはどう転んでもできっこありません。一度麻薬中毒者になってしまったら、それでもう人生はおしまいです。一度何かになってしまったら、それで終わりなのです。あなたが何をやっているかで、あなたという人間が決まってしまいます。そして娘の方は、彼女自身の独自の歴史的時間性の中から、またものごとがもっとオープンな、べつの国から語っています。だからそれはなんらかの哲学的姿勢を表明しているとか、あるいはまた彼女自身の楽観的性向に近いなんらかの姿勢を表明しているとか、そういうことではないんです。その両者が絡んでいることも真実ではあるにしてもね。それはひとつの真実ではありません。でも彼女はまた、二人はまた（どちらの人物もそのことは知らず、作者だけが承知しているわけですが）、そのようなものごとについて語るとき、それぞれの緯度と経度から、それらの歴史的時間性の中から、それらのものごとを語っているのです。それがまさにその話の中で起こっていることなのです。私はそう考えます。そして物語というものについて語る彼女の考え方も、まさにそれと同じことなのです。つまり彼女の生きている時代は、なんといってもものごとがよりオープンな可能性を持っている時代なのです。そしてより多くの可能性を持ったグループやクラスの一員として、彼女はやってきたのです。そういう世代の一員でもあった。それに比べて彼の方は、移民としてここにやってきて、必死の思いで生き残っていかなくてはならなかったのです。そんなわけで、彼女はより広いチャンスを手にしている人々の側に立って話をしています。そして彼女はそれを文学作品の中に持ち込みました。というのは、私たちが自分の生きている時代から離れて何かをするというのは、まったく簡単なことではないからです。

L　自分にはいつもたくさんの可能性が開かれていると、自分はいつでも変化することができると、あなたはずっと感じてこられたのですか?

P　そうね、私にはたくさんのものごとを変えることができます。ただより若くなるということはできませんね。それは大事な可能性なんですが、ずっと見過ごされてきたみたいです。私は人々が一般に考えているより、時間というものはたくさんあると思っています。本当にそう思うんです。私は女性たちの立場で、あるいはまた男性たちの立場で思うのですが……人々は自分が生まれ育った場所からやってきます。彼が成長して大人になった時期というのはとても大きな意味を持ちます。私の家族の中で、大恐慌時代に大人になった人たちは（私の姉と兄ですが）、将来の可能性みたいなことについては、ひどく狭い視野しか持ち合わせていません。何が起こり得るか、自分が何になれるか、自分が何になれないか、自分に何ができるかというようなことについてです。彼らはとても強い意識を持っていました。人は与えられた課題をきちんと片付けた方がいいし、そういうことをおろそかにしない方がいいし、手足を動かしていた方がいいという意識です。いったん何かを手にしたら、それを離さない方がいい。彼らにとって、この世の中でいちばん良くないのは、何かを変えようとすることです。

でも思うのですが、私が大人になった第二次世界大戦の時期というのは、なんていうか——こんなことを言うと頭がおかしいと思われそうですが——よりオープンな時代だったんです。もちろんヨーロッパの人たちにとっては、それはずいぶんひどい時代だったわけですが、でもアメリカにあっては、ここに住む人々にとっては、戦っていない人にとっては、すごくエキサイティングな、間口の大きく開いた時期でした。だから私にはそういう意識が具わっているんです。そして私の知っている多くの人たちも、かなりオープンな感覚を持っています。大恐慌時代が終わりを告げ、これまでお金なんてほとんど手にもできなかった人たちが、いくらかお金を持てるようになったんです。人々は働きに出るようになりました。そこにはたくさんの地理学的な——今では人口統計学的なというのかしら——変化が生じました。それはとてもとても生き生きした時代でした。

ですから私の今ある感じ方は、私の育った時期の、私の育った場所から生まれてきたものなんです。もちろんその時代に生きていた人がみんなそうだと言ってるわけじゃありませんよ。家族の半分をその時期に失ってしまった人たちもいますし、その人たちはきっと一生つらい思いを引きずっているでしょう。しかし私はいつも、自分のやりたいことに関してはずいぶん頑固にやり通してきました。私はすごく子供を持ちたかったし、実際に持つことができました。ものを書きたいと思っていて、それがかないました。学校には行きたくなかったから、行かなかった。やりたくないと思って、やらなかったということは山ほどあります。でも私は大金を手にしたこともなければ、大きな家に住んだこともなければ、大きな何かを持ったこともありません。自分を抜き差しならない立場に追い込んだこともありませんし、家や車や子育てのためにお金がかかってどうしようもないといったこともありませんでした。私だってなんとか自分で生き延びてきたんだから、子供たちだってやっていけるはずだと思いました。人は自分が手に入れたいと思うものに対して、ある程度貪欲になることが必要だと、私は思います。そしてある程度リスクを引き受けることも。でもそれは私の時代について言えることです。今の時代はいろんな面で、ずいぶん狭苦しくなってきているのかもしれません。だから「私のように生きなさい」みたいなことは言いたくないのです。

L　あなたと同じ世代の女性で、そういう自由を持たなかった人がたくさんいると思いますが。

P　そうですね。じつにその通りです。戦後起こったことで、とても興味深いのは、大学やらそういう高等教育機関にかよった女性たちがいて、彼女たちはとても聡明で、素敵なツイードのスーツを身にまとって、みたいなことになっていたんだけど、政府が、あるいは世界が、社会が、そのほか何もかもが、彼女たちを無理に台所に押し戻してしまったのです。仕事やらキャリアやらをさっさと取り上げてしまって。そして子供たちを持つということが（これは私一人の考えなんだ、すべて自分の頭から出てきたものなんだと思っていたのですが）、それこそ一種の社会的な……つまり私は思うんですが、多くの女性たちは、四人か五人の子供たちを持っていて、それこそが自分たちのやるべきことだと思わされたのです。それはずいぶんきついことですよね。あなたの言う通りよね。でもそういう事態が到来する前に、私は既につむじ曲がりな人間になっていました。私は既に自分のキャリアを積むチャンスを、自分で潰してしまっていたんです。そういうことが起こる前に、既に学校からも放り出されてしまっていました。そういう意味では私にはもともと選択肢なんてものはありませんでした。つまりある意味、選びようもなかったんです。私の前にはそういう世界は開かれてもいなかった。それはそれで気が楽でした。

短編小説を書く理由

L　あなたはティリー・オルセン〔女性作家、アメリカのフェミニズム運動の草分け。一九一二―二〇〇七。労働運動の活動家としても活躍する〕とお友だちなのですか？

P　ええ、私たちは大の親友です。私たちが最初に知り合ったのがいつのことなのか、思い出せません。でも私たちはすごく……なんて言えばいいのかしら、ここにひとつの例があります。彼女は私より十歳くらい年上なんです。そして大恐慌時代に育ち、その時代に結婚しました。子供たちを持ったのは、とても厳しい時代でした。若い頃をそのようなきわめて困難な時節の中で過ごしたのです。私はそうではありません。でも私たちの育ったバックグラウンドはとてもよく似ていました。私たちの家族のほとんどはロシア生まれのユダヤ人の社会主義者で、そういう政治的な感覚も共通しています。そして私たちの伝統と歴史はとことん挫《くじ》かれ、軽んじられてきたという認識を共に持っていました。そして女性たちの生活に関して、とても強い意識を私たちは共有していました。はっきり言って、中には同意できないところもありましたが、それでももちろん私は彼女に対して深い敬意を抱いていました。そして彼女は私たちの学者としての役割を果たしてくれました。私たち独自の理論家として。私は十分なだけの仕事をしていないと、いろんな人に言われてきました。政治的なことにかまけているせいだと。たしかにそれは真実です。しかし彼女だって小説を書く仕事をそんなにたくさんはしていません。彼女はフェミニスト運動の研究を熱心にしてきました。彼女はみんなのためにそうしてきたのです。我々みんなのために。そんなわけで、彼女はとても大事な存在なんです。

L　彼女は母親たちが日々の生活の中で体験する沈黙について、また中断を余儀なくされることについて書いています。その中断がどれくらい彼女たちの仕事を邪魔しているかについて。しかしそれと同時に、我々は気づくのです。彼女がそれを逆手にとって利用し、その中断に注目し、それを彼女のスタイルとしてとてもうまく取り込んでいることに。

P　それが人々が短編小説を書くひとつの理由になっていると、私は考えます。ある意味では、私もそのことによって制限を受けています。女性がみんなそうだと言うわけじゃありません。今でもたっぷりと長い、昔ながらの長編小説を書いている女性がたくさんいると思います。でも私はたまたま、子供たちと共に過ごす時間を大事にしたかったんです。そういう時間を執筆のためにあきらめたくはありませんでした。それだけのことなのです。でもそれが中断であることは、まあ確かですね。そして私たちの世代の女性たちはそれを当然のこととしてきました。しかし今の若い世代の人たちがそう考える必要は何もありません。私たちが育てられたときは……つまり、私たちが子供だった頃は、三時頃にうちに帰ってくると、よく母親に注意されたものです。「しー！　静かに。パパがお仕事中だから」と。でも誰かが帰宅したら、お父さんが戸口に出てきて、「しー！　静かに。ママがお仕事中だから」と言うようなことがあったっていいはずです。あってもおかしくないですよね。そういう風になるといいのですが。でもとにかくそれが、私が短編小説を書く大きな理由になっていると思います。そしてまたティリーにとってもそうなのだと思います。彼女も仕事をしていました。彼女のご主人〔ジャック・オルセン。一九三〇年代以来の労働運動の活動家〕が参加していた組合の、とても責任の重い仕事でした。だから大抵の時期はフルタイムの仕事も持っていたのです。本当ですよ。そこで彼女は、多くの男たちが味わってきたのと同じような苦労を味わうことになりました。つまり彼らは九時から五時までの、あるいは九時から六時までの仕事を持っていて、その上で朝の五時や夜の十時にものを書いていたわけです。そういう事実を認めてあげないのは、正しいことだとは私には思えません。男たちは普通の場合、女性たちが味わっているのと同じような種類の集中を乱す「中断」を味わうことはありません。今どきの若い男たちは、子育てに積極的に加わっているみたいですが、でもそれは事実だと思うんです。

L　あなたはとくに女性作家に注目されたということはありますか？　あるいは読書の中に自分の経験を見いだそうとされたことは？

P　若いときにはそういうことはありませんでしたね。女性作家にとくに目を向けたということはありませんでした。でも、たとえばヘンリー・ミラーが私のための小説を書いているのではない、というくらいのことはわかりました。私にわかったのはその程度のことです。当時の作家たちのことは知っています。ビート族の連中だって。そういう男の子たち――颯爽とした男たちを見るのは素敵だった。セクシュアルな雰囲気を漂わせた男の子たち。でも彼らの書くものが私のためのものではないということもわかりました。とはいえ女性作家をとくに求めたというよりは、たとえばバロウズみたいな、高く評価されていた作家の書くものが、今ひとつぴんとこなかったのです。彼らから学んだものは何もありません。その時期に私はプルーストから多くを学びましたが。その本は私に訴えかけてきました。でも威勢のいいアメリカ人のヒーローたちは、私にはぜんぜんアピールしなかった。私の友人たちはみんなそういうのがホットだと思っていましたが。

L　文学の中に女性のヴォイスの感覚を見いだすようになったのはいつ頃からでしょう?

P　それはかなりあとになってからですね。自分でものを書き始めてからです。私の本のタイトルは「人生のちょっとした煩《わずら》い」というものでした。そしてサブタイトルが「恋をする女たちと男たち」となっていました。ところが第二版が出たとき、それは「恋をする男たちと女たち」に変えられていました。とくに悪意があってそうしたわけではありません。しかしダブルデイで出した初版はちゃんと「恋をする女たちと男たち」で、第二版でそれが変わってしまったのは、男たちの耳にはその方が普通に響いたからです。私ははっきりと出版社に申し入れてノー、女たちを先にしてください、と言っておいたのに、その違いに自分でも気がつかなかったのです。

フェミニストであり、作家

L　あなたはご自分をフェミニストの作家だと考えますか？

P　私はフェミニストであり、作家です。ここにあるのが何であれ、それは私の人生の諸事実から生じたものです。そういう事実を抜きにするのは間違ったことです。私は女たちについて、また彼女たちが知っている男たちについて、多くのことを書いています。その人々がどのような人々であり、どんなことを考えているかについて。

L　フェミニストではない女性作家の中には、ただ単に作家である人たちがいて、ときとしてフェミニストの大義（cause）のために害をさえなしています。どんな人がいるでしょう？

P　良い例がジョーン・ディディオン〔優雅な生活スタイルで有名な女性作家。一九三四年生まれ。『悲しみにある者』が全米図書賞を受賞〕でしょうね。それからまず最初に言っておきたいのですが、私は大義という言葉が好きではありません。とはいえ、彼女はフェミニストの大義のために害をなしていると私は思います。すべての進歩的な大義のためにも、また言語の明瞭性のためにも。私は彼女の本を二冊ばかり読みました。彼女のことは何も知りません。カリフォルニア出身だという以外には何も。でもそういえば、ティリーもそうですね。だからどうということではないんだけど。彼女の文体はあまりにも……感傷的だと私は思います。そして非直接的で曖昧です。それだけ。さっき私たちは、フィクションが、あるいは文学がどのように啓蒙的であるべきかについて語り合いましたよね。つまり、芸術全般に関してです。絵画とか、そんなすべてについて。あなたは石を取り上げて、そこに隠されていたものを見て取り、理解しなくてはなりません。そしてそれこそがまさに、多くの女性たちが興味深い仕事をしている理由なのです。なぜなら彼女たちはこれまで人目に触れなかった生活を、あえて取り上げているからです。ところが、私は思うのですが、ディディオンがやっているのは、これまで目に触れなかった生活を手に取り、その上に別の石を載せることなのです。それが、私が彼女を好きになれない理由です。

大抵の作家についてはそこまで強い抵抗は感じません。たとえば、マリリン・フレンチ〔フェミニズムの学者として高名。一九二九―二〇〇九。『女たちの部屋（The Women's Room）』は自伝的小説で、総計二千万部を売り上げた〕の『女たちの部屋』、私にはその本を読み通すことができないのです。本当に読めないんです。でも多くの女性たちがその本を好んでいることを、私は知っています。だから読んでみなくてはとは思っているのです。それはとても多くの女性の気持ちを代弁しているはずなのですから。女性たちはその本に夢中になっています。それこそが自分たちの現実を語ってくれていると言う女性たちもいます。でも私には読めません。ですから、私はそれについてかなり複雑な気持ちを抱くことになります。彼女の本がそれほど売れる理由のひとつは、私がなんとかそれを読まなくてはと思って、同じ本を三冊も買ってしまったことではないかと思っています。本当に努力したのですよ。エリカ・ジョングについても、私は同じような努力をしました。でもその一方で、多くの人々にそれらの本は熱く受け止められているのです。そして私としてはその事実を尊重しなくてはなりません。私はあるいは何かを見落としているのかもしれません。ジョイス・キャロル・オーツはどうでしょう？　私は彼女の本もあまり読んでいません。彼女に関してひとつ認めなくてはならないのは、ものすごく多くの本を書いているという事実です。そうではない私のような作家からすれば、それだけでもう、敬意を抱いてしまいます。それだけたくさんの作品の中にはおそらく、とても優れた作品があるのでしょうし、私はそういうものを読みたいと思います。彼女はきっととても優れたものを書いているのだろうという気がしますし、私はたまたまそういうものに当たらなかったのでしょう。

L　メアリ・ゴードンの本をお読みになったことは？　彼女はカソリック文化についてとても優れた作品を書いています。

P　ええ、彼女の最初の作品を読みました。私は好きでしたよ。とても良い作品だと思います。でもカソリックの作家といえば、どうしてもジェームズ・ファレル〔アイルランド系アメリカ人作家。一九〇四—一九七九。シカゴに住む移民の暮らしをリアルに描いた〕の名前が浮かんできます。彼の『スタッズ・ロニガン（Studs Lonigan）』は文句なく素晴らしい作品です。どこまでも痛切な小説でもあります。そしてパワーズ〔J・F・パワーズ。一九一七—一九九九。司祭についての小説を多く書いた〕という男の作家がいますね。いつも司祭のことを書いている人。彼の短編小説も素晴らしいわ。

L　現役の作家の中では誰がお好きですか？

P　私はE・M・ブローナー〔ユダヤ系アメリカ人、女性作家。一九二七―二〇一一。やはりフェミニスト〕が好きです。この中に彼女の作品をご存じの方はおられますか？とても興味深い作家です。『彼女の母親たち（Her Mothers）』という作品を書いています。それから『女たちの織物（Weave of Women）』も。そしていつもいろんなことをやっている人です。ドリス・レッシングもとても好きです。他にも誰かの名前をあげてもらえれば、意見は言えますが。

L　ヴァージニア・ウルフはいかがですか？

P　現役ときかれたから名前を出さなかっただけです。ええ、彼女は重要な作家であり、若いころはよく読みました。今でも読んでいますし、何度も読み返すことのできる作家です。でも、一度『ダロウェイ夫人』みたいな書き方をしてみようとしたことを覚えています。W・H・オーデンみたいな書き方をしていないときにね。シャーロット・ブロンテも好きですよ。『ジェーン・エア』だけじゃなく、『ヴィレット』も素晴らしい小説だと思います。『シャーリー』もやはり興味深い作品です。ギャスケル夫人〔英国の女性作家。一八一〇―一八六五。ディケンズにも高く評価され、シャーロット・ブロンテやジョージ・エリオットとも親交があった〕も好きです。なぜみんな彼女のことを「ギャスケル夫人」って呼ぶのかしら？　エリザベスという名前がちゃんとあるのにね。彼女は『メアリ・バートン』という小説を書いています。この小説は多くの人に親しまれていますね。でも『北と南（North and South）』も素晴らしい出来の作品ですよ。そして『北と南』においては、工業の隆盛の凄まじい側面がしっかりと描かれています。そして当然のことながら、彼女の作品の中の女性たちは、ディケンズなんかよりもずっとうまく描かれています。その点でも読む価値のある小説です。『クランフォード』というとてもおかしな小説もあります。短い話がたくさんそこに詰め込まれています。その中に人々が競って新聞を買いに行くお話があります。ディケンズの『ハード・タイムズ』だか『荒涼館』だったかの連載の次の回を読むためです。彼女はそのことでいささかむかついたんじゃないかという気が、私はします。でもとにかく、私は彼女の本がすごく好きです。もしまだ『北と南』をお読みじゃなかったとしたら、是非お読みになるといいと思います。

L　スーザン・ソンタグの短編小説はお読みになりましたか？

P　スーザン・ソンタグはとても素晴らしい短編小説をふたつ書いています。中国のことを書いた彼女の短編は大好きです。彼女が私の教えている学校に来たので、その短編を読んでもらったのです。なにも無理強いしたんじゃありませんよ。彼女はどうせ何かを読まなくてはならなかったのです。でも私は言ったんです。是非「中国（China）」を読んでくださいねって。それからもうひとつ素敵な短編小説があります。すべてのものに別れを告げる話です。とても美しいわ。どちらもとても見事な短編小説です。彼女がどんなものを書くのか、いつも見てみたいと思っています。これからもしっかり仕事をしていくだろうと思わせてくれる人ね。
L　アリス・ウォーカー、トニ・モリスン、トニ・ケイド・バンバーラ、彼女たちについてはいかがですか？
P　みんな素晴らしい。優れた作家たちです。黒人の女性作家たちは今、その声を響かせています。というのは、彼女たちはこれまで隠されていたものに、しっかり光を当てているから。

物語が出てくる源である喉

L　あなたの関心を惹く海外の女性作家たちはいますか？
P　エルサ・モランテ〔モラヴィアとは一九四一年に結婚、一九六二年に別居。一九七四年に『イーダの長い夜』を発表、ベストセラーになったが、政治性に問題があるという激しい批判を受けた。一九一二―一九八五〕の『イーダの長い夜』というとても素晴らしい本があります。でもイタリア人たちはなぜか、この本におおむね冷淡なようです。というのは、彼女はモラヴィアの奥さんだからです。だからどうせ大した本じゃないだろう、というわけです。でもこれは素晴らしい、偉大な本ですよ。
L　フランスの作家はいかがですか？
P　うーん、とくに思い浮かびません。今ちょうどフランス人たちとたくさんのやりとりをしているところです。私の作品が翻訳されているものですから、それについてあれこれ。それは私にとってはずいぶんな驚きです。いったいどういうことなのか、まるで見当がつきません。というのは、私は正直言って、フランスにそれほど親しみを感じていないからです。私の短編小説「午後のフェイス」が既にフランス語に翻訳されています。

L　どんな風にお感じになりますか？

P　フランス語のことはよくわかりませんが、なんとなくかっこいいかも。

L　あなたはフランス人たちの好む、理論的思索のようなものにあまり興味をお持ちではありませんよね？

P　私は今どういうことが起こっているのかを知るために、しばしばＭＬＡ（Modern Language Association）の会議に出ます。そして多くのことを興味深いと感じます。でもそもそも私は、物語というのはページから出ていって存在するものだと思っています。でもみんなにとってはそうではないみたいです。物語はテーブルの上に乗っかっているもののようです。そしてまた多くのアメリカ人もそのように考えています。私にはそれがこれからの文学が向かうべき方向だとは思えないのです。でも物語はどんどん本の中に深く潜り込んでいって、裏表紙のあたりで消え失せてしまいそうです。そういう方向に状況が向かっています。何も私は本が嫌いなわけではありません。私は本が好きです。しかし私たちは物語が出てくる源である喉のことをもっと真剣に考えなくてはなりません。言わせてもらえれば、現代批評は普通の人々から遠ざかりすぎていて、そして間違いなく女性の生活から遠ざかりすぎていると思っているんです。

L　ページから出ていって存在するというのは、どのようなことを意味しているのでしょう?

P　私が言っているのは、語られる物語のことです。口に出して話されたり、語られたり、告げられたりすることのできる物語です。机の前に座って、一冊の長編小説を声を出して読み通せと言っているわけじゃありません(もちろんそういうのをやって悪いわけじゃありません。そうしていけない理由もないと思います)。短編小説に関して言えば、ページの上から物語は読み取れないと言っているのではありません。私が言いたいのは、その物語自体の中に、それが生まれてきた何かしらの記憶、何かしらの人の記憶がなくてはならないということです。もちろん書かれた物語は、夕食の食卓で語られる物語よりはずっと複雑にできています。ずっと複雑にできていますし、真剣に聞かれなくてはなりません。しかし私は思うのですが、かつてはものすごく複雑な物語がそこらじゅうで語られていたものです。そして人々は真剣にそれに耳を傾けたものです。あまりに複雑なので、人々がその話を二度繰り返し聞くこともありました。でもそれと同時に、私は本の持つプライバシーを愛します。あなたの椅子と、あなたの部屋と、あなたの本の持つプライバシーを愛します。それはやはり大事にしなくてはならないものです。しかし私にとってはそういうぬくもりのある記憶が、物語の中のどこかになくてはならないのです。一人の人間がその物語を知っていて、それを生きて、それを語ったという記憶が。

L　あなたは口承の伝統から生まれる物語のことを考えておられるのですね？

P　あなたがそれを文章に書き写すと、それは違ったものになります。それはもう同一の物語ではありません。それが書かれた物語というものだろう、と言う人がいるとしたら、それは間違いです。そんな単純なことではありません。変わったものがあるとすれば、それは物語が語られる時間なのです。とはいえ考えてみれば、人々が『イーリアス』を完成させるまでにものすごく長い時間をかけたわけでしょう？　彼らはそれをあるかたちで語り、それからまた違うかたちで語りました。そのようにして今あるかたちに落ち着いたのです。だから私たちには時間があるのです。時間はちゃんとあります。

訳者あとがき
大骨から小骨までひとそろい

村上春樹

グレイス・ペイリーは一九二二年十二月十一日に、ニューヨークのブロンクスで生を受けた。両親はウクライナから移民してきたユダヤ系ロシア人で、もともとの姓はGutseit（グートザイト）だったが、アメリカに入国したときに英語風にGoodside（グッドサイド）と改姓した。父親のもともとの職業は医師だった（アメリカでも苦労して医師の資格をとった）。年齢の離れた兄と姉が一人ずついる。大家族の中で育ったが、家の中ではロシア語とイディッシュ語と英語が日々ちゃんぽんで話されていたという。一九三八年から一九三九年にかけて、ハンター・カレッジとニュースクールで教育を受けた。一九四二年に映画撮影技師のジェス・ペイリーと結婚、ノラとダニーの二子を出産する。二人は後に離婚し、一九七二年に彼女は詩人のロバート・ニコルズと再婚する。

小説と詩を書くかたわら、長年にわたりサラ・ローレンス大学で教鞭を執《と》った。そしてまた急進的な政治活動家としても、あるいはまた熱心なフェミニストとしても活躍した。ヴェトナム反戦運動の中心人物の一人となり、警察に逮捕されたこともある。使節団に入って、ハノイと北京を訪れたこともある。乳癌を患い、二〇〇七年八月二十二日にヴァーモント州にある自宅で息を引き取った。享年八十四だった。

なかなかタフな人生を送った人だが、フィクションに関して言えば、きわめて寡作な作家である。半世紀近くに及ぶ作家としてのキャリアの中で、たった三冊の比較的薄い短編小説集しか出版していない。子育てが忙しかったし、執筆以外の現実的な活動に時間をとられていたせいもある（そのへんの詳しい事情については、本書収録のインタビューをお読みいただきたい）。また彼女の書く短編小説が量産に向いたものではない、ということもある（そのことは本書をお読みになっていただければ、おおよそおわかりいただけるかと思う）。

そのような乏しい作品の嵩《かさ》にもかかわらず、彼女は戦後アメリカ文学シーンにおいてきわめて重要な意味を持つ作家の一人と見なされている。ただ批評家筋に高く評価されているというだけではなく、多くの熱心な一般ファンも獲得している。基本的に重厚長大をよしとするアメリカ文学の流れの中にあって、希有な例外と言っていいかもしれない。

彼女の遺した三冊の作品集をあげてみる。

1) The Little Disturbances of Man (1959)『人生のちょっとした煩《わずら》い』
2) Enormous Changes at the Last Minute (1974)『最後の瞬間のすごく大きな変化』
3) Later the Same Day (1985)『その日の後刻《ごこく》に』(本書)

僕は一九八〇年代の半ばにグレイス・ペイリーの短編をいくつか読んで、とても心を惹かれ、『and Other Stories』というアンソロジー(文藝春秋刊)の中で、「サミュエル」「生きること」の二編を訳した。それが一九八八年のことだ。訳してみて、けっこう読者の反応もよかったし、「グレイス・ペイリーの優れた作品集が日本でまだ一冊も訳されていないというのは、やはり憂うべきことだ」と思い、作品集『最後の瞬間のすごく大きな変化』の訳出にとりかかったのだが、これが予期した以上に難物で、翻訳刊行にようやくたどり着いたのが一九九九年のことだった。ずいぶん時間がかかったが、当時文藝春秋で僕の編集担当をしてくれていた岡みどりさんが「村上さん、がんばって」と励まして、後押しをしてくれて、なんとか完成にこぎ着けた。

苦労はしたけれど、出してみるとそれなりに手応えもあり、「じゃあ、せっかくだから三冊全部やっちまおうか」ということになり、次に処女作の『人生のちょっとした煩い』にとりかかった。そしてその翻訳がようやく完成したのが、二〇〇五年である。ペイリーさんも寡作だけど、僕の仕事もかなり遅い。

でも言い訳するのではないが、グレイス・ペイリーの作品には本当にひとつひとつにしっかり骨があって、それも大骨から小骨までひとそろいみっちり詰め込まれている。細かいところまで神経をつかって訳さなくてはならないし、何度読んでも真意がわかりかねるというところもたくさんある。知り合いのアメリカ人に訊いても、「それ、わたしにもちょっとわかりません」と言われることもけっこうあった。著者はわざとわかりにくく書いているのではないか（少なくとも親切心を大幅に制御しているのではあるまいか）、と思ってしまうようなクセのある箇所もしばしば見受けられる。しかしもちろんそれが彼女独自の創作スタイルなのだし、またそういうやっかいな大骨小骨こそが、ペイリーの作品をペイリーらしくしている大事な要素になっているわけだから、訳者としては適当に手を抜くわけにはいかない。勢いをつけて一気呵成に仕上げてしまえるような仕事ではない。時間をかけ、ほかの仕事と並行して、一歩一歩地道に作業を進めていくしかない。

そんなこんなで、最初にグレイス・ペイリーの作品を訳してから、三冊の作品集をすべて訳出し終えるまでに、三十年近くの歳月がかかってしまった。二冊目の『人生のちょっとした煩い』を出して、岡さんと「いよいよ次の一冊で最後だね」とお互いを励ましあっているときに、岡さんが癌の病を得て、まだ若くして急逝されてしまったことも大きかった。岡さんも「ペイリーおばさん」の作品をとても高く買っていて、陰になり日向になり僕を後押ししてくれていたので、彼女がいなくなって、僕としても気分的にうまく元に戻れなくなり、しばらくペイリーの翻訳には手をつけられない状態が続いた。

『その日の後刻に』の中から四編ほどを既に訳出していたのだが、そこで作業がストップしたままになっていた。それが五年か六年は続いた。

でも去年くらいに「これではいけない。ペイリーさんのためにも、またこれまで熱心に叱咤激励してくれていた岡さんのためにも、翻訳を心待ちにしてくれている（であろう）読者のためにも、いったんやりかけたことはきちんとやってしまわなくては」と思い立ち、『その日の後刻に』の翻訳にとりかかった。既に訳出していた四編の原稿が、長い休養期間のうちにどこかに消えてしまってみつからなかったので、それらも始めから訳し直すことになった。柴田元幸さんが主宰する雑誌「モンキー」がグレイス・ペイリーの特集を組んでくれたことも、大きな後押しになった。「モンキー」には『その日の後刻に』に収められた短編小説五編のほか、エッセイとインタビューもひとつずつ掲載することができて、そのエッセイとインタビューはそのまま本書にも収録されている。

企みの多いフィクションに加えて、著者の生の声を読むことによって、読者のグレイス・ペイリーに対する理解度もより深まるのではないかと推測する。

というわけで、これでグレイス・ペイリーが出版したすべての短編作品が出揃ったことになる。最後の一冊を待っていた読者のみなさんには「長いあいだお待ちいただいて申し訳ありません」と深くお詫びをする。しかし読後に「とはいえ、待っていた甲斐はあったな」と思っていただければ、翻訳者としてそれに勝る喜びはない。僕としても「これでやっと完成した」というほっとした思いと、「ああ、これでもうおしまいなんだな」という残念な思いとが心の中で相半ばしている。複雑なところだ。

グレイス・ペイリーの書く短編小説は、ある意味ではとても開けっぴろげで正直なそのままの作品であり、また同時にある意味においては知的でソフトなエニグマに満ちた作品である。自伝的でありながら、同時に寓話的である。自己の視線と他者の視線が目まぐるしく交錯し、ときには分離不可能にもなる。そういう相反性・重層性が、彼女の作品に独特の深みと味わいを賦与しているようだ。それはたぶんグレイス・ペイリーという人の書いた作品の中にしか読み取れない、とくべつな深みと味わいであると僕は考えている。そこには人生の諸相がモザイクのように、精緻に優しく詰め込まれている。それは作品のあり方というにとどまらず、彼女の生き方そのものにもなっているはずだ。それは「ひとつの小さな宇宙である」と言ってしまっていいかもしれない。ずいぶん個人的な宇宙だが、人を温かく受け入れることのできる、心優しい宇宙だ。だからこそ、彼女の小説は文学的に高く評価され、また多くの読者に強く支持され、愛され続けているのだ。できればひとつひとつの作品をゆっくりと読み、丁寧に味わっていただければと思う。

翻訳に関してはいつものように柴田元幸氏の協力を仰いだ。僕と柴田さんとで、「これはいったいどういうことなんでしょうね」と頭を抱え込むような箇所も少なからずあった。そういうのもまた、ペイリー作品を訳す楽しみのひとつではあるのだが。そしてテッド・グーセン氏（トロント大学教授）、ディヴィッド・ボイド氏（プリンストン大学大学院）にも多くの質問に答えていただいた。お三人には深く感謝する。

文春文庫

その日《ひ》の後刻《ごこく》に

定価はカバーに
表示してあります

2020年5月10日　第1刷

著　者　グレイス・ペイリー
訳　者　村《むら》上《かみ》春《はる》樹《き》
発行者　花田朋子
発行所　株式会社 文藝春秋

東京都千代田区紀尾井町 3-23　〒102-8008
TEL 03・3265・1211㈹
文藝春秋ホームページ　http://www.bunshun.co.jp

落丁、乱丁本は、お手数ですが小社製作部宛お送り下さい。送料小社負担でお取替致します。

印刷製本・凸版印刷

Printed in Japan
ISBN978-4-16-791501-8

（　）内は解説者。品切の節はご容赦下さい。

ティム・オブライエン
村上春樹 訳
ニュークリア・エイジ
ヴェトナム戦争、テロル、反戦運動……我々は何を失い、何を得たのか？　六〇年代の夢と挫折を背負いつつ、核の時代の生を問う、いま最も注目される作家のパワフルな傑作長篇小説。

む-5-30

ティム・オブライエン
村上春樹 訳
本当の戦争の話をしよう
人を殺すということ、失った戦友、帰還の後の日々――ヴェトナム戦争で若者が見たものとは？　胸の内に「戦争」を抱えたすべての人に贈る真実の物語。鮮烈な短篇作品二十二篇収録。

む-5-31

ティム・オブライエン
村上春樹 訳
世界のすべての七月
村上春樹が訳す「我らの時代」。三十年ぶりの同窓会に集う'69年卒業の男女。ラブ&ピースは遠い日のこと、挫折と幻滅を経、なおハッピーエンドを求め苦闘する同時代人を描く傑作長篇。

む-5-36

グレイス・ペイリー
村上春樹 訳
最後の瞬間のすごく大きな変化
村上春樹訳で贈る、アメリカ文学の「伝説」、NY・ブロンクス生れ、白髪豊かなグレイスおばあちゃんの傑作短篇集。タフでシャープで温かい、「びりびりと病みつきになる」十七篇。

む-5-34

グレイス・ペイリー
村上春樹 訳
人生のちょっとした煩《わずら》い
アメリカ文学のカリスマにして、伝説の女性作家と村上春樹のコラボレーション第二弾。タフでシャープで、しかも温かく、滋味豊かな十篇。巻末にエッセイと、村上による詳細な解題付き。

む-5-35

トルーマン・カポーティ
村上春樹 訳
誕生日の子どもたち
悪意の存在を知らず、傷つけ傷つくことから遠く隔たっていた世界。イノセント・ストーリーズ――カポーティの零した宝石のような逸品六篇を村上春樹が選り、心をこめて訳出しました。

む-5-37

（　）内は解説者。品切の節はご容赦下さい。

村上春樹
走ることについて語るときに僕の語ること
八二年に専業作家になったとき、心を決めて路上を走り始めた。走ることは彼の生き方・小説をどのように変えてきたか？　村上春樹が自身について真正面から綴った必読のメモワール。
む-5-10

村上春樹
パン屋再襲撃
彼女は断言した、「もう一度パン屋を襲うのよ」。学生時代にパン屋を襲撃したあの夜以来、かけられた呪いをとくために。〝ねじまき鳥〟の原型となった作品を含む、初期の傑作短篇集。
む-5-11

村上春樹
夢を見るために毎朝僕は目覚めるのです
村上春樹インタビュー集1997-2011
1997年から2011年までに受けた内外の長短インタビュー19本。作家になったきっかけや作品誕生の秘密について。寡黙な作家というイメージを破り、徹底的に誠実に語りつくす。
む-5-12

村上春樹
色彩を持たない多崎つくると、彼の巡礼の年
多崎つくるは駅をつくるのが仕事。十六年前、親友四人から理由も告げられず絶縁された彼は、恋人に促され、真相を探るべく一歩を踏み出す——全米第一位に輝いたベストセラー。
む-5-13

村上春樹
女のいない男たち
六人の男たちは何を失い、何を残されたのか？　「ドライブ・マイ・カー」『イエスタデイ』『独立器官』など全六篇。見慣れたはずのこの世界に潜む秘密を探る、めくるめく短篇集。
む-5-14

村上春樹
ラオスにいったい何があるというんですか？
紀行文集
ボストンの小径とボールパーク、アイスランドの自然、フィンランドの不思議なバー、ラオスの早朝の僧侶たち、そして熊本の町と人びと——旅の魅力を描き尽くす、待望の紀行文集。
む-5-15

マイケル・ギルモア
村上春樹　訳
心臓を貫かれて
（上下）
みずから望んで銃殺刑に処せられた殺人犯の実弟が、兄と父、母の血ぬられた歴史、残酷な秘密を探り、哀しくも濃密な血の絆を語り尽くす。衝撃と鮮烈な感動を呼ぶノンフィクション。
む-5-32